이브의 몸값

이브의 몸값
Eve's Ransom

조지 기싱 지음

김경식 옮김

문학사상

■ **일러두기**

외래어 표기는 국립국어원의 규정을 바탕으로 했으며, 규정에 없는 경우는 현지음에 가깝게
표기했습니다.

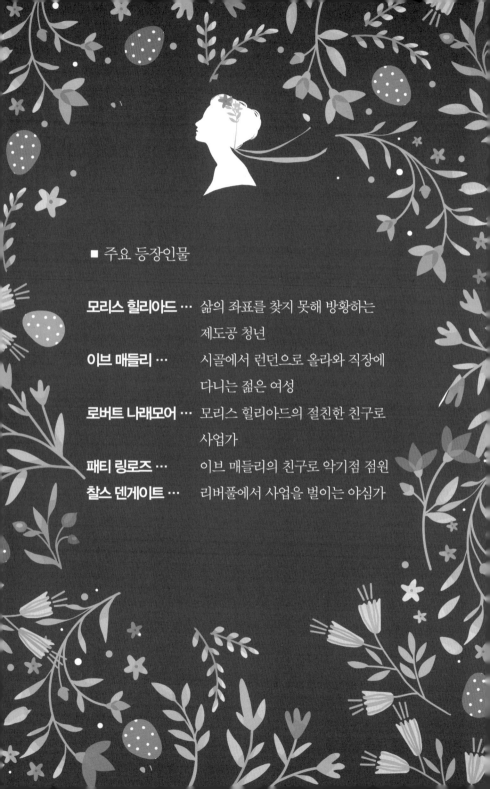

■ 주요 등장인물

모리스 힐리아드 … 삶의 좌표를 찾지 못해 방황하는
제도공 청년

이브 매들리 … 시골에서 런던으로 올라와 직장에
다니는 젊은 여성

로버트 나래모어 … 모리스 힐리아드의 절친한 친구로
사업가

패티 링로즈 … 이브 매들리의 친구로 악기점 점원

찰스 덴게이트 … 리버풀에서 사업을 벌이는 야심가

1

2월 어느 날 해 질 무렵 더들리 포트 기차역의 플랫폼에서 대여섯 명의 승객이 버밍엄으로 향하는 기차를 기다리고 있었다. 축축한 대기를 머금은 바람이 남서 방향에서 불어오더니, 이윽고 가없는 하늘은 가는 비를 흩뿌렸다. 방금 켜진 램프 불빛을 받아 젖은 목재와 쇠붙이 들은 빛바랜 누런색으로 어른거렸다. 여기저기서 내는 목소리들과 짐수레꾼들이 끄는 수레들의 소리도 또렷하게 들렸다. 리드미컬한 우렛소리에 가까스로 재갈을 물린 엄청난 주물 덩어리가 서서히 다가오고 있었다. 치익…… 치익…… 엔진 소리가 점차 잦아들며 남기는 여운이 대기의 정적靜寂을 더욱 두드러지게 해, 안 그래도 우울한 날을 더욱 우울하게 만들었다.

대낮이었다면 지붕을 씌우지 않은 역 플랫폼에서 인근 농촌 지역에 펼쳐진 경치를 감상할 수 있었을 테지만, 지금 이 시간에는 지평선이 아예 보이지 않았다. 우중충한 벽돌 덩어리에 불과한 건물들이 역 바로 앞면을 회색으로 물들이는 배경이 돼 버티고 있었다. 그중에서 시계탑 건물 한 동棟이 붉은 빛을 토해내면서 우뚝 서 있었다. 이 사나운 명계冥界의 빛은 지상의 불이 가진 충동적인 성질을 가지지 못한 듯했다. 흔들거리기는 하지만 분명한 윤곽을 가진 이 건물은 익숙한 밤의 한가운데로 빠르게 빠져들면서 주위에 어둠을 조금씩 더해갔다. 그 반대편 더들리읍 방향으로는 밝은 빛을 내는 장소들이 하나둘 늘어 가기 시작했다. 그러나 땅에서 피어오르는 연기와 대기 중에 있는 수증기가 한데 섞인 채 오리무중五里霧中 상태인 버밍엄까지 뻗은 상처받고 황량한 평야에는 죽기 살기로 땀 흘리는 서민들의 판잣집 지붕들이 다닥다닥 붙어 어둠에 묻혀 있을 뿐이었다.

도착을 기다리는 승객들 중 두 남자가 남들과 거리를 두고는 서로를 못 본 체하면서 이리저리 왔다 갔다 하고 있었다. 두 사람의 외관은 사뭇 달랐다. 유복해 보이면서 값비싼 옷을 걸친 약 쉰 살 정도의 남자는 사업가 특유의 분위기를 자아내고 있었다. 이 남자보다 스무 살 이상 어려 보이는 젊은이는 사회적 신분을 확실히 알 수 없는 옷차림을 하고 있었고, 상대를 조심성이나 이해심과는 거리가 먼 눈초리로 보고 있었다. 이따금씩 그들은 눈빛을 주고받았지만, 치켜세운 모자를 쓰고 고급 외투를 걸친 사내는 젊은이에게 관심이 없는 척했다. 반면 젊은이는 가끔씩 먼발치에서 상대편을 쳐다보면서 의심스러운 눈초리를 보냈다.

경적 소리에 뒤이은 전기 신호음이 들리자 두 사람은 각자가 하던 행동을 멈췄다. 그들은 불과 지척을 사이에 두고 서 있었다.

점차 깊어가는 어둠 사이로 섬광이 지나갔다. 브레이크에 묶여 고통을 받던 바퀴가 이제 막 풀려나려고 으르렁대며 삐익 소리를 내고 있었다. 가장 가까운 3등 객실로 향하던 값싼 외투를 입은 젊은이가 바로 자리를 잡았다. 잠시 후 객실 맞은편에 두 번째 승객도 자리를 잡았다. 다시 한 번 그들은 서로를 마주 봤지만 표정을 바꾸지는 않았다.

버밍엄에 도착할 때까지 기차가 서지 않기 때문에 차표는 곧 수거됐다. 그 후에 문이 닫혔고 객실 안에는 두 사람만이 남게 됐다.

기차가 출발한 지 이삼 분이 흐르고 나서 나이가 든 남자가 고개를 앞으로 약간 기울이고는, "힐리아드 씨 맞죠?"라고 물었다.

"그래서요?"라는 퉁명스런 답이 돌아왔다.

"자네 나를 기억하지 못하는가?"

"불한당들은 다 거기서 거기죠. 하지만 나는 당신이 저지른 악행을 낱낱이 알고 있습니다." 다리를 꼬면서 젊은이가 응수했다.

적나라한 모욕은 듣는 이를 경악하게 했다. 눈을 부라리며 쳐다보는 그의 입술이 벌어지고 두 뺨에는 벌겋게 피가 몰렸다.

"만일 내 몸집이 자네의 두 배나 되지 않았다면 나는 자네가 한 말을 후회하도록 만들었을걸세. 이제부터 자네 말 좀 조심해." 사내는 화를 내며 말을 뱉었다. "자, 자네가 한 말을 좀 생각해보자고. 기차가 도착하려면 15분 정도 더 남은 것 같은데. 내가 마음을 바꿀지도 모르지."

젊은이는 경멸하듯이 웃었다. 키는 컸지만 마른 편이었고 손이 섬세했다.

"자네가 불한당을 만났다고?" 덴게이트라는 사내가 비아냥거렸다. "자네에 관해서는 나도 좀 들은 것이 있지."

"누구한테 말이죠?"

"자네 지금 좀 취했구만. 그게 지금 자네 상태야."

"아니, 아니, 지금은 아니오." 힐리아드가 맞받았다. 그는 언어를 세련되게 구사했지만 잉글랜드 중부 지역 억양이 간간히 섞여 있었다. 덴게이트의 말은 거친 편이었다.

"자, 자네의 그 모욕적인 말투는 뭔가? 나는 신사적으로 자네에게 묻고 싶네."

"맞는다고 생각하는 말을 했을 뿐이오."

존경받는 시민은 그의 양손을 무릎에 모으고 앉아서 앞에 있는 혈색이 별로 좋지 않은 젊은이를 찬찬히 살펴봤다.

"자네가 술을 마셨단 건 내가 알 수 있지. 할 말이 있네만 다음 기회로 미루겠네."

힐리아드는 경멸의 눈초리를 보내곤 엄숙하게 말했다.

"나는 당신만큼 말짱해요."

"그래, 그러면 교양 있는 질문에 교양 있게 대답해보시지."

"질문이라고요? 당신이 대체 무슨 권리로 내게 질문을 합니까?"

"자, 자…… 다 자네를 위해서야. 나를 불한당이라고 불렀지. 무슨 이유로 그런 건가?"

"불한당이란 자신들의 빚을 탕감할 목적으로 파산을 하는 자들을 일컫는 말이죠."

"그거였어?" 거드름을 피우는 웃음을 지으며 덴게이트가 말했다. "젊은이, 자네가 세상을 얼마나 모르는지 이제 알겠네. 자네 부친에게서 들었을 것이라고 믿고 싶네만, 그가 말을 정확하게 하지는 않았구만."

"제 부친은 진실을 말하는 고집스러운 습관을 갖고 있었죠."

"내가 전부 알고 있지. 자네 부친은 사업을 하는 분이 아니셨어. 사업적인 관점에서 일을 보지는 못하셨지. 자, 이제 내가 하고 싶은 이야기는 이거야. 세상에서 사업적인 실패와 파렴치함은 정말 차이가 크다는 것. 리버풀에 가서 찰스 에드워드 덴게이트의 신용에 대한 평판을 들어보라고. 자네에게 이로운 교훈을 얻을 수 있을 거야. 자네는 자기만 귀하게 여기는 요즘 젊은이로군. 나는 그런 이들에게 내 마음을 나눠주고는 하지."

힐리아드가 피식 웃었다.

"그들에게 당신의 마음 모두를 줘도 커다란 관용은 아니겠지요."

"어, 그래…… 자네가 한두 잔 마신 것을 알겠네. 그래서 좀 위트가 있어졌구만. 가만 있어봐. 몇 분전까지만 해도 자네를 부셔버리고 싶을 만큼 악마가 돼 있었는데…… 이젠 아무 상관이 없네. 자네 좋을 대로 말하게. 나는 난처한 입장에 처하고 싶지 않아."

"저도 별로 그러고 싶진 않습니다. 어릴 때 이후로는 싸운 적이 없으니까요." 힐리아드가 말을 받았다. "당신 마음이 편하시려면 내 문제에 관여하지 않는 것이 현명한 생각이라는 말을 하고 싶군요. 당신 같은 사람을 세상에서 없애버리려고 하는 유혹이 너무 크니까."

조용히 말했지만 이 말이 주는 의미에 힘이 실려 있었다. 이 말을 들은 상대는 크게 동요했다.

"젊은이, 자네는 말년이 좋지 않을 거야."

"그렇겠지요. 내가 부자가 될 가능성은 거의 없으니까요."

"아 그래, 자네가 그런 사람 중에 하나구만. 사회주의자들을 내가 만난 적이 있지. 하지만 이보게, 나는 알아듣게 이야기하고, 자네를 도우려고 하고 있는 걸세. 나는 자네 부친을 존경했네. 자네형님도 마찬가지지. 그가 죽은 것은 유감이지만."

"유감은 계속 마음에만 간직하시지요."

"맞아, 맞아, 자네는 켄과 보디치 사무실에서 제도공으로 근무하고 있지?"

"그게 무슨 의미인지 당신이라면 확실하게 아시겠죠."

힐리아드는 객실의 창문에다 그의 팔꿈치를 대고 손으로 두 볼을 감쌌다.

"아다마다…… 다른 것도 좀 알지." 잘 차려 입은 사나이가 말을 받았다. "예를 들어 돈을 어떻게 버는가 하는…… 이제 더 나에게 모욕을 줄 일이 남았는가?"

힐리아드는 차창 밖으로 빠르게 스쳐 지나가는 굴뚝들을 물끄러미 바라보며 침묵을 고수하고 있었다.

"리버풀에 가보라고. 가서 내 평판을 들어봐." 덴게이트가 들이 댔다. "어느 누구보다도 내 평판이 좋다는 것을 알게 될 거야."

그는 힘주어 이 말을 했다. 이 젊은이에게 자신의 정직성과 중요성을 진정으로 각인시키려고 애를 쓰는 모습은 누가 봐도 분명했다. 그의 외모나 말투는그가 주장하는 자신의 모습과 크게 다르지 않았다. 좀 고집스러운 면이 있지만 붙임성이 그리 없지는 않은, 그는 그런대로 무난한 성격을 갖고 있었다.

"빚을 갚는 것이 평판에 가장 중요하지요." 힐리아드가 말했다.

"자네 잘 모르는 말을 하는군. 법이 인정하지 않는 한 내게 빚이라는 것은 없네."

"당신이 의회까지 들어가려고 하는지는 궁금하지도 않아요. 당신이 바로 법을 만드는 그런 종류의 사람이니까."

"글쎄 누가 알겠나? 자네 부친이 지금 살아계시다면 자신의 돈을 한 푼이라도 돌려달라고 말하지 않았을 걸세."

"부친이 돌려받기를 원했으니까, 내가 당신을 불한당이라고 불렀던 겁니다."

"젊은이 말조심해." 덴게이트가 소리쳤다. 다시 듣는 모욕적인 언사에 짜증을 내면서 그가 말을 이었다. "내가 지금 많이 참고 있어. 그런 나에 대해서 유감이기는 하지만. 1등석 차표를 가지고 있으면서도 내가 이 객차에 자네와 동승한 이유는 자네 인격을 좀 고쳐보려고 했던 거야. 자네가 술을 마셨다고 들었고, 그런 자네 모습을 봤지. 나는 그게 유감이었어. 머지않아 자네는 일자리를 잃을 테고 내리막길을 걷겠지. 자, 보게나. 지금 자네는 이상하게 나를 몰아붙이면서 내가 화를 내도록 온갖 수를 쓰고 있지 않나. 이제 내가 자네 자신에게 수치라는 게 뭔지 알려주지."

힐리아드는 상대방을 경멸하는 눈초리로 노려봤다. 하지만 그가 한 마지막 말에 호기심을 느꼈다.

"주머니가 빈 친구는 많은 변명을 할 수 있네." 상대방이 말을 이었다. "나 자신이 그래 봤으니까. 자네의 그런 기분을 나도 잘 이해할 수 있지. 그나저나 자네 얼마나 버는가?"

"당신 일이나 신경 쓰시지."

"그래, 일주일에 2파운드 정도 벌겠지. 내가 얼마나 버는지 자네 혹시 알고 싶은가? 대충 한 시간에 2파운드 정도 번다네. 차이가 있지, 그렇지 않은가? 그래, 내 일만 신경 써서 얻은 거야. 이런 돈은 자네는 죽었다 깨어나도 벌 수 없겠지. 자네 자신이 일하는 것보다 일하는 사람들을 착취하는 편이 쉽지 않겠나? 리버풀에 가서 내가 어떻게 이런 자리에 이르렀는가를 물어보면, 정직하고 열심히 일한 결과라는 사실을 알 걸세. 이해하겠는가? 정직한 일."

"그리고 빚을 갚아야 한다는 걸 망각했겠지." 젊은이가 쏘아붙였다.

"다른 사람들에게 한 푼이라도 빚을 지지 않게 된 지 벌써 8년이 지났네. 내가 빚을 진 사람들은 사업 감각이 있는 사람들이었어, 자네 부친만 빼고. 그는 옳은 방향에서 사물을 보지 못하는 사람이었네. 나는 파산법 절차를 거쳐 채권자들을 만족시킬 조치를 취했어. 죽지만 않았더라면 자네 부친도 만족시킬 수 있었을 텐데."

"당신은 파운드 당 겨우 2펜스 반을 갚았을 뿐이야."

"사업 감각을 가진 채권자들은 5실링에 만족했지. 자, 보자구, 내가 자네 부친에게 436파운드를 빚졌네. 그는 일반 채권자의 자격을 가지지 못했어. 내가 파산 후에 그에게 빚을 갚았다면, 그가 법적 청구권을 가져서가 아니고, 단지 그를 존중해서였겠지. 나는 그에게 갚으려고 했어. 이해하겠나?"

힐리아드는 피식 웃었다. 기차는 전진을 방해하는 신호 때문에 속도를 줄였다. 어둠이 내려앉은 철로 변 오막살이에서 빛이 흘러나왔다.

"자네 내 말을 믿지 않는군." 덴게이트가 말을 이었다.

"믿을 리 없죠."

잘 나가는 사업가는 입술을 앙다물고 앉아서 객실 등을 뚫어지게 봤다. 기차가 서서히 멈췄다. 엔진 소리 이외에는 아무 소리도 들리지 않았다.

"자, 잘 들어보게나." 덴게이트가 다시 말을 했다. "형편없는 모습으로 자네는 나타났고, 자네가 가지게 될 돈을 잘못 사용하리라는 것은 뻔하지. 별로 달라질 것은 없어." 그가 아주 위엄 있는 모습으로 말을 했다. "자, 들어보라고."

"듣고 있습니다."

"내가 어떤 사람인지를 증명하고 자네에게 수치라는 것을 알려주기 위해 자네에게 돈을 갚겠네."

잠시 정적이 감돌았다. 두 사람은 서로를 쳐다봤다. 덴게이트는 우월감에 도취돼 있었고, 힐리아드는 믿을 수 없었지만 그럼에도 알 수 없는 흥분에 휩싸였다.

"내가 자네에게 436파운드를 지불하겠네." 덴게이트가 말을 반복했다. "한 푼도 줄이거나 늘리지 않은 금액일세. 법적인 채무는 아니니 이자는 갚지 않겠네. 버밍엄에 도착하면 나랑 같이 가세. 내가 그 액수만큼의 수표를 끊어줄 테니."

기차가 다시 움직이기 시작했다. 힐리아드는 꼬았던 다리를 풀고 눈은 허공을 바라본 채 몸을 앞으로 숙였다.

"이러면 나에 대한 생각을 바꾸겠는가?" 상대편이 물었다.

"수표를 현금화하기 전까지 믿을 수 없지요."

"자네는 너무 자신만을 생각하고 다른 사람들에게 좋은 의견을 가질 만한 여유가 없는 젊은이구만. 게다가 수표를 주기 전에 자네에게 좋은 의미의 채찍을 한 번 휘두를까 하는 생각도 없지는 않아. 시간이란 게 있는 법이고 자네에게도 약이 되겠지. 자네는 어설픈 자만심을 없애고 싶을 걸세, 젊은이."

힐리아드는 이 말을 듣는 둥 마는 둥했다. 그는 다시 상대방의 표정을 살피는 데 눈길을 집중했다.

"나에게 400파운드를 지불하겠다고 했습니까?" 그가 천천히 물었다.

"436파운드일세. 갖고 가서 죽이 되든 밥이 되든 자네 맘대로 하게나. 나하고는 상관없으니까."

"한마디 말해 두고 싶네요. 이게 농담이라면, 마음껏 하시고 나를 끌어들이지 마세요. 이뿐이에요."

"농담이 아니네. 자네에게 한마디 해줄 게 있네. 농을 섞어 말하면, 나는 자네를 박살낼 기회를 내 자신이 유보하고 싶네."

힐리아드는 씩 웃고 나서 의자 구석에 몸을 던졌다. 그러고는 기차가 뉴 스트리트역에 도착할 때까지 한마디도 하지 않았다.

2

한 시간 후 힐리아드는 애스턴으로 가는 전차를 기다리며 올드 스퀘어에 있었다. 증기 기관이 끄는 거대한 탈 것이 시내 한가운데를 경적을 울리면서 질주하고 있었다. 집으로 향하는 노동자 무리 때문에 혼잡해진 전차에 올라타고 나서 힐리아드는 파이프에 불을 붙였다. 그는 더들리 포트에서 우울하게 기차를 기다리던 사람과 같은 사람이 더 이상 아니었다. 그의 눈에는 생기가 흘렀고, 전차를 탄 다른 승객이 무언가를 말하면 쾌활하게 응대했다.

비는 내리지 않았지만 거리는 젖어서 질척거렸다. 지붕 위로는 불그레한 둥근 보름달이 떠올랐는데, 주위 구름에 반쯤 가려서 희미했다. 북쪽을 향해 달리던 전차는 중심가의 기념비적 건물들을 빠르게 지나서는 공장과 작업장 그리고 혼잡한 샛길이 있는 너저분한 구역으로 들어섰다. 젊은이는 애스턴 처치역에서 내려 빠른 걸음으로 5분 정도 걸은 후 한 현대식 소규모 연립 주택 앞에서 발을 멈췄다. 버밍엄에서 번호가 매겨진 작은 정원이 있는 현대식 주택에 산다는 사실은 사회적으로 한두 단계 지위가 높다는 것을 의미했다.

그가 문을 두드리자 그를 알고 있는 듯한 한 소녀가 문을 열었다.

"힐리아드 부인 계시니? 내가 여기 왔다고 말해줘."

그의 목소리는 보통 때는 무뚝뚝했지만, 지금은 친절한 어조를 띠고 있었고 유쾌한 웃음기마저 배어 있었다. 잠시 후 거실의 문이 열려 있는 2층으로 올라오라는 허락이 떨어졌다. 호리호리하고 창백한 안색을 한 예쁜 젊은 여인이 앞에 나타났다. 그녀는 좀 당혹스러워하는 듯했으나 곧 그를 환영하는 기색을 보였다.

"좀 더 일찍 오실 줄 알았는데."

"일 때문에 좀 늦어졌어요. 아이는……?"

탁자에는 차가 놓여 있었고 탁자 끄트머리 높은 의자에 네 살배기 여자아이가 앉아 있었다. 힐리아드는 입을 맞추고 머리를 쓰다듬으며 살갑게 아이와 이야기했다. 이 여자아이가 3년 전에 숨진 형의 딸, 즉 그의 조카였다. 거의 없다시피 한 가구와 옷차림으로 볼 때 남편이 죽은 후 힐리아드 부인의 삶이 넉넉하지 않은 것은 분명해 보였다. 그녀는 힘이 다 빠진 사람 같았다. 뺨에 눈물이 마를 날이 없었는지 좀 야위어 보였고, 연약한 손은 원치 않는 가사 일로 많이 거칠어져 있었다.

힐리아드는 오늘 밤 그녀의 행동이 좀 이상하다고 생각했다. 침착하지 못했고 걱정이 있는 듯 그와 거리를 좀 두었다. 그가 더들리에서 여기까지 온 것은 만나서 이야기를 하고 싶다는 완곡한 편지를 받았기 때문이었다. 보통은 겨우 한 달에 한 번 얼굴을 보는 정도였다.

탁자에 자리를 잡으면서 그는 "나쁜 소식이 아니면 좋을 텐데요"라고 말했다.

"아, 아네요. 좀 있다가 말할게요."

식사를 마친 후 힐리아드 부인은 아이를 재우기 위해 나갔다. 그녀가 잠시 자리를 비운 사이 방문객은 웃음을 머금고 생각에 잠겨 앉아 있었다. 그녀가 돌아와서는 화롯불 옆으로 의자를 끌고 왔다. 하지만 앉지는 않았다.

"그래, 무슨 일이에요?" 그녀의 시동생이 아이에게 말하듯 물었다.

"모리스, 아주 중요한 이야기예요."

"그래요? 좋아요, 해보세요."

"음…… 도련님 마음을 다치게 할 게 분명해요."

젊은이는 웃었다.

"별로 안 그럴걸요. 무슨 말을 해도 괜찮아요."

그녀는 의자 뒤에 손을 짚고 서 있었다. 그녀의 창백한 뺨에 온기가 스미는 것을 감지할 수 있었다.

"모리스, 아주 이상하다고 느낄 거예요."

"오늘 오후에 겪은 일을 생각하면 어떤 일도 이상하지 않아요. 그 이야기를 곧 들려줄게요."

"도련님 이야기를 먼저 들려줘요."

"네, 이야기할게요. 불한당 덴게이트를 만났어요. 그가 아버지에게 진 빚을 갚았어요."

"그 사람이 갚았다고요? 그래요? 정말?"

"여기 수표가 있어요. 현금으로 바꿀 수 있을 거예요. 그 악당은 리버풀에서 잘 나가나 봐요. 비열한 자들을 잘 안다고는 할 수 없지만, 그는 내가 자기를 해칠 거라고 생각하고 이 수표를 준 것 같아요. 허영심에 상처를 줬죠. 그는 나를 놀라게 하려는 유혹을 떨칠 수 없었어요. 자신을 고상한 신사로 여길 줄 알았던 모양이에요. 여기 436파운드[1]가 있어요."

그는 소년과도 같은 기쁨을 감추지 못하고 수표를 공중에 던졌다. 그러다가 하마터면 화롯불에 들어갈 뻔한 것을 가까스로 움켜잡았다.

"아, 조심해요." 힐리아드 부인이 외쳤다.

"내가 그를 불한당이라고 했어요. 처음에 그는 나를 박살내겠다고 위협했지요. 그러지 않아서 다행이에요. 기차 안에 단둘이 있어서 난 그 자식 목을 조를 수도 있었어요. 그랬으면 일이 좀 복잡해졌겠지요."

"모리스, 어떻게 그런 일을······?"

"여기 돈이 있어요. 반은 형수님 거예요."

"내 거라고요? 지금까지 받은 것이 얼만데······ 이젠 받고 싶지

---

1) 이 작품이 쓰인 당시 1파운드의 가치는 현재의 113.5파운드에 해당하며, 436파운드는 현재 환율로 한화 약 7천만 원에 해당한다. 현재 영국의 1파운드는 100펜스지만, 작품이 쓰인 당시의 1파운드는 240펜스였다. 1파운드는 또한 20실링이었으며 1기니는 21실링이었다.

않아요."

"왜죠?"

눈이 마주쳤을 때 힐리아드는 그녀 뺨에 홍조가 도는 것을 감지했다. 왜 그럴까 추측해보기 시작했다. 곤혹스럽기는 했지만 흥미를 느꼈다.

"내가 아는 사람인가요?" 그의 다음 질문이었다.

"내가 아주 잘못하고 있다고 생각해요?" 그가 주시하는 눈길을 살짝 피하며 그녀가 말을 이었다. "도련님이 어떤 식으로 받아들일지 알 수가 없네요."

"경우에 따라서요. 남자는 누구예요?"

아직도 힐리아드가 자신을 잘 관찰할 수 없도록 움츠린 자세를 취하면서 젊은 미망인은 자신의 이야기를 시작했다. 그녀는 시동생이 잘 모르는 에즈라 마르라는 사람의 프러포즈에 승낙했다고 말했다. 사십 줄에 들어선 홀아비인데 아이는 없었다. 버밍엄의 이른바 '소장파 장인匠人'이라고 불리는 소규모 작업장 고용주 계급에 속하는 사람이었다. 이 사람과 모리스 힐리아드의 형은 많은 부분에서 달랐다. 하지만 미망인은 조심스럽게 에즈라 마르를 좋게 보이게 하려고 온갖 노력을 다했다.

"그리고 이제 나는 도련님에게 더 이상 짐이 될 수 없어요. 세상에 어떤 사람이 저에게 이렇게 해주겠어요⋯⋯." 힐리아드가 생각하는 동안 잠시 뜸을 들인 후 그녀가 말했다.

"잠시만요. 그게 진짜 이유인가요? 그렇다면⋯⋯"

급히 그녀가 이의를 제기했다.

"그것은 여러 이유 중에 한 가지일 뿐이에요."

힐리아드는 그녀와 형의 결혼 생활이 그리 좋았다고는 볼 수 없다는 걸 잘 알고 있었다. 활기 있고 진취적인 장인 계급의 남편을 얻는다면 이전 결혼보다는 나쁘지 않을 것 같다는 생각이 들었다. 그의 어린 조카딸이 불쌍하다고 느꼈지만 감정은 일반 상식과는 거리가 있는 법이었다. 조금 더 질문을 하다 그가 반대할 만한 어떤 근거도 없다는 것을 명백히 알게 되었다..

"좋아요, 언제나처럼 현명하게 처신하셨을 거라 믿어요. 여기 돈의 반은 형수님 겁니다. 이 돈이 필요하실 거예요."

문에서 노크하는 소리가 들려서 이야기가 중단됐다. 방을 잠시 떠난 힐리아드 부인이 밝은 얼굴빛으로 돌아왔다.

"그이가 왔어요." 그녀가 머뭇거리면서 말했다. "오늘 저녁에 그이를 부르는 것이 좋겠다는 생각을 했어요, 괜찮죠?"

마르 씨가 들어왔다. 건강하고 드세지 않으며 겉치레와 말투가 시원시원한, 매력적인 부류의 전형 같은 사람이었다. 힐리아드는 이 사람이 소심하고 연약한 자그마한 과부를 선택했다는 사실에 다소 놀랐다. 그가 이 결혼을 후회하지 않았으면 하고 바랐다. 두 남자 사이에 오가는 친밀감 있는 대화 내용으로 보아, 두 사람이 서로에 대해 좋은 느낌을 가지고 있음이 분명했다. 한참 지나 힐리아드 부인이 시동생이 돈을 주려는 제안을 했다는 이야기를 했다.

그녀는 상황을 설명한 후에 "내게 아무런 권리가 없다고 생각해요"라고 말했다. "모리스가 내게 해준 것을 아실 거예요. 저는 제가 항상 그에게서 뺏는다는 생각을……"

"그 점에 대해서 나도 한마디 하고 싶군요." 마르 씨가 굵고 낮은 목소리로 말했다. "힐리아드 씨, 당신을 알게 돼 반갑고, 또 악수를 해서 자랑스럽습니다. 내 의견을 받아들인다면, 에밀리는 당신이 제안하는 어떤 돈도 받지 않을 겁니다. 나는 돈을 받는 것이 온당치 않고 창피하다고 생각해요. 내 생각을 피력하자면, 이제 당신은 당신의 것을 챙기면 됩니다. 에밀리는 이 돈을 나누어 받을 아무런 권리가 없고, 나도 그녀가 이 돈을 받는 것을 원하지 않아요."

"좋습니다. 이제 우리가 할 일을 내가 말하지요. 200파운드 정도를 어린 내 조카를 위해 따로 떼어 남겨두겠습니다. 거기에 대해선 반대가 없지요?" 힐리아드가 말했다.

"반대합니다. 이런 말을 해도 될지 모르겠지만 나는 그 아이를 잘 돌봐줄 수 있어요. 사실 나는 이 어린아이가 나를 아빠로 여기면서 자랐으면 좋겠고, 오직 나에게서만 모든 것을 얻었으면 좋겠습니다. 물론 좋은 것만 말하는 겁니다. 어쨌든 나는 위니가 이 돈을 갖지 않는 것이 좋다고 생각해요."

'이 남자는 자기 생각을 곧이곧대로 말하는 습관이 있구나.' 힐리아드는 자기가 고집을 피우면 이 순간의 분위기를 망칠 것이라는 점을 알아챘다. 그는 손을 흔들고 밝게 웃으며 더 이상 이야기하지 않았다.

오후 9시경 그 집을 나온 힐리아드는 애스턴 처치역을 향해 걸었다. 전차를 기다리며 서 있는데 주위를 둘러보게 만드는 소리가 어디선가 들렸다. 교회 앞뜰에 쭈그리고 앉은 사람은 누더기를 걸친 거지였다. 그의 얼굴에는 소름이 끼칠 정도로 붕대가 감겨 있었고, 그가 앉은 앞 포도鋪道에는 성냥갑이 수북이 쌓여 있었다. 거지는 중얼거리는 바보라서 그런지, 아니면 관심과 연민을 불러일으키려고 그러는지 의미 없는 노래를 흥얼대고 있었다. "아-파 파키, 파-파키, 파"처럼 들리는 소리를 수십 번 반복해대며, 좀 쉬다가 다시 소리를 내고는 했다. 힐리아드는 그가 내는 소리를 들으며 한참을 응시하다가 동전 한 닢을 내민 손에 쥐어줬다. 그러고는 "저주받을 세상이여!"라는 말을 뱉으며 고개를 돌렸다.

힐리아드는 전차를 탄 다음 보름달을 쳐다봤다. 달은 큼지막한 구름이 없어져 한층 맑아진 하늘 위로 우뚝 솟아 있었고, 지상의 허접한 불빛 위로 아름다운 은색 빛을 발하고 있었다. 찾아보려고 하는 눈에만 보이는, 달을 감싸고 있는 거대한 테두리는 은은한 후광을 발하고 있었다. 이 광경이 그의 생각을 오래 잡아 두지는 못했지만, 간간히 위를 쳐다보면서 은색 광휘에 대해, 또 일단의 별들을 가로질러 은은하게 빛나는 넓게 퍼져 있는 후광에 대해 생각했다.

3

힐리아드는 더들리로 돌아가는 기차를 타지 않고 대신 버밍엄 시내 북쪽 끝에서 남쪽 끝까지 내려갔다. 오후 10시가 돼서야 모슬리 로드에 이르는 길에 다다른 그는 젊은 사업가들이 사는 이 동네에 '나래모어 씨'가 있는지 물었고, 지체 없이 안으로 안내됐다.

긴 파이프를 입에 문 로버트 나래모어가 화로 옆에 앉아 있었다. 식탁에는 만족스러운 수준의 저녁—냉동 칠면조, 햄, 스틸톤 치즈, 그리고 와인 한 병—이 차려져 있었다.

"어, 너!" 자리에 앉은 채로 그가 소리를 질렀다. "내가 편지를 보내려고 했어. 수고를 덜어줘서 고마워. 뭘 좀 먹겠어?"

"좋지. 마실 것도 좀 주고."

"거기 벨 좀 눌러주지 않겠나? 브르고뉴산 와인 한 병이 남아 있을 거야. 없으면 배스 맥주는 많아."

그는 친근하게 웃으면서 팔을 느긋하게 뻗었다. 나래모어는 사치스럽고 나태한 인상을 주는 사람이었다. 유쾌한 표정을 하고 짙은 색의 곱슬머리를 한 그는 값나가는 맞춤 양복이 잘 어울리는 당당한 몸집을 갖고 있었다. 직책을 맡고 있는 회사로부터 얻는 소득을 감안하면 이 동네보다는 훨씬 더 좋은 곳에 살 수 있었지만, 그는 이 지역에서 10년 이상 살고 있었다. 그는 이사하기보다는 약간의 불편함을 감수하는 것이 낫다고 생각했다. 불편함은 어떤 종류의 것이든 로버트에게 있어 악몽과 다를 바 없었다. 사업 분야에서 그가 점차 발을 넓혀가는 것도 자신의 노력이라기보다는 친근감 있고 잘생긴 젊은 사람에게 찾아드는 행운 때문인 듯했다. 그의 목소리 자체는—화를 불러일으키는 경우도 있지만—대개 듣는 사람들을 위무하는 안온함이 있었다.

로버트가 벨을 눌렀을 때, "이동식 침대를 좀 갖다달라고 해. 오늘 여기서 잘 테니까"라고 힐리아드가 말했다.

"알았어."

방문객이 허기를 채우고 쓴맛이 나는 에일 맥주를 두 병째 따기 전까지 별 의미 없는 대화가 그들 사이에 오갔다.

"오늘은 대단한 날이었어." 힐리아드가 흥분해서 소리쳤다. "더들리를 떠나기 전 오늘 오후까지는 거의 죽고 싶었지만, 지금 나는 온 세상을 가진 자유인이야."

"무슨 일이 있었어?"

"에밀리 형수님이 재혼을 하려고 해. 그게 한 가지고."

"하느님이 복을 내렸네. 더할 나위 없이 잘 됐어."

힐리아드가 그간의 사정을 설명했다. 그리고 나서 주머니에서

네모난 종잇조각을 꺼내서 앞에 놓았다.

"덴게이트?" 그의 친구가 소리를 질렀다. "도대체 어떻게 이 수표를 차지하게 된 거야?"

힐리아드가 설명을 했다. 그들은 덴게이트의 성격과 동기에 대해 갑론을박하기 시작했다.

"나는 알 수 있을 것 같아." 나래모어가 말했다. "내가 열두 살이었을 때 사과 파는 아주머니한테 사과를 사고 3.5펜스를 주지 않은 적이 있었어. 열여섯 살이 돼 나이 든 이 아주머니를 다시 만나서 1실링을 주고 엄청난 행복감을 느낀 적이 있지. 그때는 아주 사소하게 속인 거지만 양심의 거리낌을 없애고 싶었고, 아주머니가 어떤 표정을 지을지 보고 싶었어."

"틀림없이 그거야. 지금 그 사람은 리버풀에서 상당한 지위에 있는 것 같아. 그런데 더들리에 그를 불한당이라고 부르는 부랑아가 있다는 사실이 마음에 들지 않았던 거지. 어쨌든 어떤 사람이 내가 술을 좀 마셨다는 것을 그에게 이야기해줬고, 그러면 나는 파멸에 이를 것이라고 했겠지. 누가 그런 말을 했는지는 알 수가 없어."

"그래, 우리 모두에 대해 이야기해주는 오지랖 넓은 친구가 항상 있는 법이지."

"요즘 내가 가끔 술을 마시는 것은 사실이야. 술을 마시게 되는 데에는 많은 이유가 있지."

"철학적으로 '많은' 이유가 있겠지." 나래모어가 동의했다.

힐리아드는 저녁을 계속 먹었고, 그의 친구는 담배를 피웠다.

그러고는 아직도 힐리아드가 쥐고 있는 수표를 딱히 이렇다 할 목적도 없이 쳐다봤다.

"그래, 넌 이걸 어떻게 쓸 거야?" 마침내 그가 물었다.

이 말에 대해 답변이 없었다. 침묵 속에 몇 분이 흘렀다. 힐리아드는 일어서서 실내를 왔다 갔다 하다가 눈에 띄는 궐련함에서 시가를 꺼내 끝을 자르고는, 조용하게 말했다.

"제대로 한번 인생을 살아볼 작정이야."

"가만 있자, 이제 테이블을 치우고 물 주전자를 올려서 끓여야 겠다."

하인이 바삐 움직이는 동안 힐리아드는 화로 장식에 팔꿈치를 기대고 무언가를 골똘히 궁리하면서 시가를 피웠다. 나래모어가 청하자 그는 두 잔의 위스키 토디를 만들었다. 자신은 영국 맥주를 잔에 더 따르고는 원래 위치로 돌아왔다.

"좀 앉을 수 없어?" 나래모어가 물었다.

"그럴 수 없어."

"이 친구 좀 봐. 너 같은 예민한 신경이었다면 나는 벌써 오래전에 무덤에 있을 거야. 그래, 제대로 인생을 살고 싶다고?"

"이제 더 이상 기계이고 싶지 않아. 나를 인간이라고 부를 수 있을까? 나라는 인간과, 제도를 할 때 항상 웅웅거리며 귀를 먹게 하는 지긋지긋하게 단조로운 빌어먹을 이 기계 사이에 아주 작은 차이라도 있을까? 이제는 이 일을 끝내고 싶어. 여기 400파운드가 있어. 이건 400파운드만큼의 삶의 가치를 의미해. 이 돈이 남아 있는 한 난 내가 인간임을 느낄 수 있을 거야."

"그런 면이 있지." 활기는 없지만 어느 편에 치우치지 않는 목소리로 상대방이 이야기했다.

"에밀리 형수님에게 절반을 주겠다고 제안했지만 받을 수 없다고 하더군. 마르라는 사람도 그녀가 받지 못하도록 했어. 조카아이를 위해 돈을 좀 떼어놓으려고 했지만 마르가 그마저도 원하지 않았어. 이 수표는 완전히 내 거야."

"의심할 바 없지."

"생각해봐! 내 인생 처음으로 다른 누구도 권리를 주장할 수 없는 돈을 갖게 됐다고. 불쌍한 아버지가 돌아가셨을 때 형과 나는 집안 살림을 위한 비용을 같이 부담했지. 여동생 마리안은 돈을 벌 수 없었으니 어머니를 돌봤어. 어머니가 돌아가시고 마리안이 결혼하면서 나는 나 자신만 챙기면 됐지. 그러다가 윌 형이 세상을 떠났잖아. 내 수입의 절반은 구빈원에 있는 형수님과 조카딸을 위해 쓸 수밖에 없었단 말이야. 내가 싫은 기색 전혀 없이 그 일을 했다는 것을 넌 잘 알 거야. 달리하는 것을 용납할 수 없기에 해야만 하는 일을 한다는 것이 나의 신념이야. 에밀리와 조카딸이 곤궁함으로 괴로움을 당하기보다는 차라리 내가 일주일에 1파운드로 사는 편이 낫다고 생각했어. 감사나 칭찬을 받을 일은 아니지. 그렇지만 변화는 그렇게 빨리 오지 않아. 그런 말이 어느 비 오는 날 아침 더들리 신문에 쓰여 있었어."

나래모어가 신중하게 궁리하면서, "나도 그렇다고 생각해"라고 말했다.

그의 친구가 실내에서 왔다 갔다 하는 1분 정도의 시간이 흐른 후 나래모어는 특유의 목소리로 말했다.

"행운은 우리 둘에게 동시에 찾아왔군. 내 삼촌인 솔이 오늘 아침 별세하셨어."

"너에게 돌아올 게 많아?"

"삼촌이 뭘 얼마나 남겼는지는 나도 몰라. 하지만 삼촌이 3년 전에 작성한 유서에는 유산의 상당한 몫이 나에게 오도록 돼 있지. 이건 아무도 모르지만 삼촌은 지난 6개월간 미친 상태로 지냈어. 가명으로 보데슬리가街에 방을 하나 얻어 1~2톤이나 되는 통조림 고기와 채소를 저장했지. 삼촌이 죽은 걸 발견한 사람이 바로 거기 여주인이야. 여주인은 주머니에서 나온 문서를 보고 삼촌의 신분을 알게 됐지. 삼촌이 인근에 사는 늙은 술꾼과 사귄 사실이 밝혀졌어. 그 술꾼이 영국이 곧 대규모의 금융 붕괴 상태에 빠져들 것이라고 삼촌에게 말했다는군. 그 말을 들은 삼촌은 자신을 보호하기 위해 엄청난 규모의 통조림을 대비용으로 쌓아두었던 거지. 웃을 수밖에 없는 이야기야. 불쌍한 늙은이. 그게 돈을 위해 땀을 흘리며 산 삶의 결과야. 젊었을 적에 삼촌은 어려운 시절을 보냈어. 발명이 성공했을 때 삼촌은 마음의 평정을 잃었지. 나는 삼촌의 눈에서 광기를 느꼈어. 그러는 과정에서 삼촌이 많은 돈을 잃었을지도 모르지. 누가 알겠어?"

"그게 인류가 다다를 마지막 종착지겠지." 힐리아드가 말했다. "기계가 인류를 미치게 만들 것이고 기계에 의해서 죽임을 당하겠지. 사람을 씻기고 입히는 기계도 곧 등장할 거야. 먹이는 기계도, 또 다른 기계도……."

분노에 찬 상상은 기괴한 생각으로 이어졌고, 종당에는 웃음을 터트렸다.

"음…… 한 일이 년 지낼 수 있겠지. 즐거움이 무엇인지 알게 될 거야. 그리고 그다음에는……"

"그래, 그다음에는?"

"잘 모르겠어. 다시 돌아올지도 모르지. 끝장을 보고 싶어. 일이 년간을 인간처럼 산 후에 나의 마음 상태가 어떨지를 예견하기는 불가능하지. 만일 너에게 돌아올 유산이 엄청난 금액이라면 넌 뭘 하고 싶어?"

"수천 파운드 이상은 되지 않을 것 같아." 나래모어가 대답했다. "그냥 내가 하던 방식대로 하겠지. 몇천 파운드가 뭐 그리 대수인가? 나는 떠날 만한 용기도, 네 방식대로 즐길 용기도 없어. 요즘 나는 결혼하는 것이 어떨까 하는 생각을 하고 있어. 결혼이라는 게 너도 알다시피 엄청나게 돈이 드는 일이잖아. 1년에 삼사천 파운드 정도 들겠지. 근심으로 전전긍긍하면서 심심하기 그지없는 생활을 하기를 원하지 않는다면, 가정이 잘 돌아가기 위해 그 정도는 써야 할 거야. 아내는 집 안에서 내 반려자 역할을 해야 하겠지. 황동 침대 위에서 인생을 새로이 시작하고 싶어. 수요가 적어지지 않을 때까지 그 분야에서 일할 수 있을 거야. 내 잔 좀 채워줄래?"

힐리아드는 두 번째 잔을 다 비우고는 별생각 없이 지껄이기 시작했다.

"우선 런던으로 갈 거야. 해외로 갈지도 모르지. 하루 1파운드로 계산해봐. 1년에 3백 하고 며칠이 있지. 그래 365일이야. 2년을 버티지는 못해. 나는 2년간 삶다운 삶을 살고 싶어. 하루에 반 파운드 금화로 말이야. 사람들은 하루에 반 파운드로 많은 것을 할 수 있지. 그렇지 않아?"

"네가 마시고 싶은 와인을 마시려면 그 돈으로는 좀 어렵겠는걸."

"와인은 내게 문제가 되지 않아. 허네스트 맥주와 스카치위스키 정도면 괜찮아. 이봐, 나는 방탕에 빠지지 않을 거야. 또 삼류 명사 흉내도 내지 않을 거야. 짐승처럼 구는 데서 무슨 낙을 찾겠어? 게다가 양복점 쇼윈도에서 튀어나온 인물처럼 거리를 점잖게 걷는 것도 내 체질에 맞지 않아. 나는 자유스러운 삶, 즉 인간적인 삶을 살고 싶다고. 의자에 앉아 기계를 축척에 따라 그리는 지긋지긋한 일은 이제 완전히 잊어버리고 싶어. 내가 원하는 것은……."

그는 자신을 돌아봤다. 나래모어는 그를 호기심에 찬 눈으로 지켜봤다.

"네가 지금까지 그렇게 여자와 무관하게 살아왔다는 것이 좀 이상한걸, 힐리아드." 힐리아드가 고개를 돌리자 그의 친구가 말을 이었다. "그래, 다른 사람들은 네가 그런 면에서 좀 난처한 사정이 있다고 생각할 것 같아."

"그럴 수 있지." 힐리아드는 중얼거렸다. "그래, 이상한 일이야. 나는 가족을 돌볼 의무에서 이제야 면제됐어. 지금껏 가난 때문에 고통받고 있는 여자들을 너무 많이 봐서 그런지 여자들을 남자들의 짐으로만 생각하는 게 버릇이 됐나 봐."

"거의 그렇다고 할 수 있지."

"그래, 거의 언제나 그렇지."

나래모어는 붙임성 있는 웃음을 지으면서 골똘히 생각했다. 그의 친구는 잠시 어두운 생각을 하다가 자기 자신을 떨쳐버렸는지 그 앞에 펼쳐지게 될 새로운 생활에 대해 들뜬 마음으로 이야기하기 시작했다.

4

힐리아드에게 싫증나고 역겨운 경치만을 보게 해준, 그의 방 하나짜리 숙소는 처음 본 사람에게는 꽤나 인상적일 수도 있었다. 그는 더들리에서의 마지막 날 오후를 창가에 서서 어떤 염려도 거부하는 강렬한 감정으로 자신을 축하했다. 그러면서 이 예속의 경치를 더 이상 보지 않을 것이라는 상념에 잠겨 앞을 바라보고 있었다.

이 집은 좁은 진흙길 내리막 경사에 줄지어 늘어선 테라스가 달린 주택 중의 하나였다. 집 안에서는 잡초가 우거진 너른 폐허가 보였는데, 대부분이 석탄과 그 재로 뒤덮여 있었다. 그 반대편으로 대략 4백 미터 정도 떨어진 곳에, 밑에서부터 위까지 나무가 빽빽이 들어선 돔 모양의 언덕이 있었다. 가장 위에 있는 나뭇가지 너머로는 더들리성城의 무너진 잔해가 보였다. 그 언덕 기슭에는 왼쪽의 솟아 있는 땅 때문에 잘 보이지 않는 더들리읍에서

부터 저지대에 있는 기차역까지 뚫린 도로가 나 있었고, 거기서부터 거대한 평원이 눈앞에 펼쳐졌다. 평원 끝 붉게 빛나는 구름 안에서 하늘과 땅이 만나고 있었다. 전체적으로 특색이라고는 찾을 수 없어 단조로울 수밖에 없는 성의 폐허 가장 높은 곳을 석양의 황금빛이 비추고 있어 눈요깃거리가 되어주고 있었다. 멀리 또 가까이 있는 셀 수 없이 많은 굴뚝에서 넓게 퍼지는 다양한 농도의 연기가 솟아올랐다. 아스라한 거리에서는 차가운 흰 연기가, 석회로爐에서는 희미한 연기가 길게 이어졌고, 탄광과 대장간에서는 거무튀튀한 짙은 연기가 느리게 부는 바람을 타고 높이 한데 뭉쳐져서 아주 먼 곳까지 흘러가고 있었다.

미술 교사의 아들로 버밍엄에서 태어난 모리스 힐리아드는 대부분 생애를 미들랜드의 주도에서 보냈다. 문법학교에서 너무 오래 교육을 받았기 때문에 허드렛일을 하는 직업은 적합하지 않았지만, 그렇다고 그 교육이 전문적인 일을 할 자격을 갖추기에 충분했던 것도 아니었다. 소년 시절에 그는 예술가가 되기를 갈망했다. 예술가가 되고자 했지만 망가진 인생을 산 아버지는 그의 야심을 무참히 짓밟아버렸다. 손재주로 돈을 버는 직업과 빈털터리 예술가 사이의 타협책으로 그는 기계 제도공이 됐다. 최근에 그는 건축학에 많은 흥미를 느껴 자유 시간의 대부분을 그 학문을 공부하는 데 할애했고, 용돈의 많은 부분을 건축학 지식을 늘리는 데 도움을 줄 책과 인쇄물을 사는 데 썼다. 희망적인 기분일 때 그는 자신이 기계의 속박으로부터 벗어나 건축 사무실에서 일하는 것이 가능한가 하는 자문을 해보곤 했다. 그 욕망은 지금, 미래는 생각하지 말고 자유를 만끽하자는 열정적인 결심 때문에 잊혀졌다.

들고 갈 옷가지 몇 벌을 제외한 그의 모든 소유물은 2개의 트렁크에 담겨 내일 버밍엄으로 보내질 것이다. 그리고 나래모어가 그 짐을 맡아둘 것이다. 그가 아는 한 피붙이라고는 울버햄프턴에 사는 여동생밖에 없었다. 그녀는 거기서 답답하기는 하지만 그렇게 억압적이지는 않은 환경에서 살고 있었다. 힐리아드는 며칠 전 여동생을 찾아가 그가 떠날 거라는 사실을 알려줬다. 형수의 결혼식에는 참석하지 않을 예정이었다. 이제 형수로 인한 양심의 거리낌은 없어졌다.

힐리아드는 그렇게 예민한 문제가 아닐 때조차도 양심 때문에 괴로워했다. 스무 살일 때의 일화가 그의 성격을 잘 보여준다. 나래모어와 같이 그는 한밤중에 버밍엄의 가난한 동네를 걷고 있었다. 어떤 이유에서인지 그는 한 상점의 창 앞에 서게 됐다. 가스등이 겨우 하나 켜져 있는 작은 창 안에는 보잘 것 없는 물건들이 진열돼 있었다. 최근에 연 상점이기는 하지만 청결함이라든가 깔끔함과는 거리가 멀었다. 두 친구는 이런 상점을 열어서 과연 누구에게 도움이 될까 하는 말을 주고받으면서 진열된 모습을 보고 웃었다. 웃는 동안 그는 문에 서 있는 여자의 인기척을 느꼈다. 그녀는 틀림없이 상점 점원이었다. 그들이 말하는 것을 듣고 그녀는 낙심한 모습이었다. 그때 모리스 힐리아드가 경험한 고통은 정말로 살을 에는 듯했다. 자신이 얼마나 못되게 굴었는지를 계속해서 생각하던 그는 스스로를 용서할 수 없었고, 우울한 심정에 빠졌다. 얼마 후 그는 나래모어를 같은 동네로 데리고 갔다. 그 작은 상점에 당도해서 힐리아드는 승리에 도취된 소리를 질러대 그의 친구를 놀라게 했다. 창을 통해 본 상점의 내부는 수수한 상품들이 훨씬 더 나은 방식으로 진열돼 있었다.

"너 기억나?" 힐리아드가 말했다. "난 저 점원에게 뭐라도 보내지 않고서는 견딜 수가 없었어. 저 여자는 대체 누가 돈을 보내준 것인지 죽을 때까지 알지 못할 거야. 어쨌든 저 불쌍한 여자가 그 돈을 썼으니 이제 운이 좀 트일 테지."

자연스러운 욕구를 극도로 억누르면서 누추한 환경에서 질풍노도 같은 젊은 시절의 치열한 삶의 투쟁을 거쳐 힐리아드는 가까스로 이 위치까지 왔다. 그의 절박함 중에 하나는 자아를 둘러싼 것이었다. 점잖아야 한다거나 조심해야 한다고 말을 누구이 들어도 거친 증오심으로 귀를 기울이지 않았다. 만일 그의 노예 상태가 12개월 더 연장됐더라면, 사람들을 가만히 놔두지 않는 그들의 잔혹한 영향력에 굴복했으리라. 오늘, 자신을 위협하는 위험으로부터 탈출하려는 본능에 충실한 그는 칭찬받을 만했다.

마지막 잔광이 그의 방에서 사라질 즈음 문에서 노크 소리가 났다.

"힐리아드 씨, 차가 준비됐어요." 주인아주머니의 말소리가 들렸다.

그는 주인아주머니의 거실에서 식사를 했다. 식욕은 없었지만 먹는 체하는 것은 시간을 보내는 한 가지 방법이었다. 그는 내려가서 준비된 식탁에 앉았다.

두리번거리는 그에게 실내에 있는 장식물 중 하나인 브르어 부인의 앨범이 눈에 들어왔다. 2년 전 그가 처음 이 집에 왔을 때 그는 이 집의 가족사진을 훑어봤고, 그 이후에 이따금씩 관심이 가는 사진 한 장을 보기 위해 앨범을 집어 들곤 했다. 세월의 고단함이 배어 있는 노년, 별로 얻은 것이 없는 중년, 어떤 광휘도 찾아볼 수 없는 청년(그리고 아가씨)들의 일그러진 모습과 흉물스러운 옷의 여러 유형이 골고루 모여 있는 이 앨범의 인물 중에, 오래 보면 볼수록 그가 원하는 특질을 점점 더 가지고 있는 바로 그런 인물을 발견했다. 앨범의 걸쇠를 풀면 바로 이 익숙한 얼굴과 마주쳤다. 마지막으로 본 것이 한두 달 된 것 같은 데, 그를 사로잡은 그녀의 용모는 전과 전혀 다를 바 없었다.

그녀는 아마 스무 살을 갓 넘겼으리라. 앨범 상에 있는 다른 주변 인물과는 달리 그녀는 사진을 찍기 전 치장을 하지 않은 것 같았다. 풍성한 머리는 단순하게 가르마를 타서 이마 위로 부드럽게 늘어뜨리고 뒤로 한데 묶었다. 아마포 칼라 옷을 입고 있었는데 사진만으로 판단해보면 수수한 겉옷으로 보였다. 그녀의 모습은 매혹적이고 지성적으로 보였으며 순종적이라고 느껴질 만큼 부드러운 모습을 하고 있었다. 힐리아드는 그녀가 웃고 있는 것인지 아니면 슬픈 표정을 짓고 있는 것인지 구분하기 어려웠다. 그녀의 입술은 웃고 있는 듯이 보이지만, 하도 미미해 그것이 단지 자연적인 얼굴선의 모습 때문이 아닌가 하는 생각을 갖게도 했다. 한편, 입을 다물고 있는 사진에서는 그녀의 얼굴에 깊은 애수가 서린 듯 보였다.

힐리아드는 그녀가 누구인지를 알 수 없었다. 여러 번 주인아주머니에게 그녀가 누구인가를 물어보려고 했지만, 어쩐지 묘한 기분이 들어 그만뒀다. 브르어 부인이 지레 상상해서 말하는 것이 두려웠고, 하녀 내지는 하층 계급 사람을 사모한다는 사실이 드러날 가능성도 크게 염려됐다. 또 얼굴에 대한 자신의 판단을 신뢰할 수 없었다. 아마도 옆에 있는 다른 얼굴들의 흉물스러움과 대비가 돼 그녀가 더욱 빛났었을 수도 있고, 무뎌진 그의 감각 안에서 아주 역겹지 않은 어떤 여성의 용모를 보고 완전함을 기꺼이 발견하고자 했기 때문일 수도 있었다.

하지만 아니었다. 그 얼굴은 아름다운 얼굴이었다. 깊은 관심을 일으키는 측면에서도 그렇고, 그의 감성에 호소하는 힘이라는 측면에서도 그랬다. 어떤 면에서 보더라도 아름다웠다. 다른 남자라면 그냥 무시하고 지나칠 수 있었겠지만, 그에게 이 얼굴은 다른 어떤 얼굴이 말해주지 않는 무언가를 말해주고 있었다. 이 얼굴은 그에게 깊은 호감이라는 의식을 불러일으켰다.

그가 식탁에 여전히 앉아 있자니 주인아주머니가 들어왔다. 그녀는 자신이 속한 계급치고는 훌륭한 인품을 갖추고 있어 상스러운 험담을 늘어놓는 사람이 아니었다. 이 순간 그녀가 거실에 들어온 이유는 힐리아드가 기념으로 그녀에게 줄 만한 인물 사진이 있는지를 묻기 위해서였다.

"아쉽게도 그런 건 없네요." 그는 웃으며 대답했다. 그런 사진을 요구할 만큼 브르어 부인이 그에게 관심이 있었다는 데 내심 놀랐다.

"그런데 이 사진에 나오는 사람이 누군지 알려주실 수 있나요?"

앨범은 그의 옆에 놓여 있었고, 브르어 부인의 눈길이 거기에 머물자 당황하며 결정적인 질문을 하고 말았다.

"오, 그 애 말이군요! 내 딸 마사의 친구 이브 매들리예요. 힐리아드 씨가 그 애를 눈여겨보는 것은 당연해요. 하지만 실물이 사진보다 훨씬 낫답니다. 그 사진은 2년도 더 넘게 전에 찍은 사진이에요. 아, 힐리아드 씨가 여기로 오기 전에 그 아이는 이미 런던으로 가버렸어요."

"이브 매들리." 이름을 불러봤다. 그 이름이 좋았다.

"이브는 온갖 어려움을 겪었어요." 여주인은 이어서 말했다. "그 애를 못 보게 된 것은 안타깝지만 더 나은 생활을 하고 있으리라고 믿어요. 그 애는 런던으로 간 이후로 우리 집에 온 적이 없어요. 이 동네로 돌아왔다는 이야기도 듣지 못했지요. 내 딸 마사는 그 애 소식을 들은 지 그리 오래되지 않은 것 같은데…… 보자, 크리스마스 때지 아마……"

"그분은 지금 일하고 있나요?"라고 덧붙여 물으려고 했지만 입에서 차마 그 말이 나오지 않았다. 그는 겨우 "그분은 지금 런던에서 고용이 된 상태인가요?"라고 물었다.

"그래요, 장부 적는 일을 하고 있어요. 일주일에 1파운드 벌지요. 그 애는 항상 숫자에 밝았어요. 학교 다닐 때 셈을 하도 잘해 선생이 됐으면 하고 사람들이 바랐지요. 하지만 이브는 그 일을 좋아하지 않았어요. 그 애 아버지의 친구인 철물점 주인 렉키트 씨는 이브가 장부를 정리해주고 저녁에 수입과 지출을 마감해줬으면 하고 바랐지요. 그 애가 열일곱 살이 됐을 때 그 사업이 번창하기도 했고 렉키트 씨는 숫자에 어두워서 그 애를 정규 직원으로 두었지요. 이브가 학교를 그만둬 렉키트 씨는 기뻐했지만 그 애는 못 견뎌 했어요."

"온갖 어려움을 겪었다고 아까 그러셨죠?"

"네, 그래요. 이브는 힘든 일을 많이 겪었어요. 모든 것이 그 애 아버지 잘못이에요. 어리석은 작자인 아버지 빼고는 집안이 그런 대로 괜찮았어요. 언덕 위 조그만 오두막에 살면서 로빈슨 씨 작업장에서 작업 시간 담당자로 임금을 받고 있었거든요. 원래는 자기가 임금을 주는 사람이어야 하는데 말이죠. 술이 문제였어요. 우리 아이 마사가 그들이 왈살 지역에 산다는 사실을 처음 알았지요. 이브가 아니었으면 그 가족은 집도 장만하지 못했을 거예요. 마사는 이브를 일요 학교에서 알았지요. 이브는 그 학교에서 선생으로 일했어요. 그게 칠팔 년 전이네요. 그 아이는 겨우 열여섯 살이었지만 이미 어른 티가 났어요. 그 가족은 이브가 있어서 겨우 먹고 살 수 있었어요. 그 집 사람들은 거의 매일 마른 빵만 씹고 지냈죠. 아버지라는 작자는 버는 족족 다 써버리고."

"대가족이었나요?" 힐리아드가 물었다.

"그 당시 이브는 여자 형제가 둘 있었고, 남자 형제가 하나 있었죠. 다른 두 아이와 엄마는 벌써 죽었고요. 이브 엄마에 대해 아는 바는 없지만 사람들은 이브 엄마가 훌륭한 사람이었다고 해요. 장녀인 이브가 엄마를 닮은 것 같다고요. 이브만큼 조용하고 신중한 여자아이는 또 없어요. 그때 내 딸 마사는 왈살에 있는 내 여동생과 지내고 있었거든요. 내 하나뿐인 여동생인데 불쌍하게 도 너무 쇠약해서 마사한테 돌보라고 시킨 거예요. 여동생이 죽 었을 때 마사는 여기 우리한테로 다시 왔고, 이브 아버지가 일을 얻어서 매들리 가족도 여기로 왔어요. 이브 아버지는 금방 일을 그만두더니 어디 알지 못하는 곳으로 가버렸어요. 이브가 동생들 을 계속해서 보살필 수밖에 없었지요. 가끔 우리가 그 애를 돕기 는 했지만 그 불쌍한 것한테 인생은 잔인했지요. 굳이 말하자면, 인생을 한창 즐겨야 할 나이잖아요."

힐리아드의 관심은 더욱 커졌다.

"그리고……" 브르어 부인이 말을 이었다. "이브의 여동생 로 라는 버밍엄으로 가서 사탕가게에 들어갔어요. 그 애 소식은 그 게 마지막이에요. 지금은 살아 있는지 아니면 죽었는지 알 방도 가 없어요. 믿을 만한 아이는 아니었죠. 좋은 아이라고 생각해본 적도 없고요. 그래도 이브는 마음속에 늘 여동생을 담아두고 있 었죠. 그러고는 6개월이 지나지 않아 또 다른 여동생이 몹쓸 병 에 걸렸고 이내 죽었어요. 관을 집에서 밖으로 옮기려고 할 때 그 애 아버지가 나타났어요. 그 사람은 쥐꼬리만 한 돈을 이따금씩 부치면서 집을 거의 2년간 비웠었고, 아이가 아프다는 사실도 몰 랐었어요. 그래서 관을 본 순간 그 사람은 마치 죽은 사람처럼 그 앞에 바짝 엎드리더군요. 힐리아드 씨는 생각도 할 수 없는 일일 거예요. 하지만 인간의 마음속에는 무엇이 들어 있는지 몰라요. 힐리아드 씨가 믿을지는 모르겠지만, 그 사람은 그날부터 우리가 알지 못하는 사람으로 변했어요. 신실한 사람이 되어 교회에 정기적으로 다니기 시작했고, 그건 지금도 변함이 없어요. 누가 그렇게 이끌었는지 모르겠지만 술은 입에도 대지 않아요. 그런 걸 개종이라고 해야겠지요."

"그럼 지금은 그분과 남동생만 남았겠네요?"

"그래요, 이브 남동생은 톰 매들리라고 하는데, 아주 착실한 젊은이에요. 누나인 이브한테 골치 아픈 일을 안겨준 적이 없죠. 지금 일주일에 30실링 벌어요. 음, 이브는 아버지가 괜찮아지고 난 이후에 집을 떠났어요. 놀랄 일도 아니죠. 아버지가 야기한 모든 잘못과 슬픔을 이브가 용서하리라고 기대는 할 수 없지 않겠어요. 몇 개월 동안 그 애는 버밍엄에 가 있었고, 런던에서 일자리를 잡았다는 소식을 전하려고 우리에게 왔었어요. 그리고 자신을 기억해달라며 바로 그 사진을 우리에게 준 거예요. 하지만 제가 이야기한 대로, 사진이 잘 나온 것은 아니에요."

"그분은 이제 예전보다 행복한 것 같은가요?"

"이브는 나에게 한두 번밖에는 편지를 쓰지 않았어요. 그 애는 무슨 일이 있어도 불평하는 아이가 아니었어요. 런던에서 틀림없이 친구를 사귀었겠지만 우리가 들은 바는 없어요. 마사는 이브가 크리스마스에 왔으면 하고 바라지만 일 때문에 오랫동안 자리를 비울 수는 없는 모양이에요. 주소를 알려드릴게요. 지금 기억은 못해요. 런던에 가본 적도 없고. 마사는 물론 알아요. 마사가 오늘 밤 들을 테니 내가 물어볼게요."

힐리아드는 이 말에 아무런 언급을 하지 않음으로써 이 제안에 동의하는 꼴이 됐다. 자신이 매들리의 주소를 알고 싶어 하는지에 대한 확신은 없었다.

춥고 어두운 거리를 두 세 시간 걷고 나서 저녁을 먹고 잠자리에 들려는데, 브르어 부인이 종잇조각을 내밀었다.

"그 애가 사는 주소예요. 런던은 넓은 데지만 혹시 그 근처에 갈 일이 있으면 이브에게 좀 전해주세요. 우리 모두 이브의 소식을 고대하고 있고, 잘 있었으면 좋겠다는 말을요."

내키지 않는 마음과 만족스러운 마음이 교차하는 걸 느끼며 힐리아드는 그 종이를 받았고, 힐끔 본 후에 호주머니 안에다 집어넣었다. 브르어 부인이 그의 답변을 기다리고 있는 것이 느껴졌다. 그는 침묵을 지키는 것이 무례하게 보일 거란 생각이 들었다.

"확실히 방문해서 말씀하신 바를 전하겠습니다."

힐리아드는 그렇게 대답하고 방에 돌아와서 종잇조각을 앞에 놓은 채 오랫동안 비스듬히 누워 있었다. 그러다가 잠이 들었다. 하지만 그의 상상력이, 반은 슬프고 반은 웃고 있는 얼굴을 찾아 런던의 큰길과 골목길을 헤매는 꿈을 만들어내서 깊은 잠을 이룰 수가 없었다.

동이 트기 훨씬 전부터 더들리 노동자들을 일터로 내보내는 종, 경적, 호각 소리가 시끄럽게 울렸다. 하는 수 없이 눈을 뜬 그는 소름이 끼칠 정도로 싫은 이 소음이 인생 처음으로 기쁘게 들렸다. 그 소리는 탈출 시간이 임박했다는 것을 알려주는 소리였기 때문이다. 조용히 누워 있을 수가 없어 즉시 일어나 어둠이 가시지 않은 새벽 거리로 나왔다. 이제 그는 이브 매들리 생각에 간혀 있지 않았다. 자유의 광휘光輝가 지난 인생의 모든 기억들을 날려버렸다. 그는 노래를 부르면서 거리를 쏘다녔다.

아침을 먹으면서 주인아주머니의 앨범을 다시 열어 그 인물 사진을 다시 한 번 보고 싶었지만, 그는 유혹을 물리쳤다.

"우리가 다시 볼 수 있을까요?" 그가 떠날 순간이 다가왔을 때 주인아주머니가 물었다.

"더들리에 다시 오게 되면 여기로 오겠습니다." 친밀감 있게 그가 대답했다.

하지만 기차역으로 가면서 그는, 운명의 불 속 같은 고통의 수레바퀴인 더들리에는 다시 오지 않겠다는 즐거운 확신을 가졌다.

두 달이 지난 5월 어느 아침 힐리아드는 뒤숭숭한 꿈 때문에 잠을 설치며 일어났다. 하지만 그를 둘러싼 소리는 과거의 비참함과는 거리가 멀었다. 창문으로 정원에서 외국 말로 가십 거리를 흥겹게 지껄이는 소리와 뒤섞여 즐거운 웃음소리가 들려왔다. 인근 어딘가에서 교회 종소리가 들렸다. 이내 계단을 따라 올라오는 발자국 소리가 빨라지면서 다급한 목소리로 "알퐁소! 알퐁소!"를 거듭해서 외쳤다.

힐리아드는 파리에 있었다. 거기에 머문 지는 6주가 됐고, 이제는 자신과 같은 언어를 이야기하는 사람들에게 돌아가고 싶은 일종의 외로움을 느끼고 있었다.

런던에서는 2주밖에 머물지 않았는데, 그는 그 기간을 다시 회상하고 싶지도 않았다. 돈을 갖고 혼자 자유롭게 거대한 도회에 나온 순간부터 그는 광란 상태에 빠져버렸다. 굳은 결심에도 불구하고 그는 런던의 천박한 유혹에 넘어가지 않을 수 없었던 것이다. 그가 기억할 수 있는 것은, 해가 비치지 않는 하늘 아래에서 헤어지면 5분도 안 돼 얼굴을 잊어버리는 우연히 만난 사람들과 흥청망청 보내는 나날이 계속 이어졌다는 사실이다. 반 파운드 금화가 계속해서 그의 수중에서 빠져 나갔고, 두 번째 주가 지나자 그의 자금이 25파운드 줄어든 것을 알 수 있었다. 육체적으로도 그렇고 도덕적으로도 구역질이 나는 생활이었다. 그는 바로 짐을 꾸려 뉴헤이븐으로 향했다. 도버해협을 일종의 속죄하는 마음으로 3등 승객이 돼 건넜다. 파리에 도착해서야 그는 안전하다는 느낌이 들었고, 곧 온전한 정신을 회복했다.

학문을 좋아하는 습관 덕에 그는 프랑스어 책을 가지고 다녔다. 이제는 경제적인 목적도 있고, 정신적으로도 위축되지 않기 위해 회화를 열심히 공부하고 있었다. 지금까지는 성과가 있어 좀 형편없기는 하지만 아주 싼 호텔에 방을 구하고, 여러 코스가 나오는 저녁을 2.5프랑에 먹고 있었다. 그의 삶은 나무랄 데 없었다. 그는 파리에서 예술과 역사를 공부했다. 하지만 부득이하게 친구가 없이 지냈고, 고독이 그를 짓누르기 시작했다.

커피 한 잔과 작은 빵을 앞에 둔 오늘 아침 어떤 기억이 그를 계속해서 짓눌렀다. 어제 그는 주머니를 뒤져 종잇조각을 찾아냈는데, 거기에는 다음과 같은 글씨가 쓰여 있었다.

'런던 초크 팜 로드 벨몬트 스트리트 93'

지금 그의 머리를 계속해서 맴도는 이 주소는 마치 끝나지 않는 노래의 후렴구 같았다.

그는 브르어 부인과의 약속을 지키지 못한 자신을 질책했다. 더욱이 그것은 그에게 중요할 수도 있는 일이었다. 그런 가능성을 바보스럽게 무시했다는 사실 때문에 그는 끊임없이 자신을 꾸짖었다. 이러한 사실이 런던으로 돌아갈 수 있는 충분한 동기인 것처럼 보였다. 외국을 더 경험하면서 떠돌고 싶기도 했지만, 고독할 것 같다는 생각이 그 매력을 감소시켰다. 같은 언어를 사용하는 사람들이 있는 지역으로 돌아가고 싶었고 친구를 사귀고 싶었다. 우정이 없는 자유는 그 맛이 훨씬 덜했다.

가능한 한 최소한의 경비로 이동하여 정오가 되기 전에 그는 런던에 도착했고, 짐을 빅토리아역에 맡겼다. 식사를 한 후 북쪽으로 발걸음을 옮겼다. 비도 오고 좋은 날씨는 아니었지만 날씨가 기분을 크게 바꿀 수는 없었다. 그는 병을 앓다가 갑자기 일어난 사람 같은 느낌이 들었으며, 자신의 존재 자체를 위협해온 그 무언가를 떨쳐버린 느낌이 들었다. 전에 런던에 머물면서 이브 매들리의 주소로 발을 옮기지 않은 것이 어떻게 가능했을까 하고 자신의 정신 상태에 대해 의아한 생각이 들었다.

그는 벨몬트 거리를 찾아냈다. 그 거리에는 초라한 집들이 들어서 있었고 황량했다. 93번지를 찾으려고 하는 순간, 그는 갑자기 긴장감에 휩싸였다. 그는 자기 상황이 이상하다는 것을 단번에 의식하게 되었다. 이 시간에 문을 두드려도 이브 매들리는 집에 있을 것 같지 않았고, 브르어 부인의 전언을 남기는 그의 의무를 다하는 것이 되기는 하지만, 그는 그 이상을 하고 싶었다. 사진으로 익숙해진 이브 매들리를 실물로 확실히 보고 싶은 마음이었다. 하지만 그는 이 과업이 얼마나 어려운지를 지금까지 간과하고 있었다. 브루어 부인을 안다는 사실만으로 그의 이름도 모르는 아가씨에게 안부를 전하는 일이 가능한 것인가? 일단 이브를 만난다고 해도 무슨 구실로 다시 만날 것을 요구한단 말인가?

또 자기 자신의 마음이 달라질 수도 있었다. 이브를 실물로 보면 그 자신이 환멸을 느낄 수도 있었다.

그러는 사이 집을 발견했고, 그는 더 이상 머뭇거리지 않고 노크를 했다. 칠칠맞게 생긴 여자가 의심스러운 눈초리로 문을 열었다.

"이브 매들리가 여기 살긴 했죠"라고 그녀가 말했다. "한두 달 전에 어디로 가기는 했지만……."

"지금 어디 사는지 알려줄 수 있나요?"

이리저리 쳐다보다가 그 여자는 알려줄 수 없다고 말했다. 태도를 보건대 그 여자는 그를 빨리 돌려보내고 문을 닫고 싶은 마음인 것 같았다. 엄청나게 실망한 힐리아드는 다음 질문을 하지 않고는 물러서고 싶지 않았다.

"매들리 씨가 어디에 있는지, 또는 있었는지, 아니면 어디에서 일하는지를 당신은 알 것 같은데요."

하지만 그는 어떤 정보도 얻지 못했다. 일반적으로 교활하기도 하고 조심스럽기도 한 런던의 하숙집 여주인들이 전에 기숙했던 사람들의 행방에 대해 말하는 것을 자연스럽게 꺼리기 때문이었다. 이런 상황에서 정보를 듣는다는 것은 거의 불가능했다. 만일 여주인들이 그들과 좋은 관계로 헤어졌다면 본능적으로 그녀는 모든 탐문이 가져올 위협으로부터 그들을 방어하고 싶을 테고, 안 좋은 관계였다면 떠나간 사람이 이득을 얻지 못하도록 정보를 주는 것을 거부할 것이었다. 그리고 대부분의 경우 그들은 줄 정보를 가지고 있지도 않았다.

외부인을 차단하는 데 뛰어난 런던의 문이 닫혔고, 힐리아드는 낙심한 채 발길을 돌렸다. 이브가 아마도 새로운 주소로 더들리에 있는 친구들에게 곧 서신 왕래를 할 것이라는 생각으로 스스로를 위안하고 있을 즈음이었다. 길 끝에서부터 따라와서 그가 말하는 내내 지척에 서 있던 지저분한 어린 소녀가 그에게 다가와서 불쑥 물었다.

"신사 아저씨, 매들리 씨에 대해 묻고 계셨어요?"

"그랬단다. 매들리 씨에 대해 무언가 아는 것이 있니?"

"우리 엄마가 매들리 씨 빨래를 해줬어요. 사는 데를 옮겼을 때는 내가 옷가지들을 가져다줬고요."

"그러면 주소를 기억하고 있겠네?"

"여기서 좀 쏠쏠히 멀어요. 신사 아저씨, 내가 같이 가 드릴까요?"

힐리아드는 사정을 눈치챘다. 그 옛날의 선한 사마리아인처럼 그는 2펜스를 주머니에서 꺼냈다. 지저분한 얼굴을 한 어린 소녀의 얼굴은 놀랄 만큼 환하게 밝아졌다.

"주소만 알려줘. 그걸로 충분해."

"고어 플레이스 아세요?"

"고어 스트리트 근처 아니겠니?"

그의 추측은 맞았다. 이브가 이사한 집 주소를 알게 된 그는 그 방향으로 즉시 발걸음을 옮겼다.

고어 플레이스는 유스톤 로드와 아주 가까운 동네였다. 힐리아 드는 런던에 처음 왔을 때 방을 잡기 위해 유스톤역에서 나와 이 길의 끝을 지나갔다는 사실을 기억해냈다. 그가 바로 이 거리에 머무르지 않고 더 간 것은 단순한 우연일 뿐이었다. 몇몇 창문에 는 하숙인을 구한다는 표지가 붙어 있었다. 전체적으로 보아 이 곳이 벨몬트 스트리트보다는 좋은 동네인 것처럼 보였다. 이브가 여기로 이사한 것은 그녀 사정이 나아졌음을 의미했다.

그가 찾은 집 문 앞의 계단은 깨끗했고, 창문은 놀랍게 밝았다. 노크를 하자 젊고 쾌활한 여자가 이내 응답을 했다. 문을 연 여자 는 웃음을 짓고 있었다.

"매들리 씨가 여기 살고 있는 것으로 압니다만."

"네, 여기 살아요."

"지금 집에 있습니까?"

"아뇨, 아침을 먹고 외출했어요. 언제 돌아올지는 말씀드릴 수 없겠는데요."

힐리아드는 이 불확실성에 살짝 의문을 가졌다. 그의 표정을 살피던 젊은 여자는 활기차고 붙임성 있게 덧붙여 말했다.

"일 때문에 만나려고 하시는 건가요?"

"아니오. 개인적인 일입니다."

이 말을 듣고 그녀는 선웃음을 지었다.

"음, 요즘 매들리는 일정한 시간에 돌아오거나 하진 않아요. 가끔 저녁을 먹으러 오기도 하고, 그렇지 않은 경우도 있지요. 차를 마시러 들어오는 경우도 있고, 늦게 들어오는 경우도 많고. 이름이나 남겨 두시면 어떨지요?"

"다시 찾아오죠."

"지금 오면 매들리를 볼 수 있으리라고 생각했나요?" 힐리아드의 용모를 보고 호기심이 점점 커진 젊은 여자가 물었다.

그 질문에 크게 신경 쓰지 않으려 하면서 그는 "아마도"라고 대답했다. "내일 아침에 오면 매들리 씨를 볼 수 있겠지요?"

"음, 누가 찾아올 거란 소리는 해줄 수 있죠."

"부디 그렇게 해주시길 바랍니다."

말솜씨가 빼어난 젊은 여주인의 빗발치는 심문을 피하려고 그쯤에서 그는 발길을 돌렸다.

고어 스트리트를 걸으면서 그는 앞으로 있게 될 어색한 면담에 대해 곰곰이 생각해봤다. 내일 방문할 때 이브는 틀림없이 문 앞에서 그와 대화하려고 할 것이다. 마음대로 쓸 수 있는 응접실이 있다고 해도 완전한 타인을 이브는 집 안에 들이려고 하지는 않을 것이다. 문 앞에 선 채로 어떻게 그녀와 교제를 틀 수 있단 말인가? 그가 전언傳言을 가져온 것은 확실하다. 하지만 너무 오래 지체가 돼 이제 임무를 수행하는 것 자체에 부끄러움을 느꼈다. 어쨌든 그가 전언을 전달하는 것이 좀 어색했다. 메시지를 주는 사람이나 받는 사람 모두가 당혹스러울 것이다.

왜 이브는 집에 들어오고 나가는 것이 그렇게 불확실할까? 사업상의 필요일까? 그는 반대 상황을 기대했었다. 브르어 부인이 성격을 묘사한 바에 따라, 이브가 마치 시계 같은 규칙성을 가지고 삶을 살 것이라고 상상했다. 별로 중요한 문제는 아니었지만 조금의 불안감과 함께 생각이 흔들리긴 했다.

그러는 사이 숙소를 마련해야겠다고 생각한 그는 고어 플레이스에서 자신의 숙소를 찾아보기로 했다.

10분 정도 걸어 다닌 후 그는 발걸음을 되돌려서 이브의 숙소가 위치한 거리의 반대편을 걸어서 내려갔다. 이브의 집 건너편에 있는 집 창문에 세를 준다는 광고가 붙어 있었다. 그는 그 집 문 앞으로 가서 세를 주는 방을 좀 보자고 별생각 없이 말했다. 방은 편안해 보이지 않았지만 지금 그가 갖고 있는 목적에 딱 들어맞았다. 위층에 침실이 있고 아래층에 거실에 있는 숙소를 빌렸고, 빅토리아역에 가서 짐을 가져왔다.

어젯밤 먼 거리를 이동하느라 잠을 자지 못해서 그런지 숙소를 잡자 엄청난 피로가 밀려왔다. 그는 자리에 누워 눈을 감았다. 눕자마자 깊은 수면 상태에 빠진 그는 일하는 아이가 차를 가져와 깨우기 전까지 삐꺽대는 소파에서 내리 잤다.

응접실에서는 사람의 주의를 끌지 않고 건너편에 있는 집을 관찰할 수 있었다. 따라서 남을 엿보려는 의도적인 목적이 없었다고 하더라도 사실 그 일이 물릴 때까지 그는 이브 매들리가 있는 집의 창문을 오랫동안 바라다볼 수 있었다. 어떤 사람도 출입을 하지 않았고, 누구도 나타나지 않았다. 그는 오후 7시 반에 모자를 쓰고 집을 나왔다.

문을 닫고 나가려는 바로 그 순간, 걸음걸이가 경쾌하고 상당히 화려한 옷을 차려입은 아가씨가 반대 방향에서 걸어와 그가 관심을 갖고 있는 집의 현관을 두드렸다. 그는 유심히 지켜봤다. 그런 옷을 걸치고, 그런 행동거지를 보이는 사람이 이브 매들리 일 수는 없었다. 그녀의 얼굴은 가려져 있었고, 2년여 전에 찍은 사진이 아무리 그에게 익숙하다고 해도, 그 거리에서 몸매만을 보고 그녀가 이브 매들리라고 알아차릴 수는 없었다. 문이 열렸고, 아가씨는 안으로 들어갔다. 누가 알아볼지도 모른다는 생각에 그는 계속 걸었다.

30미터도 채 가지 않은 곳에서 골목길이 끝나고, 그 이후로는 고어 스트리트가 이어진다. 거기서 오른쪽으로 가면 메트로폴리탄역이 나오고, 왼쪽으로는 남쪽 방향으로 멀리까지 경치가 펼쳐져 있다. 어디로 갈지 몰라 주저하면서 힐리아드는 뒤를 돌아봤다. 좀 전에 들어갔던 아가씨가 다가오고 있는 것이 그의 눈을 끌었고, 다른 젊은 아가씨가 그 곁에 바싹 붙어 따라오고 있었다. 그들은 그가 서 있는 곳으로 급히 다가왔다.

그는 꼼짝 않고 서 있었고, 두 명의 여자가 가까이 다가오자 두 사람의 얼굴을 살필 수 있었다. 둘 중 하나가 이브 매들리였다. 아니, 그렇다고 믿었다.

이브는 동행한 사람보다는 확실히 옷을 잘 입고 있었다. 그가 이브 매들리에 대해 지금까지 생각해왔던 모습과는 상당히 다르다는 인상을 줬다. 그는 이브 매들리가 아주 수수하게 옷을 입고, 심지어는 초라한 옷차림을 하고 있을 거라고 생각했다. 하지만 지금 그녀가 입은 의상은 화려했고 꽤 비싸보였다. 계절에 맞춘

신상품인지도 몰랐다. 전체적으로 봤을 때 그녀는 그가 사진을 보고 상상했던 모습보다도 훨씬 더 두드러지게 멋진 몸매를 가진 젊은 여성이었다. 그녀를 보는 순간 그의 맥박은 느낄 수 있을 만큼 빨라졌다.

염탐은 신속하게 이루어져야 했다. 그들은 빠른 속도로 걸어와 그가 서 있는 곳으로 성큼 다가왔다. 그들이 지나가도록 길옆에 비켜서서 그들이 하는 대화를 몇 마디 엿들을 수 있었다.

"우리가 늦을 거라고 말했지." 그가 알지 못하는 아가씨가 다정하게 타이르는 목소리로 말했다.

"무슨 문제 있어?" 이브가—그녀가 정말 이브라면—대답했다. "나는 문 앞에 서 있는 게 싫어. 어딘가에 자리가 있겠지."

그녀의 쾌활하고 별생각 없는 목소리가 듣는 사람을 놀라게 했다. 뜻하지 않게 그는 그들을 따라갔다. 고어 스트리트 포도鋪道 가장자리에서 그들은 멈춰 섰다. 한 걸음 두 걸음 걸으면서 그는 그들의 대화가 이어지는 것을 똑똑히 들었다.

"승합마차는 시간이 오래 걸릴 거야."

다시 이브가—진짜로 이브라면—이야기했다. "승합마차가 마음에 안 들면 전용 이륜마차cab를 타자. 저기 봐, 유스턴 로드에 손님을 기다리는 마차들이 있어. 내가 잡을게."

"이브, 네가 갈 거라고 내가 말했지!"

다른 아가씨가 소리 지른 마지막 말이 힐리아드의 귀에 꽂혔다. 그들은 이브가 손짓해서 부른 마차가 있는 쪽으로 경쾌하게 다가갔다. 그들은 마차에 올라탔고, 마차는 달리기 시작했다.

"이브, 네가 갈 거라고 내가 말했지!" 그녀가 '이브'라고 불리는 것을 들었지만 어째서인지 그의 마음속에는 불신이 자리 잡았다. 그는 놀란 나머지 발걸음을 멈추고 생각했다.

물론 그들은 극장으로 가는 중이었다. 그리고 이브는 돈이 그녀에게 전혀 문제가 되지 않는 듯이 말했다. 그녀는 일상적으로 자신만을 위한 즐거움을 추구하고, 그것도 가장 도시적으로 추구하는 외모와 어조를 갖고 있었다.

그녀와 동행하던 아가씨는 아랫사람의 특질을 나타내주는 얇고 높은 목소리로 말을 했다. 더욱이 그녀의 목소리에는 런던 악센트가 있었는데 이브의 목소리에는 미들랜드 사람들에게 더욱 친숙한 억양이 섞여 있었다. 이브가 더 연상으로 보였고, 그녀보다 변변찮은 아가씨의 의사에 따라 일이 진행되는 경우는 한 번도 없는 듯이 보였다.

온순하고 우울하며 오랜 기간 고통을 당하고 신앙심이 깊은 이브 매들리는 도대체 어디로 간 것인가?

크게 당혹한 젊은이는 어디로 가는지도 모르는 채 길을 나섰고, 한두 시간 정도를 정처 없이 걸어 다녔다. 내일 아침 이브를 방문하겠다던 약속을 지킬 수 있을지 마음을 정할 수가 없었다. 한순간 고어 플레이스에 방을 잡은 것을 후회했고, 다른 한순간에는 이 이점을 이용해 이브의 움직임을 가감 없이 지켜보아야겠다는 마음을 먹기도 했다. 그녀를 보며 느낀 흥분은 사진으로 그녀를 처음 본 순간 불붙었던 감정들에 비하면 실로 희미한 것이었다. 위험할 수도 있다는 느낌이 그에게 떨어지라는 경고를 하

기도 했지만, 그에게서 소용돌이치는 또 다른 느낌은 그 경고를
소용없게 만들고 있었다.

오후 11시의 어둠 속에서 그는 침실 창문 옆에 앉아 건너편 집
을 바라보고 있었다.

6

이브가 돌아온 것은 자정이 지나서였다. 빠른 걸음으로 걸어오는 그녀는 혼자였다. 거리의 가스등 불빛이 의심할 여지도 없이 분명하게 그녀의 모습을 비추었다. 현관 걸쇠를 따고 그녀가 들어갔다. 위층 창문에 불이 켜졌고, 블라인드를 넘어 그림자가 어른거렸다. 불이 꺼졌을 때 힐리아드는 잠을 청했지만 깊은 잠을 이룰 수 없었다.

다음 날 아침 그는 이런저런 생각을 끊임없이 하면서 시간을 보냈다. 그녀의 하숙집 문 앞 계단에서 이야기를 해야 한다는 생각 때문에 그는 길만 건너면 바로 있는 이브의 숙소를 방문하지 않았다. 대신 하루 종일 그 집을 바라보았다. 다른 사람이 들락날락했지만 이브의 모습은 보이지 않았다. 식사를 할 때조차도 창문 옆에 있었기 때문에 그녀를 놓칠 수도 있다는 생각은 할 수 없었다. 그녀가 이른 아침에 집을 나갔었을 수도 있지만 그럴 것 같지는 않았다.

오후 내내 비가 왔다. 잔뜩 흐린 하늘 때문인지 피로가 몰려왔고 울적한 마음은 깊어졌다. 오후 6시가 돼서 마음과 몸이 지쳐 집중력이 떨어지고 있던 바로 그 시각, 길에서 갑자기 소리가 들려왔다. 깜짝 놀란 그의 눈이 익숙한 방향으로 향한 순간, 그는 즉시 자리에서 일어났다. 모자를 집어 집 밖으로 나온 것은 그야말로 순식간이었다. 맞은편에서 걷고 있는 사람은 이브였다. 그녀의 엷은 황갈색 겉옷과 노란 꽃을 단 모자는 어제와 다름이 없었다. 비는 그쳤고, 서쪽 하늘을 보니 저녁에는 날씨가 확실히 맑아질 조짐이 보였다.

힐리아드는 거리 반대편에서 그녀와 나란히 걸었다. 길 끝에 다다르자 그녀는 그가 있는 방향으로 건너왔고, 그는 그녀가 앞서도록 하면서 뒤를 바짝 따랐다. 그녀는 고어 스트리트역에 있는 예매소에 들어갔다. 그는 가능한 한 바짝 그녀에게 붙어 서서 그녀가 표를 예매하는 소리를 들었다.

"힐더리. 왕복으로요."

켄싱턴에서 열리는 헬스 엑스비션Health Exhibition이라는 박람회를 속어로 그렇게 지칭한다는 사실을 파리에 있을 때 영국 신문으로 본 적이 있어서 그 말은 그에게 익숙했다. 이브가 표를 사고 나가자마자 그는 같은 티켓을 구매했고, 다시 바짝 그녀를 뒤쫓았다. 일이 분이 채 되지 않아 그는 그녀와 열차 객실에서 얼굴을 맞대고 앉아 있었다.

그는 이제 그녀를 찬찬히 살필 수 있었다. 그녀의 용모를 전에 사진에서 본 것과 비교하기 시작했다. 브르어 부인이 그 사진과 실물은 다르다고 한 말은 사실이었다. 공통점이 없지는 않았지만, 그가 더들리에서 골똘히 생각해온 얼굴과 앞에 앉아 있는 실물은 많이 달랐다. 시간의 경과만으로 차이를 설명할 수는 없었다. 사진을 찍었을 때는 적어도 스물한 살은 되었을 테니 그녀가 최근 이삼 년 사이 이렇게 크게 변했을 수는 없다고 그는 생각했다. 상상했던 것보다 그녀가 나이가 더 든 것도 아니었다. 아직 젊은 얼굴이기는 하지만, 그녀에게서 그는 인생을 거북해하거나 불안해하지 않는 여성의 기묘함을 발견했다. 그녀는 여기저기 눈길을 돌리면서 편안하게 앉아 있었다. 그녀가 눈길을 줬을 때 그는 움찔했다. 하지만 그에게 다른 사람 이상의 주의를 기울이지 않았다.

이내 그녀는 생각에 잠겼고, 눈을 아래로 떨궜다. '아, 이제 사진과의 닮은 점을 분명히 알 수 있겠군⋯⋯.' 그녀의 입술은 이미 그가 잘 아는, 일상적인 슬픔 속에 간간히 웃는 표정을 지었다.

그가 뚫어지게 쳐다보자 그녀는 바로 본래의 모습으로 돌아왔고, 얼굴은 믿을 수 없을 만큼 차갑게 돌변했다. 그녀는 반항적인 쌀쌀함까지는 아니더라도 냉담한 눈초리로 주위를 두리번거렸고, 꽉 다문 입술에서는 다정함이라고는 찾아볼 수가 없었다. 힐리아드는 믿기지 않는 그녀의 모습에 섬뜩했고, 이 사람이 과연 그가 듣고 짐작하던 이브 매들리인가 하는 물음을 재차 자신에게 던졌다.

잠시 후 그녀는 다시 몽상에 빠졌는데, 어떤 종류의 곤란함이 그녀의 마음속에 생긴 것만 같았다. 현재의 그녀가 지난 저녁에 그렇게 즐겁게 이야기하고 웃었던 아가씨와 같은 사람이라고 할 수 있을까? 열차가 도착할 무렵 신경질적인 불안함이 그녀의 모습과 행동에서 나타나기 시작했다. 힐리아드는 자기가 계속 쳐다보는 게 그녀를 화나게 한다고 생각해 눈을 피하려고 노력했다. 하지만 아니었다. 그녀 얼굴에 나타나는 마음의 동요는 무언가 다른 원인이 있었고, 그녀는 그에 대해 눈곱만큼도 신경 쓰고 있는 것 같지가 않았다.

열차가 얼스 코트역에 서자 그녀는 급히 내렸다. 지금에 와서 힐리아드는 자신이 하는 비열한 행동에 부끄러움을 느끼기 시작했다. 하지만 다른 방도가 없었다. 이 아가씨는 그를 어쩔 수 없이 따라오게 했고, 지켜보게 했다. 박람회에 들어가려는 무리에 끼어 그는 염탐 행위를 들키지 않고 그녀를 쉽게 지켜볼 수 있었다. 이브가 어떤 지인과 약속을 하고 여기에 왔는지, 어떤 대가를 치르고서라도 알아내고 싶다고 그는 생각했다.

기대치 않게 갑자기 일어난 일이 그의 생각을 당연한 것으로 만들었다. 그녀가 회전문을 지나자마자 한 남자가 앞으로 나와서 그녀에게 예의를 갖추어 정식으로 인사했다. 이브는 그와 악수를 했고, 그들은 같이 걸었다.

걷잡을 수 없는 분노가 힐리아드를 사로잡아 그를 머리부터 발끝까지 흔들었다. 그가 예측한 것은 이런 식의 만남이었고, 그랬기 때문에 더욱 더 분개했다.

이브가 만난 사람은 신사처럼 보였다. 어떤 사람도 그를 이 박람회를 위해 말끔한 치장을 한 사무원이나 판매 보조원 정도로 생각하지는 않을 것 같았다. 그의 용모는 평범한 편이었지만 유쾌하고 진실된 태도를 갖고 있었으며, 여자에 대한 그의 처신은 그가 좋은 집안에서 태어났다는 사실을 말해주고 있었다. 틀림없이 자상하고 따뜻한 성격을 지녔을 것 같았다. 아마 서른 살쯤 됐을 것이고, 옷을 잘 입었으며, 모든 면에서 전통을 따르는 모습이었다.

이브의 행동은 두드러지게 냉담했다. 그녀는 그가 말할 때도 얼굴을 그에게 돌리지 않았고, 대답도 아주 짧게 하는 듯했다. 그녀는 그들이 지나치는 주변 사물들에 더 관심이 있는 것 같았다.

자신의 행동을 전혀 의식을 하지 못한 채 힐리아드는 이 커플을 한 시간 이상이나 따라다녔다. 남자가 시계를 들여다보는 것을 힐리아드는 목격했고, 그 사소한 행동에서도 그는 희망을 찾았다. 이브가 머지않아 그가 마음에 들어 하지 않는 저 교제를 끝낼 수도 있었다. 그들은 마침내 밴드가 음악을 연주하는 곳으로 왔고, 의자에 앉았다. 그녀를 추적하던 힐리아드는 운 좋게도 바로 뒤에 있는 의자를 확보하는 데 성공했다. 하지만 웅웅거리는 악기 소리 때문에 그들의 목소리—이브는 전혀 말을 안 했기 때문에 남자의 목소리—는 묻혀버렸다. 이브의 동반자가 평소 이상으로 그녀에게 얼굴을 가까이 하자 그녀는 슬며시 피했다.

음악이 끝났고, 이브의 동반자는 다시 시계를 봤다.

"아주 유감이네요." 그는 이제 들릴 만한 목소리로 말했다. "여기에 더 머물기는 어려울 것 같습니다."

이브는 그를 보낼 준비가 돼 있다는 듯 의자를 움직였지만 말은 하지 않았다.

"링로즈 씨를 만나실 건가요?"

이브는 그 말에 대한 대답을 했지만, 듣는 사람은 그녀의 말을 알아차릴 수 없었다.

"정말로 죄송합니다. 특별한 일이 없으면……"

목소리는 기어들어갔고, 힐리아드는 단지 그 남자의 얼굴을 관찰함으로써 그가 떠나야 하는 필요성에 대해 열렬한 목소리로 용서를 구하고 있다는 사실을 알 수 있었다. 그들은 같이 곧 일어섰고 몇 걸음 정도 같이 걸었다. 격렬하게 환호하는 감정으로 힐리아드는 그들이 헤어지는 것을 지켜봤다.

이브는 새로운 곡을 막 연주하려고 하는 연주자들을 잠시 동안 서서 지켜봤다. 곡의 첫 소절이 연주되기 시작하자 그녀는 시선을 아래로 떨어뜨린 채 천천히 움직였다. 격렬하게 두근거리는 가슴과 생각, 그가 알지 못하는 바람, 희망으로 힐리아드는 다시 한 번 그녀를 따라갔다. 이제 밤은 사위四圍에 내려앉았고, 박람회가 열리는 광장은 여러 색의 조명으로 환해졌다. 사람들이 많아졌다. 그가 관심을 가지는 대상에 아주 가까이 다가가는 것이 쉬워지기도 하고 필요해지기도 한 순간이었다.

접시, 컵, 그리고 유리잔 부딪히는 소리가 났다. 사람들은 여기저기를 분주히 돌아다니는 웨이터들이 주는 가벼운 식사를 즐기면서 야외 테이블에 앉아 있었다. 약간 망설인 후 이브는 한 둥근 테이블에 앉았다. 추적자는 그녀를 계속 지켜볼 수 있는 장소에 자리를 잡았다. 그녀는 주문을 했고, 이내 와인 한 잔과 샌드위치가 앞에 놓였다.

힐리아드는 몹시 목이 말라서 맥주를 한 병 주문했다.

'그녀에게 확 접근해볼까?' 그는 자신에게 물었다. '그게 가능해? 그리고 만약 가능하다고 해도 무슨 소용이 있지?'

어려운 점은 그가 그녀를 어떻게 알았는지를 설명하는 것이다. 하지만 그 점을 이용해 그녀에게 말을 걸 거리를 마련할 수도 있을 것이다.

그녀는 와인을 다 마시고 주위를 둘러봤다. 그녀의 눈길이 그에게 꽂혔고, 잠시 머물렀다. 자신도 모르는 용기를 낸 힐리아드는 자리에서 일어섰고, 다가가서 모자를 정중하게 벗었다.

"매들리 씨……"

그의 목소리는 질문하는 톤이었지만, 이어서 말을 계속할 수 없을 정도였다. 이브는 놀라면 굳어버리는 여성의 본능으로 돌아와 있었다.

"제가 누군지 모르시겠지요……" 힐리아드는 가까스로 말을 이었다. "저는 더들리 출신이고 당신의 친구들을 좀 알고 있습니다."

힐리아드는 앞뒤가 맞지 않는 말을 급하게 하기 시작했지만, '더들리'라는 말에 이브의 자세는 누그러졌다.

"그제 아침 절 찾아오셨다던 분이 당신이었나요?"

"네, 저였습니다. 당신 주소는 브르어 부인이 준 겁니다. 저는 그 댁에서 오래 신세를 졌는데 브르어 부인이 저더러 당신을 만나 다들 당신 소식을 고대하고 있다고 전해달라고 하더군요."

"하지만 당신은 전언을 남기지 않으셨잖아요?"

그녀의 웃는 모습이 힐리아드를 편안하게 했다. 그 웃음은 너무 부드럽고 우호적이었다.

"말씀드린 시간에 갈 수가 없어서 내일 방문하려고 했었지요."

"하지만 저를 어떻게 알아보셨어요?" 그녀는 답변을 기다리지 않고 "제 생각에 어디서 당신을 본 것 같아요. 하지만 어디서였는지는 모르겠는데……"라고 이어서 말했다.

"오늘 저녁 기차에서였는지도 모르죠."

"그래요, 그러면 그때 당신은 저를 알고 있었나요?"

"그렇다고 해야겠죠. 당신이 나가려고 할 때 저도 마침 길 바로 건너편에 있는 제 숙소에서 외출을 하려는 참이었어요. 우리는 고어 스트리트역까지 거의 같이 걸었지요. 제가 왜 고어 플레이스에 방을 잡았는지를 설명해야겠네요. 길에서 사정을 설명하기는 싫었고, 이제 당신을 다시 볼 기회가 생겨서……"

"아직도 저는 이해를 못하겠어요." 이제는 완전히 마음을 놓은 상태에서 이브가 말했다. "그 집에 사는 사람이 저 혼자만은 아니잖아요. 그런데 어떻게 제가 매들리라고 단정하셨나요?"

힐리아드는 감히 앉지는 못하고 머리를 공손하게 기울인 채 그녀 앞에 서 있었다.

"브르어 부인 집에서 당신의 사진을 봤습니다."

그녀는 시선을 아래로 향한 채 물었다.

"제 사진이라고요? 정말 그 사진을 보고 저를 알아보신 거예요?"

"예, 아주 쉽게요! 제가 앉아도 되겠습니까?"

"그럼요. 당신이 가져온 소식을 듣고 싶어요. 누가 저를 찾아와서 만나고 싶어 했는지 저는 상상할 수가 없었어요. 그리고 한 가지 더 궁금한 게 있어요. 브르어 부인은 제 지금 주소를 모르실 텐데요. 이사하고 나서는 마사에게 편지를 보낸 적이 없거든요."

"모르시더군요. 브르어 부인이 준 건 이전 주소였습니다. 그 말을 했었어야 했는데…… 제가 정신이 없네요. 저는 처음에 벨몬트 스트리트로 갔어요."

"그건 더 아리송한데요!" 이브가 소리쳤다. "거기에 있는 사람들은 제가 어디로 이사했는지를 몰라요."

"지금 당신이 있는 곳으로 물건을 가져다준 어린아이가 자진해서 저에게 주소를 알려줬습니다."

겉으로는 쾌활했고 마치 어떤 일도 그녀를 쉽게 흔들 수 없다는 의연한 자세를 취하고는 있었지만, 이브는 조바심을 억누를 수 없는 것처럼 보였다. 그녀를 냉정한 눈으로 낱낱이 살펴봐야 한다는 기묘한 일을 하는 수 없이 하면서, 힐리아드는 그녀가 의식적으로 연기를 한다는 확신이 들었다. 그녀가 연기를 이렇게 잘할 수 있다는 사실이 경이로웠다. 물론 런던이라는 곳이 그녀를 많이 변화시켰을 것이다. 별다른 재능도 없는 그녀는 변화된 환경에서 두드러진 노력을 했어야 했으리라. 주정뱅이 아버지를 부양하면서 온갖 애를 쓰던 시골 처녀와는 완연히 다른 사람이 돼야 했을 것이다. 힐리아드는 버밍엄으로 갔던 그녀의 여동생이 사라져버렸다는 이야기를 기억해냈다. 이것은 이브를 잘 이해하기 위해 반드시 염두에 두어야 할 매들리 가문의 특징일 수도 있었다.

이브는 작은 원탁 테이블에 팔을 얹어놓으며 말했다.

"그럼 브르어 부인이 당신이 여기로 와서 저를 찾으라는 말을 했다는 말이죠?"

"그냥 권유한 정도였습니다. 전후 사정을 좀 말해두어야 할 것 같네요. 저는 종종 브르어 부인네 거실에서 식사를 했어요. 그러다가 그 시간을 즐겁게 보내기 위해 브르어 부인의 앨범을 보곤 했습니다. 거기서 당신의 사진을 봤지요. 음, 관심이 갔어요. 사진 속의 인물이 누구인지 브르어 부인에게 이름을 물어본 거고요."

이제 그는 자신으로 돌아와 있었다. 그는 자신이 원하는 대로 단순하고 솔직하게 말했다.

"그럼 브르어 부인도……" 눈을 피하면서 이브가 말했다. "저에 대해서 이야기했단 말이죠?"

"부인은 당신을 딸의 친구라고 이야기했어요." 에둘러 그가 답을 했다. 이브는 그 답변이 충분하다고 생각하는 것 같았고, 긴 침묵이 이어졌다.

"저는 힐리아드라고 합니다." 젊은이가 다시 말을 시작했다. "저는 수년 만에 제대로 된 첫 휴가를 보내고 있어요. 더들리에서는 제도공으로 일하고 있었는데, 제 직업에 만족했다고는 말하지 못하겠네요."

"다시 그 일을 하실 건가요?"

"아직 잘 모르겠어요. 얼마 전에 프랑스에서 돌아온 참입니다. 머지않아 다시 외국으로 나갈 수도 있겠지요."

"즐거움을 위해서요?" 이브가 관심이 간다는 듯 물었다.

"'그렇다'라고 답하는 것은 제 의도하고는 좀 거리가 있겠지요. 저는 어떻게 살아야 할지를 배우고 있어요."

그녀는 이 말이 무엇을 의미하는가를 이해하기 위해 급히 그의 얼굴을 살폈다. 그러고는 진지하게 생각에 잠긴 얼굴이 돼서는 눈길을 돌렸다.

"운이 좋아서 일이 년 정도 살 수 있는 돈을 갖게 됐어요." 힐리아드가 말을 이었다. "돈이 다 떨어지면 이전의 일로 돌아갈지 모르고, 그러면 다시 살아 있는 기계가 되어야겠지요. 하지만 제가 한때 사람이었다는 사실을 기억할 수 있을 겁니다."

이브는 그의 말이 그녀에게 특이한 인상을 남겼다는 듯이 눈을 크게 뜨고 이상한 눈초리로 쳐다봤다.

"제가 한 이야기가 말이 되나요?"

그는 웃으면서 물었다.

"예, 전 당신을 이해할 수 있을 것 같아요."

그녀는 뜸을 들이며 천천히 이야기했고, 힐리아드는 그런 그녀의 얼굴에서 그가 그녀의 사진에서는 아직 발견하지 못했던 모습을 봤다. 그녀의 부드러운 목소리 톤은 지금까지의 말투와는 다른, 그가 그녀에게 기대한 목소리와 비슷했다.

"더들리에서 계속 사셨어요?" 그녀가 물었다.

그는 집안 사정에 대해서는 이야기하지 않고 지금까지 그가 살아온 길을 간략히 이야기했다. 그가 말을 마치기 전에 이브의 눈길이 그를 넘어서 어딘가로 향하고 있다는 것을 알아차렸다. 그녀는 웃음을 머금었고, 다가오는 사람을 알아보고 이윽고 고개를 끄덕였다. 바로 소리가 나서 그는 뒤를 돌아봤다.

"어, 여기 있네. 너를 아까부터 얼마나 찾았다고."

힐리아드는 이브와 인사를 나누는 그녀가 누구인지 떠올리는데에 별 어려움을 느끼지 못했다. 그녀는 그저께 이브와 극장으로 향했던 이브의 친구였다. 이 아가씨는 친구가 자신이 알지 못하는 남자와 이야기하는 것을 보고 확실히 놀란 듯했다. 이브도 이 상황에 같이 당황하는 것 같기는 했지만 차분한 목소리로 이야기했다.

"이 신사 분은 나의 고향 더들리에서 오신 분이야. 힐리아드씨, 링로즈예요."

힐리아드는 일어섰다. 정식으로 예의를 갖춰 머리를 숙인 후 링로즈는 손을 내밀었다. 그녀는 부끄러운 듯한 웃음을 짓더니 유쾌한 목소리로 갑자기 물었다.

"정말로 더들리에서 오셨단 말이죠?"

"정말로 그렇습니다, 링로즈 씨. 그게 이상한가요?"

"이상하단 말이 아니에요." 그녀는 음악적인 음색이 없지는 않지만 높은 소리로 대화 상대방들을 힐끔거리면서 아주 빨리 이야기했다. "하지만 이브, 아니 매들리는 더들리 사람들이 대단하고, 거칠고, 거무튀튀하다는 인식을 저에게 심어줬어요. 웃지 좀마 이브, 네가 언제나 그런 식으로 이야기했잖아. 물론 다른 종류의 사람들이 있다는 것을 제가 알죠. 지금이 그런 경우네요. 당신은 저를 좀 헷갈리게 하네요. 제가 무슨 말을 하는지도 모르겠고…….”

그녀는 말랐지만 다갈색 머리를 가진 제법 예쁜 아가씨였다. 특히 그녀는 내세울 만한 지성을 거의 가지지 못한 계급에 속했지만, 활달한 몸짓과 솔직하지만 섬세한 태도가 남을 기분 좋게 했다. 이것이 그녀가 평범하다는 단점을 극복하게 해주는 것 같았다. 힐리아드는 그녀의 마음속에 있었던 ‘대단하고, 거칠고, 거무튀튀하다’는 생각을 머리에 그리면서 유쾌하게 웃었다.

“실망시켜서 유감입니다, 링로즈 씨.”

“아네요. 하지만 더들리는 도대체 어떤 곳이에요? 검은 나라 Black Country라고 불리는 게 사실이에요?”

“걸으면서 이야기해.” 이브가 끼어들었다. “힐리아드 씨가 검은 나라에 대해 아는 모든 것을 이야기해줄 테니.”

그녀는 움직이기 시작했다. 그들은 별 목적 없이 어슬렁거렸다. 광장에는 궐련을 물고 있는 사무원과 점원들이 있었고, 그들은 모두 멋진 모자와 베일을 두른 여성을 동반하고 있었다. 교외에 사는 중산층의 집사들도 있었고, 장인들이 사는 동네에서 온 사람들도 있었다. 막무가내로 소란한 자들과 엄숙한 얼굴을 한 교만한 자들도 있었으며, 여기저기 자신의 하얀색 타이와 풀 먹인 셔츠를 의식하면서 야회복을 차려 입은 남자들도 있었다. 소수이기는 하지만 남성을 동반하지 않은 채 끼 있는 눈길을 이리저리 돌리는 젊은 여자들도 있었다. 과감하게 시도한 접근이 성공했다는 데에 도취되고, 오랜 외로움 끝에 동반자를 얻었다는 데에도 기쁨을 느낀 힐리아드는 평소의 그답지 않게 말이 많아졌다. 가끔 익살을 부리기도 했다. 대화의 대부분은 그와 링로즈 사이에 이뤄졌고, 이브는 멍한 상태가 돼 자신에 대한 이야기를 누가 묻는 경우에만 별 성의 없이 답변했다. 또 별 감흥 없이 웃었으며, 가끔씩은 힐리아드가 기차를 탔을 때 관찰한 바 있는 근심 어린 표정을 짓곤 했다.

얼마 안 있어 그녀는 이제 집에 돌아갈 시간이라고 말했다.

그녀의 친구가 "뭐가 그리 급해?"라고 말했다. "이제 10시밖에 안 됐죠, 힐리아드 씨?"

"더 이상 여기 머물고 싶지 않아. 패티, 넌 더 있고 싶으면 안 가도 돼."

힐리아드는 그녀를 바래다주는 것을 고대하고 있었다. 하지만 아주 실망스럽게도 이브는 그가 바래다준다는 제안을 오해가 없을 정도로 정중하게, 그리고 냉정하게 거절했다.

"다시 한 번 뵙기를 바랍니다."

"아주 가까운 데 사시니까요"라고 이브가 대답했다. "꼭 만나리라고 생각해요. 패티, 갈 거야, 말 거야?"

"물론 네가 가면 나도 가야지."

젊은이는 그들과 악수를 했다. 이브와는 정중하게 악수를 했고, 패티 링로즈와는 마치 오래된 친구인 것처럼 다정하게 인사를 했다. 그들은 군중 속으로 들어가 그의 시야에서 멀어져 갔다.

어떻게 이브 매들리가 이러한 여가와 환락에 가득 찬 생활을 할 수 있을까? 이 질문은 힐리아드의 머릿속에서 떠나지 않고 계속해서 맴돌았다. 그의 머릿속에서는 조금이라도 가능성이 있는 답이 떠오르지 않았다.

박람회에서 만난 그 남자와 약혼이라도 한 걸까? 그러나 그와 함께 있던 때 이브가 보인 행동을 보면 그 추측은 합당하지 않은 듯했다. 그래도 그 둘 사이에는 일반적인 관계 이상의 그 무엇이 있는 것이 분명했다.

이브의 생활에 대한 수수께끼를 패티 링로즈가 풀어줄 수도 있고, 기꺼이 풀어줄 것 같기도 했다. 하지만 그는 패티가 어디에 사는지를 몰랐다. 그는 고어 스트리트에서 "이브, 네가 갈 거라고 내가 말했지!"라던 패티의 말을 기억해냈다. 그 말이 그에게 비참한 의심이 들게도 했지만, 이 젊은 아가씨의 생활이 순수할 것이라는 단순히 희망 이상의 믿음을 갖도록 했다. 그녀의 용모와 말하는 태도가 그를 안심시켰고, 패티같이 순박한 아가씨와 우정을 나누는 것도 그를 안심시켰다. 그가 자신과 가까운 거리에 묵고 있다는 사실을 알고서도 크게 불편해하지 않았다.

어쨌든, 그녀의 실제 삶과 브루어 부인에게 들어서 상상했던 그녀의 삶 사이에는 현격한 차이가 있었다. 이 사실은 이브에 대한 그의 관심을 쉽게 수그러들게 할 수도 있었다. 하지만 그는 명예롭고 세심하게 이 과업을 수행해 나가야만 했다. 이제 염탐하는 일은 그만둘 것이다. 이브가 말했듯이 그들은 머지않아 만나게 될 것이다. 그의 인내가 한계에 달하면 편지를 쓰면 될 터였다.

나흘이 지났지만 그는 그녀의 그림자도 보지 못했다. 그러다가 닷새째 되는 날 오후, 집을 향해 걸어오던 그는 고어 스트리트에서 이브와 정면으로 마주쳤다. 이브는 그를 발견하자 즉시 멈춰섰고, 손을 내밀어 우정 어린 악수를 청했다.

"같이 좀 걸으실 수 있을까요?" 그가 물었다.

"좋아요. 무디스 도서관2)에 가서 읽을 책을 좀 바꾸려고요." 그녀는 작은 핸드백을 들고 있었다. "힐리아드 씨는 런던 거리를 많이 다녀보셨을 것 같은데 아닌가요? 이 계절에 런던 거리가 참 아름답지 않나요?"

---

2) 무디스 도서관Mudie's Lending Library은 대중들이 소설을 쉽게 읽을 수 있도록 하기 위해 찰스 에드워드 무디가 설립한 도서관이다. 대개 일 년 단위로 회비를 내고 책을 빌려 보았다. 무디스 도서관의 경우, 당대 윤리와 관심사에 부합한 3부작 소설책을 기획해 출판하고 빌려주기도 했다. 이렇듯 소설의 내용과 다루는 범위가 중산층에 맞춰져야 한다는 그의 생각은 빅토리아 시대 독서계에 큰 영향을 미쳤다.

"아름답다고요? 아름다운지는 잘 모르겠네요."

"그래요? 저는 런던이 즐거워요. 여기로 오기 전엔 내내 런던에서 사는 것을 꿈꿔왔어요. 언젠가는 런던에서 살 거라고 제 자신에게 다짐했죠."

기분 좋은 일이 있었던지 오늘 그녀의 목소리는 활기에 차 있었다. 힐리아드는 그녀의 빛나는 눈과 붉어진 볼을 보며 이브가 며칠 전보다는 훨씬 더 건강한 모습임을 알 수 있었다.

"시골에는 안 가요?" 충분히 이해는 갔지만 그래도 런던에 찬사를 보내는 그녀에게 전적으로 동의할 수 없는 느낌이 들어 그는 물었다.

"교외인 햄스테드 히스까지는 이따금씩 나가기도 해요." 이브가 웃으면서 대답을 했다. "사정이 허락하면 돌아오는 일요일에 패티 링로즈와 같이 갈까 생각 중이에요."

힐리아드에게 기회가 돌아왔다. 햄스테드 히스에서 이브와 링로즈를 만나도 될까? 그녀가 허락해줄까? 그의 권유에 이브는 일말의 주저함이나 허세도 보이지 않고 그 만남이 즐거울 거라고 대답했다. 그녀는 편하게 만날 수 있는 장소와 시간도 일러주었다.

그는 도서관까지 그녀와 같이 걸어갔고, 고어 플레이스에 돌아올 때까지 그녀와 함께했다. 대화를 하면서 그는 이브가 자신에게 애초에 가진 느낌과는 사뭇 다르다는 생각을 지울 수가 없었다. 그녀가 보여준 다정함은 그에게 진정한 만족감을 주지 못했고, 그녀의 활기찬 기분이 주는 매력에 기꺼이 빠져들기는 했지만 믿을 수 없다는 생각에 불안해졌다. 그녀가 하는 어떤 말도 진지하게 들리지 않았다. 그는 이브가 본래 성격과는 아주 다른 어떤 역할을 연기하고 있다고 생각하는 것이 아주 고역이었다.

그는 직접적으로 묻는 것이 두려웠지만, 현재 상황을 알려주는 어떤 말도 그녀의 입에서는 나오지 않았다. 힐리아드는 그녀가 무디스 도서관에 회원으로 가입되어 있다는 사실에 놀랐다. 그녀가 대출한 책은 최근에 출간된 소설이었고, 도서 대출 창구 앞에서 몇 마디 나누면서 그녀는 자신이 최근 문학 동향에 대해서 놀랄 만큼 잘 알고 있다는 사실을 그에게 알려주려는 듯했다. 이 방면에 대해 자신이 너무나 무지하다는 것을 자각한 힐리아드는, 반대일 가능성이 훨씬 더 큰데도 지적으로 스스로가 그녀보다 뒤떨어지는 것이 아닌가 하는 느낌을 갖기 시작했다.

그다음 날 아침 그는 무디스 도서관을 찾았고, 대출 창구에 놓여 있는 책들을 한 아름 빌려서 돌아왔다. 그는 시내 돌아다니는 일에 지쳤고, 독서를 하면서 시간을 보내는 것도 괜찮을 거라고 생각했다.

일요일이 되어 그는 햄스테드 히스의 약속된 장소에 갔다. 그는 거기서 한 시간을 기다린 후 두 사람을 만날 수 있었다. 이날 이브에게서는 활기찬 모습을 더 이상 찾아볼 수 없었다. 빛나는 태양과 벌판에서 불어오는 미풍도 그녀의 활기를 북돋을 수 없었다. 그녀는 단음절로 무뚝뚝하게 이야기했으며, 영문도 알 수 없이 쌀쌀맞게 행동했다. 힐리아드는 항상 활기차고 유쾌한 패티와 이야기할 수밖에 없었다. 잡담을 하는 와중에 그는 패티가 자기 삼촌이 운영하는 악기점에서 일한다는 사실을 알게 되었다. 거기서 그녀는 최신 노래들과 무곡舞曲들을 팔았으며 고객들이 사고 싶어 할 수도 있는, 잘 알려지지 않은 피아노 소품의 '시작품試作品'도 팔았다. 이브와 패티 사이에 공통점은 눈을 씻고 보려야 볼 수 없었기 때문에, 어떻게 이 두 아가씨가 이렇게 친해졌는지를 알기는 어려웠다. 이브와 비교해 패티는 대단치 않은 인물이었지만, 힐리아드는 그녀와 이야기하면 할수록 그녀의 도덕적 올바름에 대해 더욱 확신을 가지게 됐고, 이 사실이 이브를 평가하는 데 아직도 긍정적인 효과를 미쳤다.

또다시 아무런 일 없이 며칠이 지났다. 그러나 그가 집에서 책을 보고 있던 수요일 저녁 9시, 여주인이 놀랄 만한 소식을 가지고 방에 들어왔다.

"젊은 아가씨가 당신을 보고 싶어 하네요, 선생님. 링로즈라는 아가씨가……"

힐리아드는 벌떡 일어났다.

"들어오라고 하세요."

여주인은 그가 흥분한 것을 이해할 수 없다는 듯한 눈으로 쳐다보며 말했다.

"선생님, 그 아가씨는 가능하면 문 앞에서 뵙고 싶어 하는데요."

그는 급히 나갔다. 현관문은 열려 있었고, 통로에서 비추는 빛이 패티의 얼굴을 밝혔다. 패티의 얼굴을 보자마자 그는 무언가가 잘못됐다는 것을 알아차렸다.

"아, 힐리아드 씨. 당신이 몇 번지에 사는지를 몰라서요. 당신의 행방을 물으려고 여러 집을 들렀어요."

"무슨 일이에요?" 현관 계단 쪽으로 가면서 그가 물었다.

"이브의 집을 찾아갔는데, 무슨 영문인지 모르겠지만, 이브가 없어졌어요. 여주인은 이브가 짐을 챙겨 오늘 아침 집을 떠났다고 말했어요. 아주 가버린 거죠. 나한테 아무 기별도 없이 가버린 것이 너무 이상해요. 이해할 수가 없어요. 혹시 당신은 이브가 어디 갔는지 아는지 해서……"

힐리아드는 건너편 집을 멍하니 쳐다봤다.

"저요? 어디로 갔는지 전혀 몰라요. 들어와서 이야기해요."

"나오시는 것이 어떨까 싶은데……"

"아, 예, 알겠어요. 잠시만요. 가서 모자를 가져올게요."

그는 패티와 함께 사람이 적은 유스턴 스퀘어 쪽으로 갔다.

"힐리아드 씨, 당신을 찾아올 수밖에 없었어요." 심각하게 걱정이 되는 듯이 패티가 말했다. "이 상황이 저를 공포로 몰아넣네요. 이브를 일요일 이후로 보지 못했어요. 오늘 가게가 끝나자마자 달려왔어요. 이브를 생각하면 마음이 편치 않았거든요."

"왜 마음이 그렇게 조급한가요? 무슨 일이 있었어요?"

그녀의 얼굴을 살폈다. 패티는 시선을 돌리고는 한동안 말이 없었다. 마침내 남을 신뢰하는 성격을 그대로 드러내는 얼굴로 그녀는 가까스로 말을 하기 시작했다.

"설명하기 어려운 문제인데요. 하지만 당신은 그녀의 친구니까……"

그때 한 남자가 지나갔고, 패티는 말을 멈췄다.

힐리아드는 그녀가 계속 말하기를 기다렸으나 패티는 눈을 아래로 깔고 더 이상 말하지 않았다.

"당신은 내가 매들리 씨와 속내를 이야기할 수 있는 사람이라고 생각했나요?"

"아신 지가 오래됐지요, 그렇죠?"

고의적으로 오해를 불러올 수도 있는 이 상황에 힐리아드는 경악했다. 이브에 관해서는 거의 알지 못한다는 말로 얼버무리며 덧붙였다.

"단순히 매들리 씨가 숙소를 옮길 수도 있는 건 아닌가요?"

"나에게 알리지도 않고 왜 그렇게 갑자기 가야만 했을까요?"

"하숙집 주인은 뭐라고 그래요?"

"무디스, 도서관인데, 아시죠? 거기에 간다는 소리를 들었다고 해요."

"글쎄요, 런던을 떠나기 전에 책을 반납하려고 했는지도 모르죠. 고향인 더들리에 갔을 가능성은 없나요? 아버지가 아프다든가, 아니면 누가 오라고 기별을 했다든가."

패티는 그 가능성이 있을 수 있다고 인정했지만, 크게 믿는 눈치는 아니었다.

"하숙집 주인 말로는 오늘 아침 이브 앞으로 편지가 왔다고 해요."

"그랬어요? 아마 더들리에서 온 것일 수도 있겠죠. 하지만 당신은 저보다 아는 것이 훨씬 더 많잖아요. 말하고 싶지 않은 이야기를 저에게 할 필요는 전혀 없어요. 그런데 제가 무슨 소용이라도 될 것이라는 생각은 어떻게 하게 됐나요?"

"그런 생각을 한 건 아니에요. 이브가 사라졌다는 사실을 알고 너무나 당황해서 그냥 온 거예요. 당신이 고어 플레이스에 묵고 있다는 것을 알고 있었고, 일요일 이후에 이브를 봤을 수도 있다는 생각이 들었거든요."

"전 못 봤어요. 연락이 곧 있겠죠. 오늘 밤이나 내일 아침이면 편지가 도착해 있을 거예요."

패티는 작은 희망의 끈을 찾았다.

"그래요, 편지가 오늘 밤 야간 우편으로 올 수도 있어요. 바로 집으로 가야겠어요."

"제가 바래다드리지요." 힐리아드가 말했다. "그래야 당신이 소식을 들었는지 저에게 말해줄 수 있을 테니까."

그들은 발길을 돌려 햄스테드 로드 끝까지 가서, 캠든타운 하이 스트리트에 있는 패티의 집으로 가는 전차를 탔다. 집에 도착하면 편지가 와 있을 수도 있다는 희망이 생긴 패티는 점점 원래의 모습으로 돌아갔다.

"힐리아드 씨, 제가 숙소를 방문한 의도가 과연 무엇일까 하고 틀림없이 궁금해하실 것 같네요. 저는 당신이 있는 곳을 찾기 위해 대여섯 집이나 들렀어요. 지금 생각해보면, 조금 더 기다리는 편이 나았을 거라는 생각이 들기도 해요. 하지만 제가 하는 일이 원래 이래요. 저지르고 또 곧바로 후회를 하죠. 이브가 저의 가장 친한 친구라는 사실은 아시죠? 그래서 더 그렇게 조바심이 나나 봐요."

"두 사람이 안 지는 얼마 됐어요?"

"상당히 오래됐지요. 1년 쯤……."

다른 질문을 하고 싶은 유혹이 힐리아드에게 강렬히 다가왔다.

"요즘 매들리 씨는 어디에서 일하나요?"

패티는 놀란 듯이 그를 쳐다봤다.

"어, 모르셨어요? 요즘 이브는 아무 일도 안 해요. 일하던 곳이 망했어요. 일하지 않은 지가 한 달이 넘었죠, 아마."

"다른 일자리를 찾지 못했나요?"

"아직 알아보고 있어요. 놀고 있는 셈이죠. 매일 돈이나 세는, 별로 좋은 일이 아니었어요. 나라면 오래지 않아 나가 떨어졌을 거예요. 이브는 그 일보다 더 나은 일을 찾을 수 있을 거예요."

패티는 캠든타운에 다다르기까지 자기의 친구에 대해 이야기를 계속했다. 하지만 그 과정에서 힐리아드가 얻은 정보는 이브가 어떤 사람인지를 아는 데 전혀 도움이 되지 않았다. 아주 중요한 무언가를 숨기고 있다는 사실을 이미 그녀는 고백한 바가 있고, 대화하는 과정에서 자신이 숨기고 있는 것을 경솔하게 말하고 있는지 아닌지를 빈번하게 따져보고는 했다. 힐리아드는 이 미스터리가 그가 얼스 코트에서 본 남자와 당연히 상관이 있으리라고 생각했다. 만일 이브가 진짜로 사라졌다면, 패티가 아는 모든 것을 밝혀내는 데 주저하지 않았을 것이다. 하지만 그는 이브가 그녀의 친구와 과연 모든 말을 주고받고 있는지를 우선 알아내야 했다.

밤이 늦어 이제 막 닫으려고 하는 하이 스트리트에 있는 작은 가게에 패티가 들어갔다.

힐리아드는 몇 발자국 떨어져 기다렸다. 패티가 되돌아오는 순간 힐리아드는 그녀가 실망하고 있다는 것을 알아챘다.

"아무것도 없네요."

"내일 아침에 오겠지요. 당신이 소식을 받았는지 안 받았는지 알고 싶네요."

"여기까지 오신 게 좀 무리였지요?" 패티가 물었다. "저는 보통 오후 1시 반에서 2시 반까지 가게에 혼자 있어요. 그때는 일도 한가해요."

"내일 그 시간에 오겠습니다."

"그래 주실 거죠? 아무 소식도 듣지 못하면 정말로 정신이 없을 거예요."

그들은 별 의미 없는 말을 조금 더 주고받다가 서로 잘 가라는 인사를 했다.

다음 날 패티가 정한 시간에 힐리아드는 하이 스트리트에 다시 왔다. 가게에 다가섰을 때 그는 가게 안에서 나는 피아노 소리를 들었다. 닫혀 있는 유리문을 통해 보니 패티가 즐거운 모습으로 피아노를 치고 있었다. 그가 들어서자 패티는 뛸 듯이 기뻐하면서 환영하는 웃음을 머금었다.

"오늘 아침에 편지가 왔어요. 이브는 더들리에 갔대요."

"아, 다행이네요. 이유는 뭐라던가요?"

그녀는 집게손가락으로 피아노를 치면서 "별 내용은……"이라고 대답했다. "다른 일을 구하기 전에 집에서 일이 주일 보내는 것이 좋겠다고 생각한 듯해요. 홀번에서 언질을 받았거든요."

"그러니 당신이 그렇게 놀랄 일은 아니었던 거군요."

"아, 힐리아드 씨. 진짜 놀라지는 않았어요. 그렇게 생각하시면 안 돼요. 저는 종종 어리석은 짓을 하거든요."

패티의 모습이나 말하는 투는 영 미덥지 않았다. 자신의 근심을 덜어 마음이 가벼워진 것은 분명해 보였지만, 그간의 사정에 대한 설명을 피하려는 모습 또한 그에 못지않게 역력했다. 힐리아드는 가게를 둘러봤다.

원래의 활발한 모습으로 돌아간 패티는 "삼촌은 당구를 치러 한낮에 한두 시간씩 꼭 외출을 해요"라는 말로 화제를 다른 데로 돌렸다. "삼촌의 얼굴을 보면 이겼는지 아니면 졌는지를 알 수 있어요. 승패를 마음에 담아두거든요. 가여운 사람! 힐리아드 씨는 당구를 치세요?"

힐리아드는 머리를 저었다.

"안 그러리라고 생각했어요. 당신은 진지한 표정을 짓고 있으니까요."

힐리아드는 그 칭찬이 달갑지 않았다. 그는 자신의 우울함을 떨쳐버렸다고 생각했다. 인생을 가벼운 용기로 사는 사람처럼 보이기를 바랐다. 길가로 난 유리창으로 내다보니 한 사람이 그의 시야를 가리더니 얼굴을 살짝 디밀었다. 문이 열리고 사무원 행색을 한 젊은이가 누군가와 같이 있는 패티의 모습을 냉랭하게 쳐다봤다. 패티는 얼굴을 약간 붉혔다.

"이 시간에 당신이 무슨 일이에요?" 그녀가 붙임성 있게 물었다.

"아, 이 근처에 사람을 만날 일이 있어서 지나가는 길에 한두 마디 하려고 들렀어요."

힐리아드가 비켜섰다.

"길 건너편에 누가 새로운 가게를 열었나?" 젊은이가 문 앞에서 손짓을 하며 말했다.

이보다 더 패티를 밖으로 끌어낼 눈에 빤히 보이는 핑계를 찾는 것은 어려우리라. 그녀는 순순히 그를 따라 밖으로 나갔다. 그들이 나가고 문이 닫혔다. 몇 분이 지나 패티가 발그스레한 볼을 하고 입술은 성이 난 채로 혼자 돌아왔다.

"방해를 해서 미안해요." 웃으면서 힐리아드가 말했다.

"아, 아니에요. 괜찮아요. 아는 사람이에요. 좋을 때는 그런대로 눈치가 있지만 어떤 때는 참을 수 없을 만큼 어리석지요. 〈볼

룸ballroom의 여왕〉이라는 새로운 왈츠를 들어보셨어요?"

그녀는 피아노 앞에 앉아 사람을 들뜨게 하는 이 작품을 재빨리 연주했다.

"감사합니다. 아주 잘 치시네요." 힐리아드가 말했다.

"아, 누구나 다 칠 수 있어요. 아무것도 아네요."

"매들리 씨도 피아노를 치나요?"

"아뇨. 이브는 항상 자기도 피아노를 칠 수 있으면 좋겠다는 이야기를 하고는 하죠. 이게 뭐 대수라고……. 그녀는 끝을 모를 만큼 많이 알고 있고, 나는 그렇지 못해요. 나도 그랬으면 좋겠어요."

"책을 많이 읽는 것처럼 보이던데요?"

"예. 저도 이브가 책을 많이 읽는다고 생각해요. 아참, 그녀는 프랑스어를 할 줄 알아요."

"그래요? 어떻게 배운 거예요?"

"이브가 장부 정리하던 일을 할 때 거기에 파리에서 온 젊은 여자가 있었거든요. 그 여자한테 배웠대요. 나중에 그 여자는 다시 파리로 돌아갔는데, 이브도 같이 가고 싶어 했지만 어떻게 해야 할지 몰랐어요." 그녀가 웃으며 덧붙였다. "이브는 이룰 수 없는 그 무언가를 원한다니까요."

일주일이 지나 힐리아드는 악기점을 다시 방문했고, 패티와 30분 정도 이야기했다. 이브에게서 온 새로운 소식은 없었다. 그의 방문은 삼사 일 정도 사이를 두고 반복됐고, 6월 말이 돼서야 마침내 이브가 런던으로 돌아온다는 소식을 들을 수 있었다. 이브는 패티가 전에 이야기한 적이 있는, 홀본에 있는 한 영업소에 새로이 일자리를 구했다.

"매들리 씨는 전에 지내던 그 집에서 지낼 건가요?" 그가 물었다.

패티는 고개를 흔들었다.

"이브는 저랑 같이 지낼 거예요. 전에도 같이 살자고 했지만 거절했었거든요. 이제 마음을 바꿔서 전 굉장히 기뻐요."

힐리아드는 망설이며 다음 질문을 던졌다.

"아직도 매들리 씨가 걱정되나요?"

패티는 그의 눈을 똑바로 쳐다보며 말했다.

"아뇨. 지금은 안 해요."

"말해줬으면 하는 게 한 가지 있는데요."

"이브에 대해서요?"

"예, 혹은 아니요, 라고만 대답해도 괜찮습니다. 매들리 씨는 지금 약혼을 한 상태인가요?"

패티는 좀 과하다 싶을 정도로 강한 어조로 말했다.

"절대로 그렇지 않아요. 한 번도 그런 적이 없어요."

"고맙습니다." 힐리아드는 안도의 한숨을 내쉬었다. "그 사실을 알게 되니 아주 기쁘네요."

"물론 그러시겠지요." 패티가 웃음을 지으며 답했다.

여느 때와 같이 솔직한 말을 한 후에 그녀는 얼굴을 돌리고 피아노를 연주했다. 힐리아드가 잠시 생각에 잠긴 동안 그녀가 다시 말을 했다.

"머지않아 당신은 이브를 만나게 되겠죠?"

"아마 그럴 테죠. 잘은 모르겠어요."

"무슨 일이 있어도 당신은 그녀를 만나고 싶어 할 거예요."

"아마 그렇겠죠."

"저한테 한 가지 약속해주시겠어요?"

"제가 지킬 수 있는 약속이라면."

"큰일은 아니고요……. 그날 밤 제가 고어 플레이스로 당신을 찾아간 일에 대해 아무 말도 하지 않았으면 좋겠어요."

"말하지 않을게요."

"믿어도 되죠?"

"저를 믿어도 돼요. 제가 당신을 만난 사실을 되도록 매들리 씨가 몰랐으면 하는 거죠?"

"아, 크게 문제가 되는 건 아니지만, 제 마음속에 켕기는 것을 확실히 풀고 싶었어요. 우리가 우연히 어디선가 만났다고 이야기할게요."

"좋아요. 그리고 그 약속을 하는 대신 저도 뭘 하나 부탁하고 싶은데요."

패티는 눈을 크게 뜨고 입을 약간 벌린 채 뒷짐을 지고 그를 바라보았다.

"매들리 씨에 대해서 걱정하는 마음이 또다시 생기게 되면 저에게 다시 말해달라는 이야기예요." 목소리를 낮추어 그가 계속해서 말했다.

패티는 조금 시간을 끌며 답했다. 그러고는 마침내 고개를 어색하게 끄덕이는 것으로 승낙의 의사를 표시했다. 이내 힐리아드는 그녀의 손등을 토닥이고는 그 자리를 떠났다.

이제 그는 이브가 언제 런던에 돌아오게 될지를 알게 됐다. 힐리아드는 하루 종일 초조한 불안감에 짓눌려 거리를 돌아다닐 수밖에 없었다. 다음 날은 약간 진정이 됐고, 그 후 대엿새 동안 자신을 괴롭히는 생각을 하는 것 말고는 아무 일도 할 수 없었다. 이브가 어디에 일자리를 얻었나를 궁금해하면서 홀본까지의 거리를 재고 또 재봤다. 하지만 캠든타운은 멀리했다.

어느 날 아침 우편엽서가 도착했다. 그 엽서에는 '우린 토요일 밤 사보이 극장 갤러리에 갑니다'라는 글이 휘갈겨져 있었다. 보내는 이의 서명도 주소도 없었지만 쓴 사람이 패티 링로즈인 것은 분명했다. 마음속으로 그는 패티에게 열렬한 감사를 보냈다. 그날 저녁 문이 열리기 거의 한 시간 전에 그는 사보이 극장의 갤러리 입구에 이르는 돌계단을 올라갔다. 다 올라가니 두세 명의 사람들이 벌써 줄을 서 있었다. 그는 벽에 기댄 채 석간을 읽기 시작했다. 하지만 무슨 발소리가 들린다 싶으면 그의 눈은 아닌 척하면서 소리가 나는 방향으로 향했다. 얼마 안 있어 낮게 울리는 웃음소리가 들렸다. 그 소리는 패티의 목소리였다. 계단을 돌아 패티가 먼저 모습을 드러냈고 그 뒤로 이브가 등장했다. 고개를 든 패티는 자신이 기대했던 사람을 보게 되자 의식적으로 웃음을 지었다. 하지만 이브는 몇 분 동안이나 자기가 아는 지인의 존재를 알아채지 못했다. 편한 상태로 이브의 행색을 자세히 살피던 그는 그녀의 상태가 상당히 안 좋다는 사실을 알 수 있었다. 피로

해 보였고 힘이 없는 상태였으며, 주위에 있는 사람들에게 신경을 쓰지도 못했다. 이브의 옷차림은 한 달 전에 비해 눈에 띄게 초라했다.

패티는 친구에게 귓속말을 했고, 그 말을 듣고 이브의 눈길은 그가 있는 방향으로 향했다. 그녀의 눈이 그와 마주쳤고, 그는 두세 계단 내려가 그녀 앞에 섰다. 이브가 그를 보는 태도는 일종의 교양 있는 무관심이었다. 힐리아드는 그들이 우연히 마주쳤다는 표현을 하지 않았고, 그녀가 런던을 떠난 것에 대해서도 말하지 않았다. 그들은 이야기를 하기는 했지만 그 상황에서 가능한 대화는 연극 공연 내지는 그와 관련된 주제뿐이었다. 이브가 자신을 만나 기쁜지 아니면 슬픈지를 그는 알 수 없었다. 하지만 시간이 지나면서 그녀의 기분은 약간 좋아졌고, 문을 열고 위로 올라가게 됐을 때 그녀는 즐겁게 소리를 치기도 했다.

이브를 사이에 두고 패티와 힐리아드가 자리를 잡고 앉았다. 그는 그제야 이브에게 "그동안 런던을 떠나 있으셨지요?" 하고 물었다.

"예, 더들리에 갔어요."

"브르어 부인을 만나셨나요?"

"대여섯 번 만났어요. 새 하숙인을 아직 찾지 못했고, 당신이 돌아왔으면 하고 바라더군요. 어느 누구보다도 당신에 대한 점수가 후했어요."

약간 비꼬는 말처럼 들렸다.

"저는 부인에게서 그런 말을 들을 자격이 충분하지요." 힐리아드가 말했다.

이브는 그를 슬쩍 쳐다보고 의심쩍게 웃은 뒤에 패티에게 얼굴을 돌리고 이야기를 시작했다.

그날 저녁 더들리에 대한 언급은 더 이상 없었다. 이브는 거의 대화에 끼지 않았고, 연극이 끝나자 그녀는 냉정하게 떠났다. 하지만 그가 패티와 악수를 하고 있을 때 이 젊은 아가씨 얼굴에서 그로 하여금 고개를 끄덕이며 미소 짓게 만드는 무언가가 느껴졌다.

9

7월의 어느 오후, 식지 않는 건축에 대한 관심을 충족시키기
위해 오래된 교회 건물들을 찾아 돌아다닌 힐리아드는 지친 채
로 플리트 스트리트의 유명한 선술집에서 휴식을 즐기고 있었다.
사치스러운 생활에는 이제 익숙해져버렸다. 오늘 그는 식사를 하
며 와인을 곁들였다. 그는 와인을 마시며 위안을 찾았다. 시끌벅
적한 대로에 다시 들어섰을 때 그 앞에서 사물들은 부드러운 빛
을 내고 있었고, 플리트 스트리트에서 들리는 소리는 그의 귀에
음악처럼 울렸다. 그는 다정한 눈길로 지나가는 여자와 남자들을
쳐다봤다. 한가로운 그의 기분과 조화를 이루지 못한 얼굴은 찾
아볼 수 없었다.

더 이상 우울한 기분이 들지 않게 된 그는 지나가는 매 순간
에 만족해하면서 서쪽으로 천천히 걸었다. 그는 스스로에게 "이
게 인생의 즐거움이지"라고 말했다. "과거와 미래, 모두 나에게

는 아무 의미 없어. 나는 이 여름날의 영광스러운 햇빛 속에 살고 있고, 너그러운 와인의 축복 속에서 살고 있지. 숭고한 와인이여! 친구가 없는 사람에게 친구가 되어주고, 외로운 사람들에게 동반자가 되어주며, 억눌린 사람들에게 희망을 주고, 존재라는 짐 밑에서 허덕이는 사람들에게 용기를 북돋아주는 와인이여. 너에게 감사한다. 오, 너무나도 소중한 와인이여!"

서점의 창이 그의 눈길을 끌었다. 지나가는 모든 보행자들이 볼 수 있는 그 쇼윈도에 그가 흥분하지 않을 수 없는 책이 한 권 있었다. 멋있는 삽화가 들어가 있고 2절판으로 된 책은 프랑스의 성당에 관한 전문 서적이었다. 5기니의 가격표가 붙어 있었다. 와인이 주는 환락으로도 절약에 관한 천한 마음은 완전히 극복하기가 어려웠다. 그는 잠시 머뭇거리다가 서점으로 들어갔다. 책을 구매해서 가지고 가는 것이 더 나을 것 같았지만, 그는 서점 직원의 권고에 따라 이 커다란 책이 집에 배달될 수 있도록 주소를 알려줬다.

기다리는 무한한 즐거움과 이렇게 큰 기쁨에 겨우 5기니라니, 이 얼마나 저렴한가!

그는 트래펄가 광장의 벤치에 앉아, 심오한 푸른빛을 흩뿌리다가 눈 같은 구름을 위로 솟구치게 하는 분수를 오래 바라보고 있었다. 누더기를 걸친 아이들이 그의 주변에서 놀고 있었다. 주머니를 뒤져 동전을 긁어모은 그는 다정스럽게 "야, 누더기 걸친 놈들아!"라고 소리 지르면서 놀라움과 기쁨을 흩뿌렸다.

성마틴 성당의 시계탑에서 나는 종소리가 오후 6시를 알렸다.

그 순간 힐리아드의 마음속에서 마치 금빛 안개처럼 어른거리던 목적이 형태와 본질을 갖추게 됐다. 그는 북쪽으로 걷기 시작했다. 홀본에 도착한 그는 최근 자주 확인한 업무지구 주변을 어슬렁거렸다. 그는 그렇게 오랜 시간을 기다리지 않았다. 이내 그가 아는 사람이 나타났고, 그는 그녀에게 빠른 걸음으로 다가갔다.

이브 매들리는 그를 보고도 크게 놀라지 않았다.

"당신을 다시 보러 왔어요." 그가 말했다. "만일 불편하시면 이야기하세요. 즉시 떠날 테니까요."

"당신에게 돌아가라는 말을 하고 싶지는 않아요." 그녀가 침착하게 말했다. "하지만 가시는 편이 더 현명하겠다는 생각도 드는군요."

"아, 그래요. 당신이 저를 스스로 판단하도록 내버려둔다면……, 오늘 좀 피곤해 보이네요. 할 말이 있는데, 잠시 샛길로 빠져서 이야기를 나눌 수 있을까요?"

"아뇨, 이대로 쭉 걷죠."

"이제 좀 친절하게 대해주시는군요. 전 레스토랑에서 식사를 할까 하는데. 집에서는 보통 쓸쓸한 방에서 형편없는 저녁을 혼자 먹곤 하지요. 오늘 같은 저녁에 집에 돌아가서 배고픔을 짐승처럼 해결할 수는 없어요. 레스토랑에 가면 저는 혼자 앉지요. 혼자 앉아서 여러 명이 식사를 즐겁게 하는 모습을 보는 게 고역이에요. 여러 사람과 같이 밥을 먹어본 게 언제인지 기억이 나지 않네요. 저랑 같이 식사하지 않으실래요?"

"할 수 없어요."

"불가능한 이유라도……?"

"그렇게 하고 싶지 않아요."

"앉아서 이야기하는 것이 그렇게 언짢으신가요? 그러시면 당신에게 이야기하라고 하지 않을게요. 저만 이야기할게요. 저에게 한두 시간만 내주세요. 그게 제가 원하는 겁니다. 저에게는 아주 의미가 크지만, 당신에게는 별 상관이 없잖아요."

이브는 묵묵히 걸었고, 그의 간청도 그녀를 따라갔다. 마침내 멈춰 선 그녀가 말했다.

"전 아무래도 상관없어요. 그래요. 당신이 원하신다면……."

"이루 말할 수 없이 감사합니다."

그들은 홀본으로 다시 걸어갔다. 힐리아드는 의미 없는 말을 늘어놓으며 이미 수십 명이 식사를 하고 있는 대연회장으로 그녀를 이끌었다. 프라이버시를 보장받을 수 있는 아늑한 구석 자리를 찾아내 앉고 나서, 과하지는 않지만 정성스럽게 선택한 메뉴를 웨이터에게 주문했다. 그의 맞은편 푹신한 의자에 기대어 앉은 이브는 조용히 미소 짓고 있었다. 사치스러운 것을 보여줘도 전혀 동요하지 않는 이브는 기분이 나쁘지는 않은 모습으로 무언가를 골똘히 생각하는 듯했다.

"승합마차를 타고 캠든의 집에 가기보다는 여기 오기를 잘했지요?"

"물론이에요."

"바로 당신의 이런 점이 좋아요. 당신은 솔직하게 말하죠. 당신이 저와 식사를 할 수 없겠다고 말했을 때 그건 당신이 생각한 바를 솔직하게 말한 거였어요. 이제는 그걸 후회하고 있다는 걸 또 솔직히 인정한 거죠."

"오든 안 오든 차이가 없다는 생각을 하지 않았다면 이렇게 행동하지는 않았을 거예요."

"당신에게는 차이가 없었겠지요. 그래요, 당신이 그렇게 생각을 하니 저도 거리낌이 없어지네요. 제 마음이 편해집니다. 제 자신을 나무랄 것도 없고⋯⋯. 어쨌든 당신과 여기에 같이 앉아서 이야기를 하니 너무 좋군요."

"당신은 같이 올 사람이 아무도 없나요? 친구를 하나도 사귀지 못한 거예요?"

"아무도 없어요. 당신과 링로즈 씨가 런던에서 내가 아는 유일한 사람들이죠."

"이런 식으로 사는 당신을 이해할 수 없네요."

"제가 남자들 사이에서 어떻게 친구를 사귈 수 있겠습니까? 그건 돈을 버는 것보다 더 힘든 일이에요. 돈 버는 일을 아직 해보지 않았고, 결코 다시 할 생각도 없지만⋯⋯."

이브는 눈을 피했고, 다시 생각에 잠겼다.

"지금처럼 살 수 있는 돈이 어떻게 저에게 굴러왔는지를 말해 줄게요." 젊은이가 말을 이었다. "식사가 나오기까지는 시간이 좀 걸릴 테니까요."

그는 그 이야기를 재미있게 했고, 수프가 막 나왔을 때 이야기를 멈췄다. 이브는 웃음을 머금은 채 호기심 가득 찬 모습으로 이야기를 들었다. 그러고는 대화가 끊겼다. 힐리아드는 왕성한 식

욕으로 맛있게 저녁 식사를 시작했고, 이브는 수프를 몇 숟가락
뜨더니 옆 테이블 사람들에게 눈길을 돌렸다.

"당신이 제 입장이라면 어떻게 행동했을 것 같나요?"

"당신 입장이 돼보는 것이 저로서는 어려운 일이지요."

"그런가요? 어려워요? 그러면 저에 대해서 좀 더 말해 드리죠.
브르어 부인이 저에 대해 아주 좋게 말했다고 이야기하지 않았나
요?"

"브르어 부인이 하는 말만 듣고 당신을 아주 잘 알 수는 없었어
요."

힐리아드가 웃었다.

"제가 당신한테는 그렇게 형편없는 사람인 것처럼 보였나요?"

"그런 말이 아니에요." 이브는 신중하게 답을 했다. "브르어 부
인에게 들은 당신과 지금의 당신은 전혀 다른 사람 같아서 그래
요."

"그래요, 이해할 수 있어요. 그렇게 말하니 매들리 씨, 브르어
부인의 눈에 비친 당신과 지금의 당신도 상당히 다른 사람인 것
같네요."

"브르어 부인이 저에 대한 이야기를 했나요? 무슨 이야기를 한
건지 듣고 싶네요."

접시가 치워지고 새로운 요리가 나오는 사이 잠시 침묵이 흘렀
다. 힐리아드는 와인을 마시면서 이브가 술잔에 입술만 살짝 대
는 것을 봤다.

"듣게 될 겁니다. 하지만 지금은 아니에요. 저는 당신이 직접

저를 판단하게 해주고 싶어요. 저녁 식사가 진행되는 동안 나에 대한 이야기를 들려주죠. 그건 사람들이 소설 속에서 하는 것처럼 자기 삶을 지나치게 엄숙하게 말하는 게 아니니 지루하진 않을 겁니다."

너무 간결하게 설명했다는 흠이 있기는 했다. 하지만 15분 정도 이야기하는 동안 이브는 대충 가슴 아픈 부분은 생략한 그의 이야기를 듣고 어렸을 때부터 지금까지 그의 삶이 어땠는가에 대한 적절한 생각을 할 수 있었다. 이야기를 들으면서 이브는 그를 처음 만난 순간 받았던 인상에 더욱 많은 정보를 추가할 수 있게 되었다. 그의 이야기가 진행되면서 그녀는 더욱 집중하게 되었고, 어떤 때는 그와 눈을 마주치기도 했다.

"저에 관한 모든 것을 알고 있는 사람이 딱 하나 있습니다." 잠시 후 힐리아드가 말했다. "나래모어라는 이름을 가진 버밍엄 친구예요. 제가 덴게이트에게서 돈을 받았을 때 어떻게 써야 할지 이야기를 나눈 친구죠."

"방금까지 하신 이야기에 그 사람은 등장하지 않았는데요." 그의 말을 듣던 이브가 지적했다.

"말할게요. 이제 당신은 저를 이해하시겠지요. 저는 제가 싫어하는 모든 것들에서 완전히 벗어나려고 굳게 마음을 먹었다는 것을요. 돈이 남아 있는 한 저는 사람다운 삶을 살고 싶습니다."

"사람다운 삶이란 건 무엇을 뜻하는 건가요?"

"인생이라고 부를 만한 가치도 없는 그런 삶이 아니라, 말하자면, 즐거운 인생을 말하는 거지요. 오늘 같은 저녁도 그 일부라고 할 수 있죠. 더들리를 떠난 후에 이만큼 즐거운 시간은 없었어요. 다 당신 덕분입니다. 제가 기억할 수 있는 한 감사한 마음으로 당신을 기억할 겁니다."

"그건 아니에요." 이브가 말했다. "당신의 즐거움은 어떤 것이든 간에 돈 때문이지 저 때문이 아니에요."

"당신은 그런 방식으로 세상을 보는군요. 그렇게 하세요. 저는 파리에서 기분 좋게 한 달을 보냈지만 결국 외로움 때문에 영국으로 돌아왔어요. 자, 보세요. 당신이 거기 있었더라면, 매일 저녁 한두 시간 정도 당신을 만날 수 있었더라면, 당신과 저녁을 레스토랑에서 같이할 수 있었더라면, 제가 그날 본 일을 당신에게 이야기할 수 있었더라면, 저는 정말 최고의 즐거움을 느꼈을 겁니다. 저는 웬만큼 잘 사는 사람이 그들의 권리라고 생각하는 것 정도의 적당하고 일반적인 즐거움 이상을 바란 적이 없어요."

"파리에서는 무슨 일을 하셨나요?"

"지난 15년간 제가 보고 싶어 했던 것들을 봤지요. 프랑스어를 배우기도 했고, 전보다 더 교양이 늘었다고 생각해요."

"거기 있는 동안 더들리는 아주 먼 곳처럼 느껴지지 않던가요?" 이브는 무심한 듯이 물었다.

"마치 다른 행성 같았죠. 파리에 간 적이 있었다고 링로즈 씨한테 들었는데요."

이브는 미간을 찌푸리고 답을 하지 않았다.

10

과일이 그들 앞에 놓였고, 힐리아드는 바나나 껍질을 벗겼다.

"격식을 차린 식사를 하는 사람의 삶과 그렇지 못한 사람의 삶 사이에는 엄청난 차이가 있어요." 힐리아드가 말했다. "그런 것들이 마음과 성격에도 큰 영향을 미치기도 해요. 단지 먹는 즐거움이나 음식의 질이 차이 난다는 얘기가 아닙니다. 한두 시간 정도 저녁에 조용히 앉아서 이야기를 나누면서 품격 있는 즐거움을 누리는 것이 얼마나 세련된 일인지. 석 달 전까지 저는 격식을 차린 제대로 된 식사를 해본 적이 없어요. 난 그런 것들이 나에게 어떤 변화를 가져왔는지 잘 알고 있죠."

"저는 오늘 저녁까지 한 번도 이렇게 격식을 차려 식사해본 적이 없어요." 이브가 말했다.

"처음이라고요? 레스토랑에 온 게 처음이에요?"

"예, 저녁에는요."

힐리아드는 이 고백을 놀라움 반 즐거움 반의 심정으로 들었다. 결국 그는 이브와 박람회에서 만난 사람이 그렇게 가까운 사이는 아니었을 수도 있다는 사실을 알 수 있었다.

"노예 상태로 되돌아가면……"그가 이어서 말했다. "그 상태를 좀 더 철학적으로 견디겠지요. 저를 짐승으로 만들겠지만, 그래도 그 상태가 저를 더 비참하게 하지는 않을 겁니다. 문명의 기억이 저를 지켜주겠죠. 자신에게 제가 한때 자유인이었다고 되새김시켜줄 것이고, 그걸로 저는 버틸 수 있겠죠."

이브는 그를 호기심에 찬 얼굴로 유심히 쳐다봤다.

"다른 선택은 없는 건가요?"그녀가 물었다. "돈이 있을 동안 돈을 벌 수 있는 좀 더 나은 방법을 찾아낼 수는 없나요?"

"가끔 그 생각을 해보지만 방법이 별로 없어요. 제가 하나 잘할 수도 있는 것이 있는데, 바로 건축이죠. 저는 스스로의 즐거움을 위해 건축을 쭉 공부하고 있어서 이 직업에 종사하지 않는 사람들 중에서는 누구보다도 잘 안다고 자부할 수 있지만, 건축을 업으로 삼아 돈을 버는 것은 상당히 오랜 시간이 걸릴 겁니다. 건축 제도공이 되려고 준비하는 데 문제가 없는 건 확실해요. 제가 기계 제도를 잘하는 만큼 건축 설계를 잘할 수도 있겠고. 하지만……"

"그럼 왜 일을 하지 않는 거죠? 일을 하면 아주 누추한 장소에서 살지 않아도 되고……"

"글쎄, 그게 그렇게 문제가 됩니까? 달리 얻을 것이 있으면 모를까. 예를 들어 결혼이라도 할 수 있다면……"

그는 이 말을 좀 장난스럽게 말했다. 이브는 눈길을 피하며 들은 체하지 않았다.

"저에게 그런 희망은 없어요. 가난에 허덕이는 결혼 생활을 너무 많이 봤거든요."

"저도 그래요." 그 말을 듣던 상대방이 조용하지만 힘을 주어 말했다.

"1년에 150파운드가 넘는 수입이 없다는 사실이 확실해지는 경우에는……"

"그 수입을 여자와 나누어 쓰자고 하는 것은 범죄지요." 이브가 냉정하게 덧붙였다.

"동의해요. 각자가 그 점을 잘 이해하는 편이 좋겠지요. 건축으로 말을 돌릴게요. 오늘 오후에 큰 책을 한 권 샀어요."

그는 책을 구입한 사실을 알렸고, 얼마가 들었는지도 말했다.

"그런 가격으로 책을 사게 되면 당신이 노예 상태로 돌아가는 날이 멀지 않겠네요."

"아…… 이렇게 큰 금액을 지불하는 경우는 흔치 않아요. 일상적으로는 자유롭다는 느낌에 만족을 하고 아주 검소하게 삽니다. 그렇다고 해도 제가 남아 있는 돈을 아주 오랫동안 쓰지 않겠다고 굳게 마음을 먹고 있다고 지레 짐작하지는 마세요. 만일 가치 있는 일이 있다는 생각이 들면 일이 주일 안에도 금방 써버릴 수 있으니까요. 가장 중요한 것은 제가 무슨 즐거움을 얻는가 하는 점이죠. 인생에 있어서 가장 좋을 때는 단 하루일 수도 있어요. 네, 그래요. 그런 경우가 많죠."

"그럴까요? 최소한 저는 그렇게 생각하지 않아요."

"그러면 당신이 목표를 두고 있는 것은 무엇인가요?" 힐리아드가 심드렁하게 물었다.

"안전"이라는 답이 즉각 튀어나왔다.

"무엇으로부터 안전인가요?"

"나 자신이 살려고 발버둥쳤던 수년간의 투쟁으로부터, 그리고 참담했던 과거로부터."

"그럼 '안전을 위한 시합'이라고 말하는 편이 낫겠네요."

예기치 못하게 터져 나온 익살 때문에 이브는 갑자기 웃음을 터트렸다. 힐리아드도 덩달아 크게 웃었다.

잠시 있다가 "이제 가는 것이 어떨까요?"라고 이브가 제안했다.

"예, 조용히 걸읍시다. 해가 진 거리는 걷기에 좋을 겁니다."

일어서서 힐리아드는 식대를 지불하고 거울에 비친 자신의 모습을 봤다. 볼은 홍조를 띠었고, 머릿결은 약간 흐트러진 상태였다. 침착한 이브의 모습에 비해 그의 모습은 확실히 흥청대는 그것이었다. 어쨌든 그는 기분 전환을 할 수 있었다.

그들은 홀본을 지나 사우샘프턴 로우까지 올라갔다. 러셀 스퀘어가 보이기 전까지 아무 말도 하지 않았다.

"저는 런던의 이 근처가 좋아요." 앞을 가리키면서 힐리아드가 마침내 말했다. "이 광장을 늦은 밤에 종종 걸어 다닙니다. 조용하고 나무들 때문에 공기가 달죠."

"고어 플레이스에 살았을 때 저도 가끔 걸었어요."

"어떤 면에선 우리가 같은 점이 있다는 생각이 들지 않나요?"

"아, 그래요." 이브가 솔직하게 인정했다. "저도 그렇다고 생각했어요."

"당신도요? 지금까지 살아온 삶조차도 닮은 점이 있는 것 같아요, 안 그래요?"

"예, 이제 보니 그렇네요."

러셀 스퀘어 포도鋪道에서 방향을 틀어 그들은 울타리를 친 가장자리를 걸었다.

"패티가 함께 있었으면 좋았을 텐데"라는 말을 갑자기 이브가했다. "패티는 오늘 저녁을 진심으로 즐겼을 거예요."

"그래요. 다음에 식사를 할 때는 링로즈 씨도 함께하도록 하죠. 하지만 런던에서의 식사가 파리에서의 식사 같을 수는 없어요. 당신이 다시 일을 시작하지 않았으면 좋았을 텐데……. 내가 무엇을 제안하는지 알겠어요?"

그녀가 미심쩍은 듯이 그를 쳐다봤다.

"파리에 다 함께 가는 것이 어때요? 링로즈 씨와 당신은 함께 지내시죠. 저는 당신들을 매일 보면 되고요."

이브가 웃었다.

"안 될 것도 없죠. 패티와 나는 주체할 수 없을 정도로 돈이 많으니." 이브가 응수했다.

"돈이요? 아, 그게 뭐 대수라고! 돈은 제게 있어요."

그녀는 다시 웃었다.

힐리아드는 깜짝 놀랐다.

"좀 거칠게 말하시는군요. 저는 제쳐두고라도 달리 씨는 그 제안을 어떻게 받아들일까요?"

"달리 씨가 누구죠?"

"몰랐어요? 패티가 약혼했다는 말 하지 않았나요?"

"아, 아니요. 그런 말 없었습니다. 악기점에서 본 적이 있긴 하지만. 링로즈 씨는 그 약혼자랑 결혼을 할까요?"

"패티가 할 수 있는 가장 현명한 일은 아닐지 모르죠. 하지만 매듭을 지어야 하니까요. 달리 씨는 경매 사무실에서 일하고 있어요. 언젠가는 상당한 소득을 올리겠죠."

오랜 침묵이 흘렀다. 그들은 러셀을 지나 우번 스퀘어에 이르렀다. 밤은 이제 하늘의 마지막 색조마저 어둡게 했고, 램프는 어스레한 푸르름 속에서 황금빛을 발하고 있었다. 좁은 광장에 있는 한 집에서 파티가 열리고 있어서 마차들이 입구에 늘어서 있었다. 포도에서 입구까지는 레드 카펫이 깔려 있었고, 음악 소리가 들려왔다.

"이런 종류의 행사가 당신이 품고 있는 야심을 불붙게 하나요?" 사람들이 내리는 마차에서 몇 미터 떨어져 잠시 걸음을 멈춘 힐리아드가 물었다.

"예, 그럴 거예요. 어쨌든 마음이 편하지 않네요."

"저는 제 안에 있는 모든 걸 정리했어요. 모든 게 일장춘몽이라고 생각하고 편하게 대하지요. 이 사람들이 보는 인생과 제가 보는 인생은 달라요. 저는 그들과 같이 즐길 수 없어요. 아마도 당신은 그럴 수 있을지 모르지만……."

"저는 그럴 수 있을 거예요"라는 말이 이브 입에서 아무 생각

없이 튀어나왔다. 그녀는 광장의 다른 쪽으로 고개를 돌렸다.

"음, 파리에 친구가 있다고 했지요? 소식을 좀 듣나요?"

"돌아간 다음에 간간이 저에게 편지를 했었는데, 이제는 연락이 거의 끊겼어요."

"하지만 거기에 가면 그 친구를 볼 수 있겠지요."

이브가 잠시 대답을 하지 않고 머뭇거렸다. 마침내 그녀는 참을성 없게 말을 내뱉었다.

"제가 그런 일을 신경 쓸 이유가 뭐죠? 날마다 저는 제가 가장 원하는 일을 잊으려고 해요. 당신에 대한 이야기나 하세요. 당신이 하는 말은 기꺼이 듣겠지만 제 이야기는 하지 마세요."

"그런 원칙을 앞세우시면 저는 아주 힘듭니다. 저는 당신이 자신에 대해 이야기하는 걸 듣고 싶어요. 아직까지도 저는 당신을 거의 모르고, 당신이 말하지 않으면 저는 결코……"

"왜 당신이 저를 알아야 하죠?" 짜증난 목소리로 그녀가 말을 가로챘다.

"무엇보다도 제가 그걸 원하니까요. 당신의 사진을 처음 보는 순간부터 그랬어요."

"아, 그 별 볼 일 없는 사진! 저와 같은 모습이 그 사진에 조금이라도 있다는 생각을 했다면 가여워하기라도 했겠죠."

"같기도 하고 다르기도 하지요." 힐리아드가 말했다. "당신의 얼굴에서 제가 본 부분은 저를 즐겁게 한 부분이었어요."

"그리고 그것은 진정한 제 자신이 아니에요."

"아마 아니겠지요. 아니면 당신이 잘못 알고 있거나. 그게 제가 알고 싶은 부분이에요. 사진을 보면서 저는 당신에 대해 생각했어요. 당신을 만났을 때 나는 내 생각이 형편없이 틀렸다고 느꼈습니다. 하지만 지금은 뭐가 뭔지 모르겠어요."

"더들리에 살던 소녀일 때와 지금의 제가 무엇이 달라졌는지 알고 싶나요?"

"달라지기는 했나요?"

"어떤 면에서 변한 건 틀림없어요. 어쨌든 당신도 그렇게 생각하잖아요."

"언젠가 모든 것을 이야기해주세요. 그때까지 기다릴 수 있어요."

"당연히 그래야 한다고 생각해서는 안 돼요. 같은 지역 출신이고 같은 사람들을 알고 있기 때문에 우리가 대충 알게는 됐지만, 그렇다고⋯⋯"

그는 그녀의 다음 말을 기다렸다.

"음, 우리가 각자에 대해 많이 생각을 해봐야 별 소용이 없다는 말을 하려고 했어요."

"저를 생각해달라고 요구하고 싶지는 않아요. 하지만 저는 이제부터 오랫동안 당신에 대해 많은 생각을 할 거예요."

"그걸 제가 말리고 싶어요."

"왜죠?"

"왜냐하면 결국에는 제가 힘들어질 테니까요."

힐리아드는 잠시 말을 멈추었다가 웃었다. 그러고는 다른 데로 화제를 돌렸다.

11

게으른데다 편지도 소홀히 하는 나래모어는 힐리아드가 런던과 외국에서 겪은 여러 가지 모험에 관해 쓴 편지에 대해 아직도 답장을 하지 않고 있었다. 7월 말이 돼서야 친절하게도 그는 겉치레로 몇 자 휘갈긴 편지를 보내왔다. '좀 더 일찍 편지를 쓰지 못해 미안해. 이 염천炎天에 일이 끝나면 매일 바닥에 그냥 쓰러지고 말아. 삼촌의 유산이 적지 않았다는 소식을 알려주고 싶어. 5천 파운드 남짓이었고, 황동 침대 프레임 사업에 투자했지. 8월 말까지는 한눈 팔 수가 없어. 그럼 다음에 보자고.' 힐리아드는 그의 황동 침대 프레임 사업이 부러웠다.

이 무렵 힐리아드는 패티 링로즈가 그녀의 장래를 뒤흔드는 한 사건 때문에 허둥지둥대고 골머리를 앓고 있다는 사실을 알게 됐다. 가게 주인인 패티의 삼촌은 오십 대인 홀아비였는데, 재혼을 발표하면서 설상가상으로 가게를 접겠다는 발표까지 한 것이다.

"삼촌이 매일같이 당구를 치러 가는 선술집 여주인이에요." 조롱하는 듯한 웃음을 지으며 패티가 말했다. "지독한 뚱보예요! 이제 삼촌은 선술집 주인이 되겠죠. 고모와 저는 이제 우리가 알아서 살아갈 수밖에 없어요."'

고모는 지금까지 집을 지켜온 가게 주인의 여동생이었다. "고모한테는 계속해서 용돈을 조금 주겠다고 했나 봐요. 얼마 되지는 않겠죠." 패티가 말했다.

"저는 별문제가 없어요." 패티가 이어서 말을 했다. "제가 일할 수 있는 일자리는 널려 있어요. 물론 여기 같지는 않겠죠. 여기는 제가 어렸을 때부터 있어서 집 같은 곳이니까요. 남자들이 하는 일이라니! 저는 삼촌 면전에 대고 부끄러워하시라고 말했어요. 고모도 그런 이야기를 했고요. 삼촌 자신도 부끄러워하기는 해요. 이런 결혼 좀 역겹지 않나요?"

힐리아드는 미묘한 질문에 대답을 피했다.

"이 결혼이 또 다른 결혼을 앞당기지는 않을까요?" 그가 웃으면서 말했다.

"무슨 이야기인지는 알겠어요. 하지만 결혼 자체를 안 할 가능성이 많아요. 남자라면 짜증이 나요. 이기적이고 비합리적이죠. 힐리아드 씨 당신을 말하는 것은 아니에요. 음, 당신은 제가 무슨 말을 하는지 아시겠지요?"

"달리 씨가 당신의 노여움 때문에 나가 떨어져버렸나요?"

"그 사람 이야기는 하지도 마세요. 선을 그어놓고 무엇이든지 그대로 시키려고만 들면 그가 무언가를 잘못 알고 있는 거죠. 너무 늦기 전에 이 사실을 알아야 하는데……."

그들의 이야기는 당구를 치다 평소보다 좀 일찍 돌아온 사랑꾼 삼촌이 입구로 들어오는 바람에 끊겼다. 삼촌은 낯선 사람을 노려봤지만 아무 말 없이 집 안으로 들어갔다. 힐리아드는 이브에 대해 급하게 한두 마디 말을 더 하고 가게를 나왔다.

이 일이 있은 후 일주일이 채 되지 않아 힐리아드가 하루 종일 외출한 날이 있었는데, 집에 돌아오니 놀랍게도 책상에 전보가 와 있었다. 패티 링로즈에게서 온 것이었는데 오후 1시에서 2시 사이에 자신의 집을 꼭 방문해달라는 내용이었다. 지금 시간은 거의 오후 10시가 다 됐고, 전보는 오전 11시에 왔었다.

1분도 지체하지 않고 그는 승합마차를 타러 거리로 나와 하이 스트리트로 달렸다. 가게는 물론 닫혀 있었다. 사람들이 자러 들어가기에는 아직 이른 시간이었지만, 지금 문을 두드렸다가는 예의 없다는 말을 들을 위험이 있었다. 다행히 그가 초인종을 누르려고 하는 순간 문이 열리며 패티가 문 앞으로 나왔다.

"아, 힐리아드 씨, 당신이군요." 흥분한 목소리로 패티가 외쳤다. "승합마차가 멈추는 소리가 들려서 당신일 수도 있다고 생각했어요. 자, 들어오세요. 빨리요!"

그는 가스등 하나가 어둡게 비추는 통로를 따라 가게로 들어갔다.

"쉿……." 다급하게 속삭이면서 그녀가 이어서 말했다. "만일 이브가 도착하면 알아서 문을 열고 들어올 거예요. 여기 조용히 서 계세요. 가스등을 끌 거예요. 이브가 2층으로 올라가면 나가

실 수 있을 거예요. 좀 일찍 올 수는 없었나요?"

힐리아드는 사정을 설명했고, 무슨 일이 있는지 말해달라고 그녀에게 간청했다. 패티는 계속해서 그의 애만 태웠다.

"삼촌은 자정까지 돌아오지 않을 거예요. 그러니 걱정할 건 없어요. 고모는 자러 들어갔어요. 고모는 삼촌과 재혼 문제로 다투고 낙심하고 있어요. 이브가 들어와도 수선을 피면 안 돼요. 큰 소리로 이야기하지 마시고, 저는 문에 계속 귀를 기울일게요."

"대체 무슨 일입니까? 매들리 씨는 어디 있죠?"

"모르겠어요. 이브는 어제 밤늦게까지 들어오지 않았어요. 어디에 있었는지도 모르고. 나에게 약속해달라고 했던 거, 기억해요?"

"매들리 씨가 걱정이 되면 저에게 알려달라던 이야기 말입니까?"

"예, 그래요. 이브는 지금 위험에 처해 있고, 저는 단지 이브가 무사하기를 바랄……"

"무슨 일입니까?"

"제가 아는 모든 것을 알려주고 싶지는 않아요. 그렇게 하는 것이 옳은 일은 아닌 듯해요. 하지만 저는 이브가 너무 걱정돼요."

"전 딱 한 종류의 위험이 떠오르는데……"

"예, 바로 그거예요. 무슨 말인지 아시죠? 하지만 당신이 상상하는 것 이상이 있어요."

"그럼 무엇이 당신을 놀라게 했는지를 말해보세요."

"이브를 마지막으로 본 게 언제인가요?" 심문하듯이 패티가 물었다.

"일주일이 넘었어요. 내가 여기로 오기 이삼 일 전에."

"뭔가 특별한 점을 발견하지 못했나요?"

"별로."

"월요일 밤 전까지는 나도 그랬어요. 그 이후 무언가 잘못됐다는 것을 알게 됐지요. 어휴……"

갑자기 그녀는 그의 팔을 잡았고, 그들은 귀를 기울였다. 하지만 아무 소리도 들리지 않았다.

"그 이후……" 패티가 사시나무 떨듯이 떨면서 말을 이었다. "이브는 아주 이상해졌어요. 밤에 잠을 자지도 않았고 앓았어요. 그리고 이브와 아무 관계도 없는 사람에게서 편지가 왔고요."

"지금까지 많은 이야기를 했으니 이제 저에게 전부 다 털어놓는 것이 좋지 않겠습니까?" 힐리아드가 참을성 없이 이야기했다. 그의 이마에서는 식은땀이 났고, 심장은 고통스럽게 뛰기 시작했다.

"그럴 수는 없어요. 나는 그저 당신에게 경고만 할 수 있을 뿐이에요."

"하지만 경고라는 게 무슨 소용이 있죠? 제가 뭘 할 수 있습니까? 제가 어떻게 관여를 해야 합니까?"

"모르겠어요." 한숨만 푹 쉬면서 패티가 대답을 했다. "이브는 위험에 처해 있어요. 제가 할 수 있는 말은 그뿐이에요."

"패티, 바보처럼 굴지 말아요. 털어놔요. 그 남자가 누굽니까? 당신이 아는 사람인가요?"

"그를 봤지만 잘 안다고는 할 수 없어요."

"그자를 신사라고 할 수 있습니까?"

"예, 물론이죠. 신사예요. 그를 보면 옳지 않은 일을 할 사람으로는 절대로 보이지 않죠."

"좋습니다. 그런데 왜 그가 잘못을 저지르고 있다고 당신은 생각하나요?"

패티는 말이 없었다. 바로 그때 난폭한 젊은이들이 거리에서 소리를 질렀다. 그중 한 젊은이가 가게 문에 부딪혔고, 패티는 벌떡 일어나 소리쳤다. 저주의 거친 말들이 뒤따랐고, 잠시 후 소란은 가라앉았다.

"이보세요." 힐리아드가 소리쳤다. "당신은 나를 미치게 만들고 있어요. 이브는 그자와 사랑에 빠졌죠, 그렇죠?"

"그럴 거예요. 이브는……"

"당신은 나가기 전을 말하는 거죠. 이브가 나간 것은 물론 그 일과 상관이 있을 테고."

"네, 그래요."

힐리아드는 손으로 아가씨의 어깨를 잡았다.

"이제 진실만을 말해요. 빨리. 당신은 내가 겪고 있는 고통을 짐작도 못할 거예요. 나를 갖고 논다는 생각이 들고 있어요. 아무것도 할 수 없다는 그 사실만으로도 나는 미쳐버릴 것 같단 말입니다."

"알겠어요. 말할게요. 이브는 그 남자가 결혼했다는 사실을 알게 되어서 나갔어요."

"아, 그래요?" 그는 목이 타서 겨우 말을 했다. "이브가 직접 그렇게 말한 겁니까?"

"예, 돌아오자마자 얼마 안 돼서요. 물론 이브는 그 남자와 더이상 만날 일이 없어졌다고 말했어요. 그전에는 꽤 자주 만났는데……"

"잠깐, 처음에 그 남자와 어떻게 만나게 됐죠?"

"그냥 우연히, 어딘가에서……"

"알겠어요." 힐리아드는 우울하게 말했다. "계속해요."

"그 남자의 아내가 그를 염탐할 사람을 고용했어요. 그래서 그가 이브를 만난다는 사실을 알아냈죠. 그들이 다가와서 이브에게 모든 사실을 알려줬을 때 이브는 깜짝 놀랐어요. 그 남자는 아내와 살고 있지 않았대요. 아주 오랫동안."

"그 남자의 직업은요?"

"사업을 했어요. 돈이 많은 듯이 보였지요. 하지만 그가 무슨일을 하는지 정확하게는 몰라요."

"그럼 당신은 이브가 다시 그 남자와 만날까 봐 걱정하는 겁니까?"

"저는 이브가 분명 그렇게 할 것 같아요. 몹시도 끔찍한 일이지만요."

"내가 알고 싶은 건 이브가 그 남자를 진정으로 좋아했는지, 아니면 단지 돈만을……" 힐리아드가 거칠게 몰아붙였다.

"아, 너무 심하시네요! 당신이 그런 말을 입에 담을 줄 정말 몰랐어요."

"아마도 그랬겠죠. 그냥 궁금한 것을 물은 것뿐이에요. 내가 이브 매들리를 안다고 할 수는 없어요. 당신도 이브를 잘 안다고는 할 수 없을 겁니다.”

“내가 이브를 모른다고요? 어째서요? 힐리아드 씨, 무슨 말을 하는 거예요?”

“그럼 이브에 대해 어떻게 생각해요? 마음씨 착한 아가씨, 아니면……”

“아니면이라고요? 물론 이브는 착한 아가씨예요. 남자들이 말하는 걸 보면! 남자들이란 모두 다 똑같다니까.”

“여자들이란, 한 여자가 다른 여자를 다 이해한다고 하기에는 정말로 다른 점이 너무 많아요. 그래서 정말로 속기가 쉽죠. 이브는 당신에게 가장 좋은 점만을 보여준 것이 틀림없어요. 나에게는 그런 수고를 할 필요가 없었겠지요. 만일……”

“쉿……!”

이번에는 이 경고가 일리 있었다. 문을 따는 걸쇠 소리가 나고 문이 열렸다. 그 순간 패티가 불을 밝혔다.

“삼촌이에요.” 겁에 질려 패티가 속삭였다. “움직이지 마세요.”

12

　무거운 발걸음 소리가 통로에서 들렸다. 우스꽝스럽고 모욕적인 대우를 받게 됐다는 감정마저 들게 된 힐리아드는 패티와 그녀의 삼촌이 나누는 이야기를 엿들었다.

　"이브가 아직 안 들어왔으니까 문 잠그지 마세요." 패티가 말했다.

　"무슨 일이래?"

　"모르겠어요. 친구하고 극장에 갔겠죠."

　"우리가 여기에 계속 살려면 그 젊은 처자는 다른 숙소를 알아봐야 할 게야. 그 아이가 마음에 안 들어. 패티야, 내가 충고 한마디 하마. 넌 그 아이랑 만나지 않는 게 나아. 애야, 그 아이는 너한테 별로 좋을 게 없어."

　그들은 가게 뒤에 있는 방으로 함께 들어갔다. 그들의 말소리가 들리기는 했지만 대화의 내용을 더 이상 알 수는 없었다. 패티가 그에게 서 있으라고 한 장소에서 그는 피아노 위에 손을 얹고 움직이지 않은 채 서 있었다. 거의 30분은 흐른 것 같았다. 그때 근처에서 나는 바이올린 현을 긁는 소리가 그를 움직이게 했다. 바이올린 소리는 조용한 가게에 울려 퍼졌다. 대화 소리는 더 이상 들리지 않았다. 힐리아드는 패티의 삼촌이 이층에 있는 침실로 어서 올라갔으면 하고 바랐다.

그의 바람대로 이내 문이 열렸고, 속삭이는 목소리로 누가 그를 불렀다. 그 소리를 들은 힐리아드는 넘어질 뻔하면서 패티를 따라 밖으로 나왔다.

"이브는 아직 오지 않았어요."

"몇 시죠?"

"11시 반이에요. 이브가 올 때까지 여기 앉아 있을게요. 삼촌이 하는 이야기 들었어요? 신경 쓸 필요 없어요. 삼촌은 항상 남의 흠을 보죠."

"이브가 확실히 돌아올까요?" 힐리아드가 물었다.

"물론이에요."

"내가 기다리죠. 여기 서 있지 말고 들어가요. 잘 자요."

"내가 말했다고 하지 않으실 거죠?" 그의 손을 잡으며 패티가 말했다.

"예, 말하지 않을게요. 만일 이브가 들어오지 않으면, 내일 당신을 보러 올게요."

패티는 자리를 떴고, 문은 닫혔다.

거리에는 아직 많은 사람들이 오가고 있었다. 이브가 어느 방향에서 올지 몰라서—만일 이브가 돌아온다면—힐리아드는 몇 걸음 나아가지 못하고 있었다. 한 15분 정도 기다렸을 때, 익숙한 체격의 인물이 급히 다가오는 것을 볼 수 있었다. 그는 앞으로 다가갔고, 이브는 그가 거의 코앞으로 다가왔을 때 발을 멈췄다.

"오늘 밤 내내 뭘 하고 다닌 겁니까?" 자신이 의도한 것보다 훨씬 더 거칠게 그는 첫 마디를 던졌다.

"당신을 만나고 싶었어요. 당신이 묵고 있는 숙소를 지나갔는데 창문에 불이 켜져 있지 않았어요. 안 그랬으면 당신에게 무언가를 물어봤을 텐데."

그녀가 하도 이상한 목소리로 이야기를 하고 너무나도 당황한 모습을 보여, 힐리아드는 그녀가 침묵을 깨고 다시 이야기할 때까지 노려보고만 있었다.

"여기서 날 기다린 거예요?"

"그래요. 패티가 당신이 들어오지 않는다고 해서."

"왜 온 거죠?"

"내가 왜 당신을 일부러 만나러 왔느냐고요?"

"여기서 이야기할 수는 없어요." 이브가 돌아서면서 말했다.

"더 조용한 곳으로 가요."

그들은 말없이 하이 스트리트 초입까지 걸어갔다. 거기서 조용하고 외딴 모닝턴 크레센트 길로 방향을 틀었다. 이브는 발걸음을 멈추고 갑자기 말을 했다.

"당신에게 바라는 게 있어요."

"그게 뭡니까?"

"그게…… 이제 이야기를 하게 되네요. 레스토랑에서 저녁을 먹을 때 이야기를 했어야 했는데……"

"그게 뭐요?" 그는 여전히 퉁명스러운 말투로 대꾸했다.

"평소 말투가 아니네요."

"오늘 밤 어디에 있었는지 말해줄래요?"

"그냥 돌아다녔어요."

"당신은 보통 자정까지 길거리를 돌아다닙니까?"

"전혀 그렇지 않아요."

이브의 고분고분한 말투에 그는 놀랐다. 단어를 내뱉는 그녀의 목소리는 갈라진 듯 들렸다. 힐리아드는 어두운 불빛이 허용하는 한 최대로 그녀의 얼굴을 살펴봤고, 마치 운 것처럼 그녀의 눈이 빨개졌다고 느꼈다.

"혼자였습니까?"

"아뇨, 친구와 함께 있었어요."

"음, 내가 뭐라고 말할 자격은 없죠. 당신이 어떤 친구와 다니는가는 나하고는 상관없는 일이니까. 나를 보려고 한 용무는 뭐였습니까?"

"별안간에 변하셨네요. 나는 당신이 이런 식으로 이야기하리라고는 생각하지 않았어요."

"그럴 생각은 없었어요." 힐리아드가 말했다. "나 자신을 주체하지 못했을 뿐입니다. 지난번 레스토랑에서 그랬듯이 당신이 하고 싶은 이야기를 해도 괜찮아요. 그때와 나는 똑같은 사람이니까."

이브는 몇 걸음 더 나아갔지만 힐리아드는 그녀를 따라가지 않았다. 경찰이 그들을 슬쩍 쳐다보면서 지나갔다.

"내가 원하는 것을 이야기해도 소용없겠지요." 그녀가 눈을 땅바닥에 깔면서 이야기했다. "당신이 들어주지 않으실 테니……."

"무슨 일인지도 모르는데 내가 무슨 말을 하겠습니까? 내가 당신에게 해주지 못할 일은 그렇게 많지 않아요."

"돈을 요구하려고 했어요."

"돈이라구요? 물론, 그 돈으로 당신이 무엇을 하려는가에 달려 있습니다. 그 돈이 당신에게 어떤 도움이라도 된다면, 당신도 잘 알고 있겠지만, 내가 가진 모든 돈은 당신 겁니다. 당신이 왜 돈이 필요한지는 알아야겠어요."

"그 말을 할 수 없어요. 돈을 저에게 달라는 게 아니라 단지 빌려달라는 거예요. 정확한 날짜는 말할 수 없지만 저는 돈을 꼭 갚을 거예요. 당신이 이렇게 무섭게 돌변하지 않았더라면, 돈을 빌려달라는 부탁을 좀 더 쉽게 할 수 있었을 텐데……. 오늘 밤의 당신은 알 수가 없네요. 꼭 낯선 사람에게 이야기하는 것 같아요. 대체 무슨 일 때문에 이렇게 변한 거죠?"

"오랫동안 당신을 기다리고 있었어요. 그게 전부입니다." 이브와 평소 이야기할 때처럼 솔직하면서도 부드러운 톤을 유지하려고 노력하면서 그는 답을 했다. "신경질이 나고 좀 초조했어요. 당신에 대해 마음이 편치 않았습니다. 지금은 나아졌어요. 좀 걸읍시다. 당신이 돈을 원한다고요? 자, 300파운드 좀 넘는 돈이 나에게 있습니다. 내 돈이 곧 당신 돈이죠. 하지만 나는 당신이 바보 같은 일을 하지는 않았는지 알아야겠어요. 물론 나에게 모든 일을 말할 필요는 없어요. 나의 예상이 빗나가지 않았군요. 그래요, 당신 나이에 그만한 얼굴을 하고 런던에서 연애도 하지 않고 혼자서 살 거라고는 생각하지 않았어요. 나 자신이 그 일에 한 부분이 되지 않는 한, 당신에게 나의 모든 것을 털어놓을 필요는 없다고 생각합니다. 당신에게 그것을 요구하지도 않을 거구요. 무언가 잘못 돌아가고 있어요. 물론 나는 알 수 있죠. 당신이 울었단 걸 알아요. 사소한 일로 울지는 않았겠지요. 그런데 지금 당신은 나에게 와서 돈을 요구하고 있단 말입니다. 그게 만일 당신에게 좋은 일이라면 당신이 원하는 모든 것을 가져가요. 하지만 난 당신에게 위험한 일이 닥칠지도 모른다는 불편한 의심을 거둘 수가 없어요."

"왜 저를 동성 친구들처럼 대하질 않는 거죠? 나도 내 앞가림 정도는 할 수 있을 만큼 나이가 들었어요."

"그렇게 생각하는군요. 알겠습니다. 당신보다는 제가 세상일을 좀 더 알긴 합니다만. 그건 그렇고, 얼마나 필요한 겁니까?"

"35파운드요."

"정확히 35파운드? 당신 자신이 쓰려는 것은 아니지요?"

"더 이상 말할 수는 없어요. 돈이 절실히 필요해요. 돈을 빌려주신다면 정말로 고맙게 생각할게요."

"당신에게 고마움을 원하는 건 아닙니다. 이브, 당신이 나에게 줄 수 없는 것을 제외하면 당신에게 바라는 것은 없어요. 당신이 타락하고 모욕을 당하는 것을 바라보면서 파멸에 이르리라는 희망으로 당신에게 돈을 건네야 하는 한 남자를 상상해봐요. 우리 모두에게는 수성獸性이 너무 많이 있어요. 하지만 저는 그런 욕망을 느끼지 않습니다."

"왜 그런 말을 하는 거죠?" 냉담한 모습으로 돌변한 이브가 물었다. "내가 당신에게 해를 끼친 것이 있나요?"

"해를 끼치다니요. 오히려 도움받은 게 많았지요. 저는 그저 당신의 안녕만을 바란다고 말하고 싶은 겁니다. 제가 가진 이 돈이라는 선물이 당신 앞의 인생을 평탄하게 하고, 한 남자의 행복한 아내가 될 수 있도록 해주는 건가요? 그렇게만 된다면야 저는 기꺼이 당신에게 이 돈을 줄 겁니다. 이런 이야기를 하는 사람들이 많아도 실제로 행하는 사람은 적죠. 하지만 나는 달라요. 나는 받는 것보다 주는 것을 언제나 더 좋아했습니다. 내 자신의 장점은 아니에요. 아버지에게 물려받은 겁니다. 이 돈이 당신에게 도움이 될 거라는 것을 나에게 분명히 말해준다면, 나는 빠른 시간 내에 수표를 끊어드리지요."

"도움이 되죠. 그렇게 되면 저는 지독한 근심거리를 덜 수 있으니까요."

"음, 다시 말해 다른 사람의 근심거리를 덜 수 있다는 말인가요?"

"나는 나 자신에 대해서만 이야기해요. 당신은 다른 사람이 아닌 나에게 친절을 베푸는 거예요."

"난 그 이상을 알아야겠어요. 이리 와봐요. 뒤에 누군가, 예를 들어 당신의 친구가 있다고 가정해보죠. 당신의 그 친구가 왜 돈

이 필요한 건지 나는 모르겠지만, 돈이 필요하다는 거죠? 당신,
내 말을 부정하지 않는군요."

이브는 고개를 숙인 채 말없이 앉아 있었다.

"당신의 친구와 당신은 장래 어떻게 될까요? 당신은 그 친구와
돌이킬 수 없을 정도로 엮여버린 겁니까?"

"아니에요." 그녀는 감정을 섞어 대답했다.

"당신 둘 사이에는 아무것도 없다는 거군요. 단순한 우정이라
고 해두죠."

"아무것도 아네요. 아무것도!"

"지금까지는 그렇다고 치죠." 그는 그녀의 얼굴을 날카롭게 쳐
다봤다. "하지만 앞으로는 어떻게 될까요?"

"더 이상 아무것도 없을 거예요. 그럴 수가 없어요."

"지금 당신은 그렇게 생각한다고 칩시다. 그마저도 나는 아주
확신은 못해요. 다시 한 번 말하지만, 내가 당신에게 말려들지 않
는 한 이 일은 나에게 아무것도 아닙니다. 내가 당신의 후견인은
아니죠. 내가 조심하라고 말한다면 그건 주제넘은 일일 거예요.
하지만 돈은 다른 문젭니다. 나는 당신이 비참한 상황에 빠지도
록 돕지는 않을 겁니다."

"당신은 내가 비참한 상황에서 빠져나오도록 돕는 거예요." 이
브가 소리쳤다.

"당분간이겠죠. 난 당신과 흥정을 하고 싶습니다."

이브가 놀란 눈으로 그를 쳐다봤다.

"내가 원하는 기간 동안 당신이 파리에 가서 지낸다는 조건으

로 35파운드를 드리죠. 하루 이틀 안에 런던을 떠나야 합니다. 패티가 함께 갈 겁니다. 패티의 삼촌은 패티를 탐탁지 않게 여기고, 약혼자와는 싸운 것 같더군요. 나도 파리에 가서 당신이 있는 동안 거기에 머무를 겁니다. 하지만 당신이 원하는 것 이상으로 날 볼 필요는 없어요. 그게 조건입니다."

"당신이 진심으로 하는 말인지 의심되네요." 이브가 말했다.

"그럼 당신이 왜 그렇게 해야 하는지를 설명하죠. 나는 당신에 대해 많은 것을 생각했습니다. 사실 우리가 처음 만났을 때부터 나의 주된 일은 당신을 생각하는 것이었습니다. 그 결과, 나는 당신이 오랜 기간 동안의 고생과 비참한 생활로 병이 들었다는 결론을 냈어요. 당신의 삶과 나의 삶, 그리고 당신의 성격과 나의 성격 사이에는 많은 부분에서 유사성이 있다고 우리가 서로 동의한 사실을 기억하나요? 더들리를 탈출하려고 했을 무렵 내 몸과 마음도 완전히 병들어 있었습니다. 내가 가질 수 있는 유일한 희망은 환경을 완전히 바꾸는 거였지요. 나의 과거 생활의 무게를 털어버리고 휴식, 만족, 즐거움의 의미를 배우는 것 말입니다. 나는 당신에게도 동일한 처방을 내리겠습니다. 나는 당신을 구제하는 사람이고, 그 치료를 담당하고 있죠. 당신이 내가 하려는 일을 거부한다면 우리 사이의 관계는 끝나는 겁니다. 오늘 밤 작별 인사를 하고 나는 내일 외국 어딘가로 떠날 겁니다."

"당신의 통고만 받고, 내가 어떻게 하던 일을 그만둘 수 있겠어요?"

"당신의 일은 악마에게나 줘버려요. 악마야말로 그 가증스런 수고의 창시자니까."

"당신 돈으로 내가 어떻게 생활을 하죠?"

"그건 하찮은 문제예요. 음…… 만약 당신의 강한 자존심 때문에 이 이야기를 없던 것으로 하고 싶다면 그렇게 말해요. 내가 지금 진정으로 말하고 있다는 것을 느낄 수 있을 만큼 당신은 나를 잘 알고 있잖아요. 장담하죠. 당신의 독립성은 지금과 마찬가지로 보장될 겁니다. 나는 나에게 즐거움을 주는 방식으로만 돈을 쓸 겁니다. 다른 방식으로 돈을 결코 쓰지 않을 거예요. 그렇게 하는 것이 위안이 된다면 그건 추가 대출이라고 해두죠. 언젠가 당신이 돈이 생기면 돈을 갚아도 되요. 여기 런던에 계속 있다가는 당신은 시들어버릴 겁니다. 해협을 건너 거기로 가면 건강한 몸과 마음이 기다리고 있어요. 그런데 우리가 겨우 돈을 가지고 왈가왈부하는 겁니까? 이러다간 내 입에서 상스러운 소리가 나올 겁니다. 그건 너무 터무니없는 일이에요."

이브는 아무 말도 하지 않았다. 그녀는 그에게서 몸을 반쯤 돌리고 있었다.

"물론……" 그가 이어서 말했다. "런던을 떠나는 것이 내키지 않을 수 있어요. 어쩌면 당신의 희생이 너무 클 수도 있어요. 그런 경우에는 큰 힘으로부터 당신을 떼어놓을 때에만 내가 옳은 일을 하게 되겠죠. 내가 그럴 수 없을지도 몰라요. 그럼 몰락의 길을 걷도록 당신을 그냥 놔두는 거지요."

"기꺼이 떠나고 싶어요." 이브가 낮은 목소리로 말했다. "하지만 당신에게 의지를 한다는 건 부끄러운 일이네요."

"음, 나를 싫어하는 건 아니군요?"

"내가 싫어하지 않는다는 것을 당신도 알고 있을 텐데요."

"어떤 면에선 심지어 나를 좋아하는 거라는 생각도 드네요. 당신을 즐겁게 해줄게요. 당신은 나를 좋은 면보다는 나쁜 면이 많은 이상한 사람이라고 생각할 수도 있을 겁니다. 그렇지만 나를 신뢰할 수 있겠어요?"

"당신을 완전히 신뢰해요."

"그리고 당신만 혼자 가길 바라는 건 아닙니다. 이런 제안이 있었다는 걸 알면 패티는 기뻐서 날뛸 거예요."

"하지만 패티에겐 어떻게 설명하죠?"

"설명하려고 하지 말아요. 그녀가 호기심에 이끌려 저절로 그렇게 행동하게 해요. 당신이 그냥 파리에 간다고 말하고, 만약 그녀가 따라 나선다면 모든 비용을 대겠다고 말해요."

"당신의 말이 진실이라는 것이 정말로 믿기지 않아요."

"어떤 식으로든지 자신을 납득시켜 봐요. 당신이 받든 거절하든 내일 아침 수표를 보낼 겁니다. 만일 받으면, 당신은 영국을, 음, 늦어도 목요일까지는 영예롭게 떠날 약속을 하는 겁니다. 그렇게 되면, 당신이 이 일에 대해 나를 철석같이 믿듯이 나도 당신을 믿게 되겠지요."

"당장 오늘 밤 결정을 내리지는 못하겠어요."

"내일 아침까지 기한을 드리죠. 내일 낮까지 당신에게서 소식을 듣지 못하면, 나는 떠나겠습니다."

"가부간 답을 할게요."

"그럼 여기서 더 이상 머뭇거리지 맙시다. 지금은 자정이 지났고, 패티가 걱정하고 있을 거예요. 자, 우리의 협상이 타결되기 전까지 악수는 하지 맙시다."

이브가 가려는 것처럼 보이다가 머뭇거리면서 돌아섰다.

"당신이 원하는 대로 할게요. 갈게요."

"좋습니다. 그럼 패티에게 가능한 한 빨리 말을 해주고, 내일 당신이 원하는 시간과 장소에서 만나서, 패티의 의사가 어떤지 나에게 말해줘요."

"오늘과 같은 장소에서 9시에."

"그렇게 합시다. 내가 수표를 끊어오죠."

"하지만 내가 한 번에 현금화할 수 있어야 해요."

"알겠어요. 런던 은행에 갈 겁니다. 원한다면 내가 현금으로 만들어올게요."

그리고 나서 그들은 악수를 하고 다른 방향으로 갔다.

13

다음 날 저녁, 램프를 켠 직후 힐리아드의 관심은 누군가 창문을 두드리는 소리에 쏠렸다. 그는 귀를 기울이며 잠시 서 있었고, 두드리는 소리는 반복됐다. 틀림없이 유리창을 손으로 톡톡 두드리는 소리였다. 즉시 밖으로 나온 힐리아드는 거기 서 있던 패티 링로즈를 발견했다.

"왜 나를 보러 오지 않았나요?" 그녀가 흥분하면서 물었다.

"이브가 있을지도 모른다는 생각을 해서요. 이브는 평소처럼 일하러 나갔습니까?"

"예, 그런 것 같아요. 평소랑 다를 바 없는 시간에 집에 왔으니까요. 집에 이브를 남겨놓은 채로 이리로 왔어요. 당신을 만나려고요. 어제 이브가 집에 돌아왔을 때 나에게 뭐라고 말했는지 알아요?"

"추측은 해볼 수 있지요."

힐리아드는 길을 내려가기 시작했다. 패티는 그에게 바짝 붙어서 경이로운 눈길로 쳐다봤다.

"우리가 파리에 간다는 게 진짜예요? 당최 이브가 하는 말을 알아들을 수 없어서요. 그리고 오늘 아침에는 아무 말도 안 하더군요."

"당신은 이브와 함께 가고 싶은 거죠?"

"여행 비용은 누군가가 다 부담해주는 거죠?"

"물론이죠."

"가고 싶어요! 그렇지만 삼촌이랑 고모 몰래 가야 해요. 두 사람은 나를 끊임없이 성가시게 할 거란 말이죠. 고모가 마음에 들어 할 만한 이야기를 만들어내서 삼촌이 당구를 칠 때 내 짐을 역까지 갖다달라고 해야겠어요. 여행을 얼마나 오랫동안……?"

"알 수 없어요. 삼 개월, 아니면 반년. 모르겠어요. 달리 씨는 뭐라고 하던가요?"

"아, 그 사람하고는 끝났어요."

"당신이 원할 때면 언제고 일자리를 얻을 수 있다고 확신해요?"

"그럼요. 그렇게 신경 쓸 거 없어요. 고모와는 아주 좋은 친구처럼 지내고 있고, 내가 돌아오면 나를 받아줄 거예요. 그리고 나 같은 사람은 일자리를 얻는 게 그렇게 어렵지는 않아요. 지난 반년 동안 젊은 여자 점원이 그만뒀다는 괜찮은 가게에서 두세 번쯤 제안을 받았어요. 우리 업계에 있는 젊은 여자들은 항상 결혼을 해요. 그래서 그 자리를 채울 사람이 늘 필요하죠."

"그럼, 그 문제는 해결됐네요."

"하지만 알고 싶은 게 있어요. 도저히 이해가 안 가서요. 이브는 자기가 어떻게 갈 수 있게 된 건지 말해주지 않았어요. 당신이 이브에게 돈을 내줄 건가요?"

"패티, 그 이야기는 하지 맙시다. 이브는 갈 거고 그걸로 족한 거죠."

"어젯밤에 이브를 설득한 거군요."

"네, 어제 내가 설득했어요. 그리고 내일 갈지, 아니면 목요일 갈지, 내일 아침까지 기한을 주고 우편으로 가부를 확인할 예정이에요. 오늘 밤 이브가 당신과 상의를 하고 처리할 것 같긴 한데……."

"안 그럴 것 같아요. 이브는 지금 문을 걸어 잠그고 방에 틀어박혀 있어요."

"무슨 말인지 알겠어요. 이브는 지금 아픈 겁니다. 그래서 내가 이브를 런던에서 빠져나가게 하려는 거고요. 파리에 있는 몇 주 동안 그녀가 변하는 것을 볼 수 있을 거예요. 지금 이브는 침대에 누운 채 다른 사람의 간호를 받아야 할 만큼 아파요. 간호를 받는 것이 얼마나 효과가 있을지 모르지만요. 그녀를 보살피는 것이 당신의 역할이에요. 당신이 그녀의 하녀가 돼달라는 말은 아니에요."

"이브를 위해서라면 무슨 일이든 상관없어요."

"그게 아니죠. 당신은 아주 괜찮은 여성이니까요. 당신은 호텔에서 묵을 겁니다. 당신이 할 일은 이브가 진정으로 즐길 수 있도록 해주는 거예요. 처음에는 어려울 수 있겠지만, 이브는 곧 예전의 상태를 회복할 겁니다."

"난 이브에게 무슨 문제가 있을 거라고 생각해본 적은 없어요."

"없을 수도 있겠죠. 하지만 나는 이브를 잘 압니다. 물론 이런 말을 그녀에게 하지는 않을 거예요. 그저 즐거운 휴가라고 생각해요. 가끔 당신과 단둘이서 이런저런 이야기를 나눌 수 있는 시간이 틀림없이 있을 겁니다. 하지만 보통 때에는 우리들 사이에 별다른 이야기가 있었다는 티를 내면 안 돼요."

패티는 잠깐 상념에 잠겼다. 그녀의 가벼운 발걸음이 이 여행에 관해 그녀가 들뜬 기분으로 고대하고 있다는 것을 잘 대변해 줬다.

"내가 당신에게 이브에 관해 말했던 모든 것이 끝나게 될 거라고 생각하나요?" 잠시 후 그녀가 물었다.

"네, 그래요."

"내가 그런 소릴 했다고 이브에게 말하진 않을 거죠?"

"물론입니다. 그리고 오늘 밤 우리가 만난 사실도 이브가 몰랐으면 해요. 이만 돌아가는 편이 낫겠어요. 오늘 밤이나 내일 아침 이브는 틀림없이 당신에게 무슨 말을 할 거예요. 짐을 싸두고, 언제라도 떠날 준비를 해둬요. 내일 아침 이브에게 대답을 듣게 되면 그녀에게 전보를 보낼 겁니다. 차링 크로스에서 다시 만날 때까지 우리가 볼 일은 아마 없을 거예요. 그게 내일이 되길 바라지만, 늦어도 목요일을 넘겨서는 안 돼요."

패티는 경쾌한 발걸음으로 집으로 향했고, 힐리아드는 숙소의 거실로 돌아와 영국 돈과 프랑스 돈을 적어가며 계산하느라 상당히 바쁜 시간을 보냈다. 자정이 다 돼 그는 하이 스트리트까지 걸어가서 악기점 위층 창문을 쳐다봤다. 완전한 어둠이었다.

다음 날 아침 일찍 일어난 그는 우편이 오는 시간이 다가오자 조마조마한 심정으로 거리를 걸었다. 그는 우편배달부가 집집마다 우편을 돌리는 것을 유심히 지켜봤고, 우편배달부가 편지를 배달하리라고 확신하는 주소를 지나치는 것도 지켜봤다. 실망에 미쳐 날뛰는 그의 입에서 거친 말이 튀어나왔다.

"여자를 믿으면 이렇게 되는 거야! 나를 속이려는 게 뻔해. 원하는 목적을 이루었으니 핑계를 대면서 미뤄대겠지."

하지만 전보가 올 수도 있었다. 그는 아침을 먹는 둥 마는 둥 하면서 철창에 갇힌 맹수처럼 한 시간 동안 방을 왔다 갔다 했다. 반복적이고 단조로운 발걸음이 그를 멍하게 할 즈음, 전보가 왔다는 신호로 현관문을 두 번 두드리는 우편배달부의 노크 소리에 화들짝 정신을 차렸다. 전보는 이브가 아닌 패티가 보낸 것이었고, 정오에 악기점으로 와줄 것을 요청하는 내용이었다.

"내 생각대로 변명하고 연기를 하겠다는 거지. 명예라는 의식을 가진 여자가 있기는 한 건가!"

아침 시간을 견뎌내기 위해 그는 술을 마셨다. 그 행위는 구름 한 점 없이 끓어오르는 한낮의 열기를 연상시켰다. 알코올이 그의 기분을 좋게 하지는 못했지만, 앞뒤를 가리지 않는 결심을 할 수 있게 음침한 용기를 줬다. 이런 마음으로 그는 패티 링로즈에게 갔다.

"이브는 오늘 못 가요." 수심 어린 말투로 패티가 말했다. "그녀가 정말 아프다는 당신 말이 맞았어요."

"이브는 나갔나요?"

"아뇨, 2층에 있어요. 침대에 누워 있어요. 이브는 아주 지독한 두통에 시달리고 있다고 했어요. 보시면 믿으실 거예요. 아주 충격적인 상태랍니다. 이브는 오늘로 벌써 이틀째 눈도 못 감고 있어요."

적나라한 질투심이 힐리아드 몸 한가운데서부터 타오르기 시작했다. 이브가 남자를 위해 돈을 구하려던 것이 뻔해진 후에도, 그는 이브와 알지 못하는 남자 사이의 관계를 가볍게 여기려고 무진 애를 썼다. 힐리아드는 이 상황의 중요성을 크게 괘념치 않으려고 노력했다. 이브가 대단한 열정을 발휘할 수 있는 것도 아니고, 자기가 본 남자가 무슨 영감을 줄 수 있는 것도 아니라고 스스로를 설득하려 했다. 하지만 그는 지금 이브가 거짓말로 자신을 속였다는 확신에 차 있었다.

"이브에게 이 말을 전해요." 그는 패티가 깜짝 놀라 움츠러들 정도로 노려보며 말했다. "만일 내일 차링 크로스역에 10시 45분까지 나타나지 않으면 모든 것이 끝이라고. 나는 그녀가 없어도 혼자 거기 가버릴 거라고요. 이게 그녀의 유일한 기회라고 말입니다."

"하지만 이브가 정말로 갈 수 없는 거면 어떡하죠?"

"그건 이브가 감내해야 할 그녀 자신의 불행인 거죠. 내일 출발하지 않으면 모든 것이 없던 일이 될 거라는 걸 이브에게 잘 설명할 수 있겠어요?"

"네, 설명할게요."

"잘 들어요, 패티. 내일 당신이 이브를 역까지 데리고 나오면, 당신이 파리에서 원하는 것을 살 수 있도록 10파운드 지폐를 드리죠."

그녀는 반은 즐거운 마음에, 반은 부끄러운 마음에 얼굴을 붉혔다.

"그런 거 안 받아도 돼요. 이브는 나갈 거예요."

"좋습니다. 내일까지 안녕, 아니면 영원히."

"아네요, 아네요. 이브는 나갈 거예요."

온몸이 땀에 젖었지만 그는 낼 수 있는 가장 빠른 속도로 일이 마일 정도를 걸었다. 그러고 나서 타는 갈증을 달래기 위해 음료수를 파는 가장 가까운 가게에 들어갔다. 아침을 먹은 후 오후 6시가 되도록 아무것도 먹지 않았다는 사실이 머리에 떠올랐다. 엄청난 양의 저녁을 먹은 그는 레스토랑의 흡연실에서 잠이 들었다. 웨이터가 어렵게 그를 깨워서 밤공기를 마시면 상태가 나아질 거라고 설득했다. 한 시간 후 그는 강 옆에 있는 벤치에 지쳐 쓰러졌고, 경찰관이 몸을 흔들어 그를 깨울 때까지 거기서 깊은 잠에 빠졌다.

"몇 시입니까?"라고 물으면서, 그는 별이 총총한 하늘을 쳐다봤다.

손에 차고 있는 시계를 만져봤지만 시계는 없었다. 같이 달려 있던 금시계 줄도 없어졌다.

"빌어먹을, 어떤 놈이 훔쳐 가버렸어."

"이 야심한 시간에 강변에서 왜 잠을 잡니까? 잃어버린 돈은 없어요?"

그렇다. 그의 돈도 날아갔다. 하지만 운 좋게도 아주 소액이었다. 그가 애석해한 것은 시계와 금시계 줄이었다. 그의 부친이 오랫동안 차던 것이었고, 그 때문에 시장에서 거래되는 가격보다 훨씬 더 가치가 있는 물건이었다.

절차상 그는 도난에 관한 정보를 양식에 적어 제출했지만, 찾을 가능성은 거의 없었다.

잠이 확 달아나고 술도 깬 힐리아드는 런던 시내를 가로질러 고어 플레이스까지 걸었고, 동이 틀 무렵에 집에 도착했다. 옷을 벗을 힘도 없어진 그는 침대에 쓰러졌고, 맞은편 집들 위쪽에 걸린 붉게 물든 멋있는 구름이 열려진 창문을 통해 그를 지켜봤다.

이브가 오늘 정해진 장소에 나올까? 그녀가 나오든지 말든지 이제 그는 전혀 괘념치 않았다. 아니, 그는 거의 그녀가 나오지 않았으면 하고 바랐다. 이 미친 듯한 어리석은 짓에 그는 죄책감을 느끼고 있었다. 그 아가씨는 다른 남자의 것이었다. 그렇지 않다고 하더라도, 이런 식으로 그의 돈을 날려버리면 무슨 소용이란 말인가? 희생에 상응하는 보상이라도 바라고 있었나? 그녀는 결코 그를 사랑하지 않을 것이고, 그녀를 지독한 환경에서 완전히 빼내 안전하고 즐거움 삶의 길로 들어서게 하는, 그가 시작한 일을 마무리할 힘이 그에게 있지도 않았다.

어쨌든 이브는 오지 않을 것이다. 그리고 그게 훨씬 나을 것이다. 자신만을 생각한다면, 아직도 멀리 여행할 충분한 돈이 그에게 있었다. 위대한 세상을 보게 될 것이고, 그의 미래를 운명에 맡길 것이다.

그는 한두 시간 정도를 졸았다.

아침을 먹을 때 편지 한 장이 도착했다. 봉투에 쓰인 필체를 알기는 어려웠지만, 그 편지는 이브가 보낸 것이 틀림없었다. 그렇다. 그녀가 몇 줄을 써 보낸 것이었다.

'저는 내일 오전 10시 45분 역에 나갈 겁니다. E. M.'

14

힐리아드는 여행용 가방을 하나만 들고 있었다. 프랑스 성당에 관한 멋진 책을 비롯해 그가 런던에서 산 물건들은 로버트 나래 모어가 관리할 수 있도록 버밍엄에 이미 보낸 후였다.

그는 차링 크로스역에 기차 시간보다 30분 먼저 도착해서 입구를 지켜보고 있었다. 달려온 대여섯 대의 승합마차에 기대를 걸었지만 실망할 수밖에 없었다. 그는 이브가 오지 않을지도 모른다는 절망감에 다시 휩싸였다. 그때 두 개의 상자를 실은 승합마차 한 대가 도착했다. 그는 한 걸음 나아가서 아가씨들의 얼굴을 살폈다.

이브와 힐리아드 사이에는 단 한마디의 말도 오가지 않았다. 그들은 서로의 눈길을 피했다. 흥분되고 혼란스러워 보이는 패티가 그에게 악수를 청했다.

"플랫폼으로 갑시다." 그가 말했다. "내가 모든 것을 알아서 할게요. 이게 가져온 짐의 전부입니까?"

"예. 하나는 내 거고, 또 다른 하나는 이브 거예요. 저는 집에 있는 사람들과 정면으로 마주쳤었어요." 패티가 웃는 것 같기도 하고 우는 것 같기도 한 얼굴로 말을 이었다. "삼촌이랑 고모는 이브의 건강이 나아질 때까지 내가 바닷가에 머문다고 알고 있어요. 내 평생 이렇게 거짓말을 해본 건 처음이랍니다. 삼촌은 불같이 화를 냈지만 나는 별로 개의치 않았어요."

"좋아요. 플랫폼으로 갑시다."

이브는 이미 그 방향으로 향하고 있었다. 발걸음이 활기가 없고 시선이 좀처럼 위를 향하지 않는 것을 보면 그녀가 아픈 것은 확실한 듯했다. 기차표를 사고, 파리까지 짐들을 보내는 수속을 마치고 나서 힐리아드는 그의 여행 동반자들에게 다가갔다. 이브는 그를 보고서도 눈길을 돌렸다.

"나는 흡연실로 갈게요." 그가 패티에게 말했다. "표는 각자 챙겨놓도록 해요."

"그럼 우리는 언제 다시 보는 거예요?"

"아, 물론 배를 탈 도버에서 보는 거죠."

"힘들 것 같지 않아요? 나는 정말로 이브가 말을 좀 하면 좋겠어요. 말 한마디 들을 수가 없네요. 모두가 즐거워야 할 때인데 우리 모두가 힘드네요."

"괜한 수고하지 말고 그냥 놔둬요. 신문을 좀 사가지고 올게요."

잡지를 파는 매점에서 돌아와 그는 쓰다 남은 은화를 패티의 손에 쥐어줬다.

"여행 도중에 돈이 필요하면 써요. 음, 나와 한 약속은 잊지 않았죠?"

"말도 안 돼요."

"이제 가서 당신들 자리에 앉아요. 10분 정도만 기다리면 돼요."

그는 그들이 개찰구를 지나가는 것을 바라봤다. 두 아가씨 모두 여행하기에 적합한 복장은 아니었다. 이브의 복장은 귀부인들의 그것과 유사한 데 비해, 패티의 복장은 귀부인의 하녀 같은 모습이었다. 이 구별을 확인시켜주듯이 패티는 여러 개의 작은 짐을 들고 있었던 반면, 그녀의 친구는 달랑 양산 하나만을 들고 있었다. 그들은 플랫폼에서 사람들 사이에 묻혔다. 몇 분 후 뒤따른 힐리아드는 아가씨들이 앉아 있는 객실을 쓱 훑어보고 나서 자신도 자리를 잡았다. 그는 런던에 처음 왔을 때는 볼 수 없었던 새로운 양복을 입고 있었다. 그의 지적인 면이 잘 부각되도록 말끔히 재단된 양복은 질이 꽤 좋은 편이었다. 그는 갈색 중절모자에 황갈색 넥타이를 맸고, 하얀 면 셔츠를 차려입고 있었다. 객실에서 대화를 즐기는 승객을 만나 그는 자연스럽게 대화를 나눴다. 기차가 출발하자마자 그는 파이프를 물었고, 담배를 오랜 시간 천천히 음미하면서 피웠다.

증기선에 승선하고 나서는 이브는 아래에 있는 선실에 처음부터 내릴 때까지 머물렀다. 패티는 힐리아드와 갑판을 거닐었고, 아주 놀랍게도 항해를 큰 불편 없이 마칠 수 있었다. 힐리아드는 불어오는 바닷바람 냄새를 맡으면서 그가 처음으로 런던을 탈출했을 때 느꼈던, 사람을 들뜨게 하는 만족감을 다시 느낄 수 있었다. 그는 어제까지 자신을 괴롭혔던 사소한 염려와 천박한 계산을 경멸했다. 그는 자신이 진심으로 바라는 여자를 치욕과 비참으로부터 구해내, 도버해협을 건너는 증기선, 바로 여기에 선 것이다. 처음 이 계획을 떠올렸을 때는 얼토당토않은 것 같았지만, 그는 결국 이것을 실행에 옮겼다. 이 순간은 진정으로 살 만한 가치가 있는 순간이었다. 아무리 황량하고, 고달프고, 무미건조한 실존의 순간들로 점철된 미래가 그 앞에 놓여 있더라도, 그는 화려한 이 일련의 순간들을 기억할 수 있을 것이다. 조심스러운 신중함과 편협한 자존심이 가져올 수 있는 모든 가능성을 뛰어넘는 소중한 기억이리라.

작은 체구에 런던 토박이 말씨를 쓰는 여자가 옆에서 수다를 떨면서 그를 즐겁게 해줬다. 패티와 대화를 하며 힐리아드는 자신이 여행객이라는 것을 느낄 수 있었다.

"전에는 이런 방식으로 건너가지 않았어요." 그는 그녀에게 설명을 했다. "뉴헤이븐에서 건너면 훨씬 더 먼 뱃길이지요."

"그건 당신이 바다를 좋아한다는 거네요."

"뱃삯이 싸서 택했지 딴 이유는 없었어요."

"하지만 지금 당신은 사치스럽잖아요." 배가 주는 안락함에 존경심을 표하면서 패티가 지적했다.

"예, 지금 나는 부자니까요." 유쾌하게 그가 대답했다. "돈은 나에게 아무것도 아녜요."

"정말 부자세요? 이브가 아니라고 하던데."

"이브가 그런 말을 했어요?"

"이브가 부정적으로 그런 말을 했다는 뜻이 아니고요. 어젯밤 이야기예요. 그녀는 당신이 우리들에게 돈을 허비하고 있다고 생각을……"

"허비하기로 선택했다고 한들 그러면 안 됩니까? 원하는 대로 하는 데서 오는 즐거움이란 것도 있는 법이지요."

"예, 물론 그렇죠." 패티가 동의했다. "저는 기회가 주어지길 늘 바랐어요. 하지만 이런 식으로 기회가 찾아오다니! 일주일 전만 해도 내가 파리에 갈 거라고 누가 알았겠어요? 깨어나는 매 순간마다 내가 꿈을 꾸고 있다는 생각이 들어요."

"내려가서 이브가 뭘 원하는지 알아보는 것이 어떻겠어요? 내가 보냈다는 말은 하지 말고요."

칼레에서 파리까지 그는 아가씨들과 떨어져서 여행을 했다. 엄습해오는 피로 때문에 한두 시간쯤 눈을 붙였고, 파리 북역Gare du Nord에 도착했을 때는 기분이 확 가라앉는 것을 느낄 수 있었다. 하지만 다행스럽게도 그에게는 이미 세밀하게 세운 계획이 있었다. 여행 가이드북의 도움을 받아 이 아가씨들에게 적당한, 영어가 통하는 호텔을 잡았고, 그쪽을 향해 역에서부터 마차를 타고 같이 갔다. 방을 선택하고 이런저런 일을 정리하는 데는 몇 분이 채 걸리지 않았다. 그제야 차링 크로스를 떠난 이후 거의 처음으로 그는 이브에게 말을 붙였다.

"패티가 당신이 원하는 모든 일을 해줄 겁니다. 나는 멀리 떨어져 있지 않을 테니 원하면 나한테 메시지를 보내요. 내일 아침 10시에 당신이 어디 가지 않았다면, 안부를 묻기 위해 당신을 보러 오겠습니다."

피곤한 목소리로 들려준 유일한 대답은 "감사합니다"였다. 그리고 그는 그들을 떠나 자신을 위해 숙박료가 상당히 저렴한 호텔을 찾아 나섰다. 전에 파리에 머문 경험이 있어 그렇게 하는 데 어려움은 없었다. 오후 8시 반이 돼 그는 할 일을 다 마쳤고, 값싼 레스토랑에 앉았다. 두통 때문에 식욕이 없었다. 길거리를 약간 걸어 다닌 후 호텔로 돌아왔고, 침대에 들어갔는데 침대 길이가 상당히 짧았다. 그것 말고 방은 꽤 안락했다.

다음 날 일어나서 처음 든 생각은 그가 시계를 더 이상 가지고 있지 않다는 것이었다. 시계를 잃어버린 것이 그를 침울하게 했다. 하지만 단잠을 잤고, 거리에서 들려오는 낯익은 즐거운 소리와 함께 얼마 안 되는 카펫 위로 쏟아져 들어오는 햇빛의 홍수 덕분에 그는 이내 탁월한 유머 감각을 회복할 수 있었다. 침대에서 벌떡 일어나 옷을 대충 걸치고 창문을 열어젖혔다. 파리의 공기는 그의 마음속에서 자유를 연상시켰다. 침실을 빙빙 도는 기괴한 춤으로 그는 자신의 기쁨을 드러냈다.

그가 예측한 대로 아가씨들을 방문했을 때 패티만이 그를 맞았다. 이브가 일어나지 못할 듯하다고 그녀는 전했다.

"이브 상태는 어떻습니까?" 그가 물었다. "그렇게 심각한 건 아니죠?"

"두통이 가시지 않나 봐요."

"그녀가 원하는 대로 쉽게 하죠. 당신은 어때요? 지내기 편한 가요?"

패티는 모든 것이 황홀해서 미칠 것 같다고 말하며 쉼 없이 재잘거렸다. 그녀는 밖으로 나가고 싶어 했다. 이브는 그녀가 필요 없었고, 무엇보다도 혼자 있고 싶다는 말을 했다.

"그럼 준비해요." 힐리아드가 말했다. "한두 시간 정도 시간이 나니까."

그들은 마들렌Madeleine 광장으로 나가 거기서 바스티유로 가는 트램에 올라탔다. 패티가 그와 대화하면서 가리는 게 없을 정도로 자연스러워졌을 때, 그녀는 이브가 객실을 담당하는 여자와 프랑스어로 이야기했다는 말을 했다.

"내가 알지 않았으면 하는 게 있는 것 같다는 생각을 했어요."

"왜 그런 생각을 한 겁니까?"

"음, 그녀가 나를 바라보는 그 무언가에서……"

"아네요, 아네요. 당신이 잘못 알고 있는 거예요. 이브는 단지 자신이 프랑스어를 좀 안다는 걸 보여주고 싶은 거예요."

하지만 힐리아드는 패티가 맞을 수도 있다는 생각을 했다. 이브가 그녀의 친구를 하녀—귀부인의 하녀—로 상상하면서 자신의 허영심을 충족시켰을 가능성도 있는 것이 아닌가? 그렇지만 그는 왜 이런 잘못의 책임을 이브에게 돌리는가? 그녀가 저지르고 있다고 막연히 추측하는 온갖 나쁜 면에만 무게를 두고, 애초에 그가 동정과 존경하는 마음으로 보려고 마음먹었던 그녀 성격의 좋은 면을 최소화하고 있었다. 그러면서 이브를 계속해서 안 좋은 면으로만 평가하고 있었다. 이상한 일이었다. 사랑하는 한 남자로서 그의 생각은 익숙하지 않은 길로 들어서고 있었다. 그리고 그는 자신의 사랑이 고상하거나 순수한 성격을 가지고 있다고 생각을 해본 적이 없었다. 사랑은 그를 지배하고 포박하는 그무엇이었지, 결코 들뜨게 하는 감정이 아니었다.

"이브를 좋아합니까?" 패티가 그에게 한 사소한 질문을 무시하고 힐리아드가 단도직입적으로 물었다.

"이브를 좋아하냐고요? 물론이죠."

"그럼 왜 그녀를 좋아해요?"

"왜요? 음, 잘 모르겠어요. 그냥 좋아하는 거죠."

그녀는 바보스럽게 웃었다.

"이브가 당신을 좋아하나요?" 힐리아드가 계속해서 물었다.

"그렇다고 생각해요. 아니면 그녀가 왜 나랑 다니는지 알 수가 없잖아요?"

"그녀가 당신에게 친절을 베푼 적이 있나요?"

"잘 모르겠네요. 별로. 당신 말대로 하면 어떤 친절도 베푼 적이 없네요. 하지만 그녀는 나에게 극장이나 다른 데 갈 때 돈을 대줬어요."

힐리아드는 이 화제를 여기서 그쳤다.

"만일 당신이 혼자서 외출하고 싶으면, 런던에서 그런 것처럼 그렇게 하지 않을 이유가 없어요. 돌아오는 길을 기억해요. 그게 전부예요. 그렇게 늦도록 돌아다니지는 말고요. 그리고 프랑스 돈이 좀 필요할 거예요." 그들이 헤어지기 전에 그가 그녀에게 말했다.

"하지만 저는 이해가 안 돼요. 말도 못하는데 어떻게 물건을 사요?"

"다를 게 하나도 없어요. 이 돈을 가지고 사용할 수 있을 때까지 지니고 있어요. 이 일은 내가 약속했던 거잖아요."

패티는 손을 뒤로 뺐지만 그녀의 거부가 되돌릴 수 없을 정도로 강한 것은 아니었다.

"이브는 당신보다 돈을 더 잘 알지 못해요." 힐리아드가 계속해서 말했다. "그녀는 곧 말을 할 정도로 회복이 될 테고, 그때 내가 잘 설명할게요. 여기 이 종이에 내 주소가 적혀 있어요. 이브가 이 종이를 가졌으면 해요. 내일 아침 방문할게요."

다음 날 아침 그는 그들을 방문했고, 이브가 그녀의 친구와 외출 준비를 하고 있다는 걸 알게 됐다. 그는 그녀의 건강에 대해서 궁금해하는 말을 입 밖으로 내지 않았다. 겪었던 위기의 진정한 실체가 무엇이든지 간에 그녀는 이제 그 위기를 극복하고 있었다. 그녀는 마치 자신이 진 부채를 털어버리려는 듯이 그와 악수를 하면서 미소를 지었다.

"우리에게 파리를 보여줄 시간을 낼 수 있나요?"

그녀가 물었다.

"나는 당신의 공식 가이드입니다. 마음 내키면 언제든지 저를 써주세요."

"멀리 갈 수는 없을 것 같아요. 앉아 있을 만한 곳이 있는 탁 트인 공간이 있을까요?"

그들은 샹젤리제 광장으로 갔다. 이브는 아침을 이렇게 보내는 것이 좋은 듯 보였다. 그녀는 패티에게 거의 모든 대화를 하도록 놔두었지만 간간히 질문을 했고, 건강한 관심을 가지고 사물을 대하기 시작했다. 그다음 날은 보슬비가 오는 가운데 루브르를 방문했고, 거기서 힐리아드는 이브와 단둘이 이야기할 기회를 가졌다. 그들이 같이 앉아 있는 동안 그림에 별 관심이 없는 패티는 창을 통해 센강을 바라봤다.

"내가 선택한 호텔이 마음에 들어요?"

그가 말문을 열었다.

"모든 게 아주 좋아요."

"여기 있는 것을 후회하지는 않죠?"

"후회하지 않아요. 하지만 한편으론 내가 도대체 여기 왜 오게 됐는지를 이해할 수 없기도 해요."

"당신을 구제하는 사람이 그렇게 지시를 했다고 생각해봐요."

"그래요. 그래서 나도 잘 됐다고 생각해요."

"하나 말해둘 게 있어요. 프랑스 돈을 알고 있죠?"

이브는 눈을 피하고, 좀 뜸을 들이다 말을 했다.

"쉽게 배울 수 있죠."

"좋아요. 여기 있는 파리에 관한 가이드북을 가져가요. 거기서 여러 종류의 정보를 얻을 수 있을 겁니다. 당신이 개인적으로 쓸 수 있는 돈을 담은 봉투를 줄게요. 이 돈은 호텔비와는 전혀 상관이 없어요."

"나를 위해 돈을 좀 가져오기는 했지만 말하기가 너무 부끄러

윘어요."

"당신이 나에게 말하려고 했어도 내가 듣지 않았겠죠. 지금 당신이 해야 할 일은 건강해지는 겁니다. 이제 곧 당신과 패티는 함께 돌아다닐 수 있을 거예요. 나는 당신들이 초대를 할 경우에만 방문할 겁니다. 내 주소는 갖고 있죠?"

그는 일어서서 대화를 마쳤다.

일주일 정도 지나면서 그를 대하는 이브의 행동이 조금씩 달라졌다. 건강은 분명히 나아졌다. 하지만 그녀는 마음을 잘 털어놓지 않았고, 우호적이기는 했지만 냉정했다. 그가 아주 싫어하는 강요받은 듯한 겸손한 모습이 언뜻언뜻 보이기도 했다. 패티에게서는 상당히 많이 돌아다니면서 즐기고 있다는 인상을 받았다.

"우리가 항상 같이 다니는 건 아니에요." 패티가 말했다. "어제와 그제는 오후 내내 이브 혼자 돌아다녔어요. 물론 그녀는 프랑스어를 하니 문제는 없을 거예요. 이브는 꼭 파리에서 오래 산 사람 같아요."

그러던 어느 날, 힐리아드는 이브로부터 루브르의 어느 방으로 낮 12시까지 와달라는 우편엽서를 받았다. 그는 약속을 지켰고, 그녀는 혼자 기다리고 있었다.

"우리가 호텔을 나와 다른 장소에서 사는 것이 어떨까 하는 질문을 하려고 했어요."

그는 놀란 표정으로 그녀의 말을 들었다.

"호텔이 불편해요?"

"꽤 그래요. 그래서 당신이 기억할지 모르지만 친구인 로셰를

만나러 갔어요. 지금 사는 비용의 4분의 1로 충분히 안락하게 살
수 있다는 걸 알려줬어요. 로셰가 지금 세 들어 살고 있는 집에 다
른 방이 있대요. 만일 당신이 괜찮다고 하면 숙소를 옮기고 싶어
요."

"음…… 당신은 경비를 생각하지 않아도 되는데……."

"생각할 필요가 있든 없든 생각을 하게 돼요. 호텔이 몹시 비싸
다는 걸 알아요. 호텔 말고 다른 숙소에서 지내고 싶어요. 로셰는
아주 좋은 친구고, 나를 만나서 기뻐해요. 그리고 로셰 곁에서 지
내면 많은 이점이 있어요. 프랑스어를 제외하고도 말이죠."

힐리아드는 이브가 이 파리 사람에게 그녀의 상황을 어떻게 설
명했는지 궁금했지만 감히 묻지는 못했다.

"패티도 좋아할 것 같나요?"

"그럴 거예요. 알다시피 로셰는 영어를 하니까 둘은 잘 지낼 거
예요."

"장소는 어디죠?"

"꽤 멀리 떨어져 있어요. 파리식물원Jardin des Plantes 가는 쪽이
에요. 당신에게 문제가 될 것은 없다고 생각을 하는데요. 그렇
죠?"

"당신에게 전적으로 맡길게요."

"고마워요." 그가 별로 좋아하지 않는 말투로 그녀가 이야기했
다. "원하면 로셰를 만나도 되요."

"생각해볼게요. 당신의 오랜 친구란 것만으로 충분하지만요."

15

이러한 변화가 이루어졌을 때 이브는 짐을 벗어던진 듯했다. 힐리아드를 만날 때 그녀의 태도는 부드러워졌고, 그들이 처음 만났을 무렵 그녀가 가장 기분 좋은 상태일 때 보여주던 솔직한 호의로 그를 대했다. 패티와 함께 셋이서 식사를 하자고 불러낸 레스토랑에서 그녀는 저녁을 먹으며 아주 쾌활하게 이야기를 했고, 며칠 후 베르사유 궁전으로 소풍을 간 자리에서는 햇빛과 나들이가 가져다주는 즐거움을 만끽하는 태도를 보였다. 힐리아드는 그가 내린 처방의 성공에 의아해할 수밖에 없었다.

그는 이 아가씨들의 새로운 거처를 방문하지 않았고, 로셰와 만나보자는 이야기는 더 이상 나오지 않았다. 만나자는 약속은 우편엽서를 통해 정해졌고, 그것을 가지고 오는 것은 언제나 패티의 몫이었다. 만남은 일주일에 서너 번 정도였다. 이제 이브가 직접 사용할 돈이 필요해졌으므로 힐리아드는 우편으로 소정의 돈을 송금했고, 그들 사이에 말이 오갈 필요는 없었다. 그는 3주 후에 같은 금액을 이브에게 송금했다. 그리고 그다음 날, 그들은 함께 생 클루St. Cloud로 향하는 배를 타고 있었다. 그들은 항상 세 명이 함께 만났고, 이에 관해 힐리아드는 다른 제안을 하지 않았다. 하지만 그들이 탄 증기선은 이브에게 그녀의 관대한 친구와 따로 이야기를 나눌 수 있는 기회를 주었다.

"이 돈은 필요 없어요." 봉투를 내밀면서 그녀가 말했다. "전에 준 돈도 아직 다 쓰지 않았어요. 한 달 정도 더 쓸 수 있어요."

"그냥 받아둬요. 난 딱히 곤란할 일 없으니까요."

"그럴 수 없어요. 이 문제에 관해서는 내 말대로 해줘요. 안 그러면 난 런던으로 돌아갈 거예요."

주머니에 봉투를 집어넣고는 눈을 건너편 강둑에 고정시킨 채 그는 말없이 서 있었다.

"당신은 우리를 얼마 동안 더 머물게 할 작정인가요?" 이브가 물었다.

"여기서 즐거움을 얻을 때까지요."

"음…… 그리고 그다음에 저는 어떻게 해야 하죠?"

그는 그녀를 힐끗 쳐다봤다.

그녀는 그를 쳐다보려고 했지만 눈을 마주치지 못한 채, "휴가는 이제 끝나야 해요"라고 이어서 말했다.

"그런 생각은 해보지 않았는데요." 별생각 없이 힐리아드가 말했다. "시간은 많아요. 좋은 날씨가 아직도 수주일 더 계속될 테고."

"하지만 나는 그 생각을 많이 했어요. 그러지 않았으면 미쳤을 거예요."

"그럼 당신의 생각을 말해봐요."

"내가 버밍엄에 거처를 마련하면 당신은 만족하시겠어요?"

다시 자기를 비하하는 말투였다. 이 말은 듣는 사람을 짜증나게 했다.

"왜 그런 식으로 말을 합니까? 나를 만족시키는 것이 문제가 아니잖아요? 당신에게 무엇이 좋은가가 문제지."

"그럼 다시 말하죠. 난 버밍엄에 가고 싶어요."

"아주 좋아요. 우리가 파리를 떠나면 거기로 가는 것으로 하죠."

잠시 침묵이 흐른 후, 이브가 갑작스럽게 물었다.

"당신도 같이 갈 건가요?"

"네, 나도 돌아갈 겁니다."

"그럼 인생을 즐길 수 있을 때까지 즐기겠다는 당신의 결심은 어떻게 된 거죠?"

"실행하고 있어요. 어떻든 저는 만족한 상태로 돌아갈 겁니다."

"그럼 전에 하던 일로 돌아가는 건가요?"

"모르겠어요. 여러 가지 문제가 달려 있지요. 여기서 그 이야기는 하지 말죠."

패티가 다가왔고, 힐리아드는 그녀를 장난스런 표정으로 밝게 맞았다.

8월 중순 어느 날 오후 힐리아드가 숙소로 돌아왔을 때 관리인이 두 명의 영국 신사가 그를 방문했고, 한 사람이 메모를 남겼다는 사실을 알려줬다. 힐리아드는 메모에 남겨진 '로버트 나래모어'라는 이름을 확인하며 놀라움과 즐거움을 느꼈다. 메모에는 연필로 프로방스 거리Rue de Provence 어딘가에 있는 호텔의 레스토랑에서 저녁 식사를 함께하고 싶다는 초대의 글이 쓰여 있었다. 나래모어가 여느 때와 같이 편지 쓰기를 게을리한 탓에 그가 파리에 도착했다는 통보는 이 메모가 처음이었다. 함께 왔다던 신사가 누구인지는 알 수도 없었다.

약속한 호텔에 도착한 힐리아드는 나래모어가 동년배처럼 보이는 사나이와 같이 있다는 사실을 알았다. 그의 이름은 버칭이라고 했는데, 힐리아드는 처음 보는 사람이었다. 그들은 파리에 아침에 도착했으며, 목적이 알프스에 가는 것이어서 파리에는 하루나 이틀 정도만 머물 예정이었다.

나래모어는 여행자치고는 가벼운 복장을 하고 있었는데, 긴 의자에 널브러져서는 "이 더위를 견딜 수가 없어"라면서 커다란 컵 안에 든 차가운 음료를 마시고 있었다. "네가 없었다면 여기 들르지도 않았을 거야. 말인즉슨, 네가 우리와 같이 가야 한다는 것이지."

"그럴 수 없어. 불가능해."

"이유가 뭐야? 빈둥거리는 것 말고 네가 여기서 하는 일이라는 게?"

"내 속에 맞는 걸 먹고 마시는 거지."

"우리가 마지막으로 만났을 때보다 몸이 아주 좋아보여서 보

는 것이 유쾌하긴 하네. 어쨌든 너는 우리와 같이 가는 거야. 지금
은 저녁을 먹는 시간이니 그 문제로 왈가왈부하지 않기로 하자.
나중에……"

식탁에서 나래모어는 그의 친구 버칭이 건축가라는 말을 했다.

힐리아드를 가리키면서 "바로 이 친구가 있어야 할 자리인데"
라고 말했다. "건축이 이 친구의 취미야. 나는 이 친구가 앉은 자
리에서 유럽의 위대한 대성당들의 전면을 축척에 따라 그릴 수
있다고 생각하는데, 그렇지 않나, 힐리아드?"

나래모어의 농담에 웃음으로 대답하면서 힐리아드는 버칭이
라는 친구를 흥미롭게 바라본 후 그와 이야기를 시작했다. 세 젊
은이는 상당한 양의 와인을 마셨다. 저녁을 먹은 후에는 나래모
어가 피곤과 갈증을 느껴 카페로 휴식을 취하러 가기로 하고 거
리를 걸었다.

나래모어가 그의 친구와 이야기를 나누는 동안 버칭은 그들의
목소리가 들리지 않은 곳에 떨어져 앉아 신문을 읽고 있었다.

"어떻게 된 거야?" 나래모어가 말을 시작했다. "여기서 뭐 하는
거야? 난 진심으로 네가 우리랑 함께 갔으면 해. 버칭은 아주 좋
은 친구야. 이렇게 더운 날씨에 일을 좀 심각하게 바라보는 약간
진중한 친구이기는 하지만. 비용이 문제야? 그런 건 잊어버려. 우
리 사이에 무슨. 그냥 돌아가신 내 삼촌에게 감사하라고."

"이 친구야, 그런 말 할 것 없어." 힐리아드가 말을 가로막았다.
"여행은 얼마나 할 생각이야?"

"자리를 3주 이상 비울 수는 없어. 네가 알다시피 새로 시작한

침대 프레임 사업 문제도 있고."

결국 힐리아드는 여행에 동참하기로 했다.

"좋아. 난 정말로 이런 시간을 기다렸다고." 그의 친구가 진심 어린 목소리로 말했다. "자, 이제 네 얘기를 좀 해봐. 여기서 혼자 지내? 혼자서 도대체 무슨 일을 하고 있는 거야?"

"주로 명상을 하고 있지."

"넌 내가 아는 사람 중에 가장 기묘한 친구야. 편지를 쓰려고 했는데 날씨도 덥고, 황동 침대 프레임 사업이 바쁘기도 했고, 그리고 이런저런 일도 있었고……. 아니, 이런 구질한 말은 그만두고 네 얘기나 해봐. 이제 어쩔 거야? 네가 가진 돈은 그리 오래가지 못해. 구상하고 있는 일 같은 건 없어? 네가 더들리를 떠나기 전에 한 일에 대해서는 이야기해봐야 좋을 게 없겠지. 그건 나도 알겠어. 넌 이 미친 것 같은 망명 상태가 잘 어울리는 사람이야. 그렇지만 넌 이미 상당한 시간을 허비했단 말이야. 네가 이런 상태로 지내는 건 처음 봐. 다음 계획은 뭐야?"

"아직 모르겠어."

"그렇군. 나는 생각해둔 게 있어. 버칭은 브룸에서 자기 형과 일을 하고 있어. 일이 꽤 번창하는 모양이야. 버칭과 알고 지내기 시작하면서 나는 널 염두에 두고 있었어. 버칭과 가까워진 건 너 때문이라고. 물론 다른 이유도 있긴 한데 그건 나중에 말해줄게. 여하튼, 버칭의 사무실에 들어가서 일하는 게 어떤가 하고 말이야. 적게나마 보증금을 좀 낼 수 있겠어? 그러면 버칭 형제와 말을 맞출 수 있을 것 같아. 아직 무슨 말을 한 건 아냐. 난 그렇게 서두르는 사람이 아니잖아. 일은 자연스럽게 이루어지는 게 제일이지. 한 일이 년 설계 사무소에서 일하는 네 모습을 그려봐. 철공소에서 일하는 것보다는 훨씬 더 보람이 있지 않을까?"

힐리아드는 생각에 잠겼다. 이미 그의 볼은 붉어졌지만, 눈은 두드러지게 밝게 빛나고 있었다.

"그렇지." 그가 생각을 하다가 이윽고 말했다. "보람이 있지."

"그럼 생각을 좀 해보자. 음, 네가 버칭과 더 친해질 때까지 조금 더 기다려야 해. 내 생각에 너희 둘은 잘 맞을 거야. 네가 건축에 대해서 이미 꽤 알고 있다는 점을 버칭에게 알려줘. 기회가 많을 거야."

그때까지 생각에 잠겨 있던 힐리아드는 기계적으로 같은 말을 반복했다.

"그렇지. 보람이 있을 거야."

그러고 나서 나래모어는 버칭을 불렀고, 대화는 다시 자연스럽게 이어졌다.

그다음 날 아침, 그들은 마차를 타고 함께 파리를 돌아다녔다. 이 도시를 처음 방문했음에도 나래모어는 조금이라도 수고를 들일 필요가 있는 것은 어떤 것도 보지 않으려 했고, 아주 빈번하게 갈증을 호소해 그를 달래줘야 했다. 이른 오후가 되자 그는 그날 저녁 바로 파리를 떠나자고 제안했다.

"눈 덮인 산을 보고 싶어. 밤새 여행을 해서라도 그다음 날 산을 보아야 직성이 풀리겠네. 버칭, 이의 있나?"

건축가가 동의를 해서 시간 계획이 조율됐다. 힐리아드는 짐을

싸러 숙소로 돌아갔고, 짐을 다 싼 후에는 앉아서 편지를 한 통
썼다.

친애하는 매들리 씨에게

친구인 나래모어가 여기에 와서, 함께 스위스에 가자고 나를
구슬리네요. 대략 이 주일 동안 여기를 비울 겁니다. 그동안 소
식 전하도록 하죠. 나래모어는 내가 훨씬 좋아보인다고 합니다.
이 점 당신에게 감사해야겠지요. 당신이 없었더라면 '인생을 즐
기자'는 나의 시도는 별로 좋은 결과를 얻지 못했을 겁니다. 한
두 시간 후에 우리는 떠납니다.

— 언제나 당신에게 충실한 모리스 힐리아드

16

3주를 꽉 채워 파리를 떠났던 힐리아드는 친구들과 함께 9월
의 어느 날 아침, 리옹Gare de Lyon역에 도착했다. 나래모어와 건축
가는 식사를 한 후 영국으로 돌아갔다. 힐리아드는 전에 머물던
숙소로 돌아가 이브와 패티에게 그날 저녁을 함께하자는 엽서를
보냈다. 그 후 침대로 가서 건강한 피로감이 주는 잠에 취해 거의
8시간이나 내리 잤다.

아가씨들과 만나기로 한 장소는 성 미셸St. Michel 대로 끝에 있
었는데, 거기에 온 것은 이브 혼자였다.

"패티는 어디 있지요?" 힐리아드는 자신을 반기는 이브의 거
짓 없는 웃음을 바라보며 그녀의 손을 잡고 물었다.

"정말 어디에 있을까요? 지금쯤 차링 크로스 근처에 있지 않을
까요?"

"돌아간 겁니까?"

"바로 오늘 아침, 내가 당신의 엽서를 받기 전에 떠났어요. 사람들이 좀 없는 곳으로 가죠. 패티는 지독한 향수병에 걸렸답니다. 2주 전 이상한 편지가 패티 앞으로 왔어요. 그런데 그 편지를 감추고 저에겐 안 보여주더군요. 며칠 지나 또 다른 편지가 왔는데, 한동안 입을 닫고 말을 안 하더라고요. 패티가 밖으로 나왔을 때 나는 패티가 울었단 걸 알았어요. 그제야 우리는 이야기를 할 수 있었고요. 패티는 달리 씨에게 편지를 썼고 그에게서 받은 답장 때문에 비참해졌던 거예요. 그게 첫 번째 편지예요. 패티는 다시 편지를 썼고 더욱 비참한 기분이 드는 답장을 받았어요. 그게 두 번째 편지예요. 두 세통이 더 왔는데, 어제는 더 이상 참을 수 없게 된 거죠."

"그래서 패티는 그와 다시 잘해보려고 집으로 돌아간 겁니까?"

"물론이죠. 그는 그녀가 정신이 완전히 나갔다고 잘라 말했고, 성실한 남자 어느 누구도 그녀와는 할 말이 없을 거라는 이야기도 했어요. 그들이 몇 주 안에 결혼을 한다 해도 놀랄 일은 아니죠."

힐리아드는 가벼운 마음으로 웃었다.

"제가 무릎을 꿇고 패티를 용서해달라고 빌게요."

이브가 계속해서 말했다.

"하지만 거리 한복판에서 그럴 수는 없겠네요, 그렇죠? 패티는 당신에게 아주 무례한 행동을 했다고 생각해요. 하지만 부끄러워서 당신에게 편지를 남기지 못했어요. 패티는 자기에 관한 모든

것을 잊어달라고, 그걸 당신에게 전해달라고 수도 없이 말했어
요."

"아, 착하디착한 아가씨! 달리라는 친구는 어떤 남편이 될까
요?"

"단언컨대 여느 남편보다 나쁘지 않을 거예요. 그건 그렇고 당
신 얼굴 좀 봐요! 정말로 즐거운 시간을 가졌나 보네요!"

"똑같은 말을 당신에게도 하고 싶네요."

"하지만 당신은 햇볕에 탄 걸요. 아주 다른 사람처럼 보여요."

"당신의 두 뺨이 아주 절묘한 색을 띠고 있고, 눈은 전보다 두
배 더 반짝이는군요. 사람들은 당신이 아팠다는 걸 짐작도 하지
못할 겁니다."

"저도 그런 생각이 드네요." 이브가 웃으면서 말했다.

그는 이브와 눈을 마주치려고 했지만 그녀가 피했다.

"알프스에서 돌아온 허기가 느껴지네요. 어디서 저녁을 먹죠?"

그들이 있던 거리는 이야기를 길게 나누기에는 적당하지 않아
서, 둘은 시원한 레스토랑에 들어와 앉았다. 올리브를 살짝 입에
대면서 힐리아드는 스위스 여행에 대해 슬쩍 이야기했다.

"당신이 거기 있었더라면! 여행에서 유일하게 부족한 것이었
어요."

"그랬다면 당신은 절반도 즐기지 못했을 거예요. 제네바에서
보낸 편지에서 나래모어 씨를 묘사한 부분을 즐겁게 읽었어요."

"게으르기 짝이 없는 녀석! 하지만 성격이 좋고 함께 있기 가장
좋은 친구입니다. 전보다 더 좋아하게 됐어요. 돈이 그를 좋게 만

드는지 어쩐지는 모르겠지만, 돈을 버니 확실히 더 나아지더군요. 안 그런 사람이 있겠어요? 하지만 그 친구가 황동 침대 프레임 사업 때문에 버밍엄으로 돌아가는 것에 만족한다는 것이 나를 놀라게 했습니다. 활력이라고는 없는 친구죠. 그가 진짜로 부자가 될 때가 되면 엄청 뚱뚱하게 될 겁니다. 생각만 해도 끔찍해요."

이브는 나래모어에 대해 많은 질문을 했다. 그의 이미지는 그녀의 공상 속에서 즐거운 모습으로 자리 잡았다. 저녁 식사는 흥겹게 진행이 됐고, 블랙커피가 그들 앞에 놓였다.

"밖으로 나가는 게 어때요?" 이브가 말했다. "담배 피우고 싶잖아요, 그렇죠?"

힐리아드가 동의를 해서 그들은 차양 밑에 자리를 잡았다. 대로는 석양의 금빛으로 물들었고, 전차와 마차가 다니는 소리는 잠잠해졌다.

침묵 속에서 담배를 피우면서 "잎이 떨어지려면 아직도 한 달은 있어야겠지요?" 젊은이가 나지막하게 이야기했다.

"예"라는 답이 돌아왔다 "버밍엄에서 조금이라도 여름을 보냈으면 좋겠어요."

"돌아가고 싶나요?"

"내일이나 모레 돌아가고 싶어요." 이브가 조용히 이야기했다.

그러고 나서 다시 침묵이 흘렀다.

"어떤 일에 대한 제안을 받았어요." 팔꿈치를 테이블에 대고 앞으로 기울이면서 이윽고 힐리아드가 말을 꺼냈다. "우리의 친구 버칭이 건축가라는 이야기는 했죠? 자기보다 아주 나이가 많은 형과 파트너가 돼서 일하고 있어요. 그들은 내가 보증금 50기니를 내고 그들의 사무실에서 일하는 것이 어떨까 하는 제안을 했어요. 그들에게 소용이 된다는 게 증명이 되는 즉시 나에게 월급을 주겠죠. 앞이 전혀 안 보이는, 전에 하고 있던 지긋지긋한 일보다는 훨씬 나은 일을 할 기회가 결국은 나에게 주어질 겁니다."

"아주 좋은 소식이네요." 이브가 길 건너편을 바라보면서 한마디 했다.

"이 제안을 받아들여야만 한다고 생각해요?"

"당신이라면 50기니 정도는 지불할 수 있을 거라고 생각하는데요. 그리고 나서도 생활하는 데 필요한 돈 약간은 남아 있을 거고요."

"무언가 해서 돈을 벌기까지 충분한 돈이 있지요." 힐리아드가 웃으면서 대답을 했다.

"그럼 이론의 여지가 없다고 생각하는데……"

"문제는 이거예요. 당신이 버밍엄으로 진짜로 가고 싶은가, 하는 점 말입니다."

"저는 간절히 가고 싶어요."

"건강이 훨씬 나아진 것 같아요?"

"내 인생에 이보다 더 좋을 때는 없었어요."

힐리아드는 그녀의 얼굴을 유심히 들여다봤고, 진실을 말하고 있다는 것을 쉽게 알 수 있었다. 그는 브르어 부인의 앨범 속 사진으로 봤던 이브의 모습을 기억해낼 수 없었다. 용모가 획기적으로 변한 실제 이브는, 이제는 찾아볼 수 없는 창백한 이미지를 아예 지워버렸다. 아직도 그녀는 그에게 있어 많은 면에서 수수께 끼이기는 하지만, 이제는 다년간 친구였던 것처럼 친숙한 아름다운 여인의 모습으로 그 앞에 있었다.

"그럼 앞으로 어떤 인생이 펼쳐진다 해도, 나는 이미 살아가면서 할 만한 가치가 있는 한 가지 일은 해낸 셈이군요." 힐리아드가 말했다.

"그런가요? 만일 모든 사람의 삶이 살 만한 가치가 있다면요." 이브가 겨우 들릴 만한 목소리로 이야기했다.

"모든 사람의 인생이 그렇지는 않습니다. 하지만 당신의 인생은 그렇죠."

그들로부터 멀지 않은 곳에 앉아 있던 두 남자가 일어서서 가버렸다. 사람이 없어져서 더욱 편안함을 느낀 듯, 이브는 동반자를 바라보며 다정한 어투로 이야기했다.

"런던에서 나를 처음 봤을 때 내가 당신을 꽤나 어리둥절하게 했나 봐요?"

"정말 그랬죠. 그 생각을 하면 지금도 긴가민가해요." 그가 부드럽게 대답을 했다.

"하지만 이해는 할 수 있잖아요? 아뇨, 이해할 수 없었겠네요. 내가 나에 대해서 말한 것이 너무 적었으니까요. 당신이 찾으려고 기대한 사람은 어떤 부류의 사람이었는지 말해줘요."

"그러죠. 당신의 사진과 브르어 부인에게 들은 말로 헤아려보면서 나는 슬프고, 고독하고, 열심히 일을 하는, 옷도 화려하기보다는 수수하게 입은 그런 아가씨를 기대했어요. 즐거움을 찾아

나서지도 않고, 교회에 자주 다니며, 세속의 세계에서는 멀어져 있는 그런 아가씨를 말이죠."

"그럼 실망하셨겠네요?"

"처음에는 그랬어요. 아니, 그렇다기보다는 당혹스러웠지요. 당신을 전혀 이해할 수 없었으니까요."

"아직도 실망하고 있나요?" 그녀가 물었다.

"지금 당신의 모습이 아니라면 난 당신과 이렇게 만나지 않았을 겁니다."

"그래도 당신이 만나고 싶었던 사람은, 그…… 아가씨잖아요, 나와는 다른."

"예, 당신을 보기 전까지는 그랬지요. 사진으로 상상한 그녀의 삶과 나의 삶 사이에 일종의 닮은 점 때문이었을 거예요. 나는 사진 속 그녀와 나 사이에 존재하는 공감에 대해 생각했어요. 아, 사진에 있는 얼굴이여. 하지만 나는 지금 보고 있는 얼굴에서 더 나은 점을 보고 있답니다."

"그렇게 확신하지 마세요. 예, 그럴지도 모르죠. 기가 죽고 희망이 없는 것보다는 건강하고 인생을 즐기는 것이 훨씬 나을 거예요. 당신이 옳았다는 게 이상하기는 해요. 당신은 이런 부류의 아가씨를 상상했겠죠. 슬프고, 고독하며, 사람들한테 주눅이 들어 있는 그런 아가씨 말이에요. 틀림없이 맞는 말이에요. 나는 교회를 다녔고, 거기서 위안을 얻었어요. 다시 그러고 싶어요. 내게 종교가 없다는 생각은 하지 마세요. 하지만 나는 너무 건강하지 못했고, 모든 면에서 고통스러웠어요. 열두 살이었을 때부터 나는 끊임없이 일과 불안에 시달렸어요. 우리 아버지에 대해서 아시잖아요? 숫자에 머리가 잘 돌아가지 않았더라면 나는 어떻게 됐을까요? 일과 모든 고통이 나를 죽일 때까지 하찮은 직업에 매달려 악착스럽게 일을 계속하고 있었겠지요."

힐리아드는 이브의 얼굴에 눈을 고정한 채 그녀의 말을 주의 깊게 들었다.

"나에게 변화가 일어난 건 아빠가 돌아왔을 때예요. 나는 자유를 느끼기 시작했어요. 그때 나는 뛰쳐나가고 싶었고, 나 자신을 위해 살고 싶었죠. 런던을 생각했어요. 내가 런던을 항상 생각했다는 것은 말했었죠? 하지만 거기에 갈 용기가 없었어요. 버밍엄에서 나는 오랜 습관을 바꾸기 시작했죠. 그렇지만 내가 변했다고 생각했던 것보다는 더 많은 것이 나에게 있었나 봐요. 다른 아가씨들처럼 즐기고 싶었어요. 하지만 그러지 못했죠. 아주 인이 박혀버린 한 가지 때문에요. 나는 돈을 한 푼도 쓰지 못했어요. 언제고 음식을 살 동전 한 닢 없는 상태가 될 수도 있다는 걸 잘 알았거든요. 그래서 저는 아주 조용히 지냈어요. 저녁마다 내 방에 앉아서 책을 읽었죠. 그해에 제가 얼마나 많은 책을 읽었는지 당신은 믿을 수 없을 거예요. 어떤 때는 새벽 두세 시가 돼서야 잠자리에 들곤 했죠."

"어떤 종류의 책을 읽었나요?"

"공공 도서관에서 빌린 책이죠. 소설뿐만 아니라 닥치는 대로 읽었어요. 소설을 특별히 좋아하지는 않았어요. 소설을 읽으면 내 운명이 더 어려워진다는 느낌을 받았거든요. 저는 사람들이 소설을 읽으면 '자기 자신에게서 해방될 수 있다'고 말하는 의미를 이해할 수 없어요. 저는 그런 적이 없거든요. 저는 여행과 사람의 삶을 좋아하고, 별에 관한 책을 좋아해요. 왜 웃으세요?"

"어쨌든 당신은 스스로를 그런 상태에서 탈출시켰군요?"

"마침내 신문에서, 열람실에 있는 런던 신문에서 내가 바라던 광고를 봤어요. 그리고 런던에 있는 상점과 고용 계약을 했죠. 떠날 시점이 됐을 때 나는 너무 걱정이 되고 기가 죽어 그냥 포기하려고 했어요. 내 앞에 놓인 삶이 어떨지를 알았더라면 포기했을 거예요. 런던에서의 첫 해는 외로움과 병치레뿐이었어요. 친구를 사귀지도 못했고, 저축을 하려고 거의 굶다시피 했죠. 일주일에 1파운드를 벌면 5실링 정도를 저축했으니까요. 나 자신을 조이고 아끼면서 즐거움을 억제하는 것이 나의 습관이었어요. 옷을 수수하게 입을 수밖에 없었고 음식도 조촐할 수밖에 없었죠. 그런 생활을 거쳐서 오늘의 나를 이룰 수 있을 만큼 아주 좋은 기틀을 마련하게 된 건 분명해요."

"그런 시절은 결코 돌아오지 않을 거예요." 힐리아드가 말했다.

"그런 시절이 돌아오지 않는다는 걸 어떻게 확신할 수 있죠? 내가 미래를 종종 두려워한다는 이야기를 언젠가 한 적이 있죠? 인생을 즐기는 게 무엇이라는 걸 알고 난 후에는 그 이전의 생활로 돌아가는 것이 더욱 더 어려워지는 거예요. 살아 있는 동안 자신이 결코 원하지 않는 삶으로 되돌아가지 않을 거라고 어떻게 확신할 수 있는 거죠? 저도 그런 상상을 해보려고 했지만 할 수 없었어요. 지나치게 황홀한 일이니까요."

"언젠가 당신도 알 수 있겠죠."

이브가 생각에 잠겼다.

"인생을 좀 더 쉽게 살라고 가르쳐 준 것은 패티 링로즈였어요." 그녀가 이어서 말했다. "패티가 겨우 6펜스를 쓰고 한두 시간의 여가 시간을 보내면서 어마어마한 즐거움을 찾아내는 걸 보면서 깜짝 놀랐어요. 패티는 웃으면서 나에게 그런 행동을 보여 줬죠. 나중에는 내가 패티를 놀라게 했고요. 그럴 기회만 주어진다면 최대한 무모해지는 게 자연스러운 일 아니겠어요?"

"조금씩 이해가 갑니다."

"기회는 이런 식으로 찾아왔어요. 난 어느 일요일 아침 혼자서 햄스테드로 갔어요. 들판을 돌아다니다가 무언가가 발에 걸렸어요. 거기에 놓여 있은 지 오래되지 않은 것 같은 현금 상자였어요. 부서져서 열려 있다는 걸 알았고, 그 안에는 여러 통의 편지가 있었어요. 봉투에 들어 있는 오래된 편지들이었고 다른 것은 없었어요. 봉투에 적혀 있는 주소는 한결같이 햄스테드에 사는 신사 앞으로 돼 있었어요. 내가 할 일은 그 주소로 찾아가는 것이었어요. 거대한 저택이었죠. 나는 초인종을 누르고 하녀에게 무엇을 원하는지를 말했어요. 하녀는 나를 들어오라고 했어요. 잠깐 기다리다 신사가 앉아 있는 서재로 안내됐지요. 상당히 많은 질문에 대답을 해야 했고, 그 남자는 좀 통명스럽게 나를 대했죠. 그는 나의 이름과 어디에 사는지를 적었고, 연락을 취하겠노라고 말했어요. 물론 나는 보상을 원했지요. 하지만 이삼 일간 아무런 연락이 없었어요. 그러던 차에 내가 일을 하고 있을 때 어떤 낯선 남자가 나를 찾아왔어요. 그는 햄스테드에 사는 미스터 아무개가 보내서 왔다고 말하면서 나에게 뭔가를 건넸어요. 5파운드 지폐 4장이었지요. 현금 상자는 제가 발견하기 전날 밤에 다른 물건들과 도난당했는데, 도둑들은 상자 안에 든 편지들에 실망감만 느꼈겠지만 소유자에게는 아주 소중한 것이었어요. 난 온갖 심문을 다 당했죠. 경찰 손에 넘겨져도 이상할 것이 없었어요. 하지만 일은 잘 마무리됐고, 내게는 20파운드라는 보상이 주어졌어요. 생각해봐요! 20파운드라니!"

힐리아드가 고개를 끄덕였다.

"패티에게도 이 이야기는 하지 않았어요. 이 돈을 우편 예금에 집어넣었죠. 필요해질 때까지 꺼내지 않을 생각이었어요. 하지만 난 밤낮으로 이 돈에 대한 생각을 멈출 수가 없었어요. 그런 와중에 2주가 지난 후 나의 고용주는 사업을 접었고, 나는 갑자기 실업자가 됐어요. 하룻밤을 잠 한숨도 못 자고 깨어 있었어요. 다음 날 아침 일어났을 때, 나 자신이 예전의 내가 아니라는 사실을 깨달았죠. 나는 모든 것을 다르게 보게 됐어요. 완전히 변했다고 느꼈죠. 새 일자리를 찾을 게 아니라, 나의 즐거움을 위해 쓸 25파운드 이상의 내 저금을 다 찾아버려야겠다고 마음먹었어요. 마치 무언가가 나를 화나게 한 것 같았어요. 나는 나 자신에게 마구 복수하기 시작했지요. 그날 하루 종일 시내를 걸어 다니면서 상점을 들여다보고 무엇을 살지를 생각했어요. 하지만 밥을 먹으려고 일이 실링 쓴 게 고작이었답니다. 다음 날에는 새 옷을 샀어요. 그 다음 날은 패티를 극장에 데리고 갔고, 그녀는 나의 흥청망청하는 모습에 놀랐지요. 나는 패티에게 아무런 설명을 하지 않았고, 지금까지 나에게 돈이 어떻게 생겼는지 패티는 몰라요. 어떤 면에서 난 내 스스로를 즐겁게 한 거죠. 또 한 가지는 무디스 도서관에 가입을 해서 다시 독서를 하게 됐어요. 내 책을 갖는다는 것이 얼마나 나를 기쁘게 하는지 당신은 모를 거예요. 부자들만이 그럴 수 있죠. 하루걸러 책을 바꿨어요. 좋아서 어쩔 줄 모르고 많은 시간을 보냈죠. 나에겐 친구라곤 패티뿐이었으니, 나는 패티가 저녁에 일을 끝내고 시간이 있을 때마다 패티를 데리고 다녔어요."

"하지만 레스토랑에서는 한 번도 식사를 한 적이 없다구요?" 힐리아드가 웃으며 지적을 했다. "남자와 여자는 차이가 있군요."

"결국 내가 생각하는 사치는 아주 소박해요."

커피 잔을 만지작거리면서 힐리아드가 낮은 목소리로 말했다.

"아직 당신은 모든 것을 이야기하지 않았어요."

이브는 먼 곳을 바라보면서 침묵을 지켰다.

"내가 당신을 만날 즈음에 당신은 그 생활에 싫증을 내기 시작한 거죠." 힐리아드가 평소의 말투로 이야기했다.

"예, 그래요……." 그녀가 일어섰다. "이제 일어서시죠."

몇 분을 걸은 후, "얼마나 더 파리에 머물 예정이에요?" 그녀가 물었다.

"같이 여행하는 건 어때요?"

"당신이 원하는 대로 할게요." 이브가 간단히 대답했다.

17

복종하는 듯한 그녀의 말투가 예전처럼 거슬리지 않았다. 두근거리는 심장을 의식하며 힐리아드는 이브가 가슴에서 우러나오는 대로 말한다고 느꼈다. 그가 파리를 떠나 있을 때부터 이브는 그가 바라는 감정까지는 아니더라도 그와 비슷한 감정으로 그를 대하고 있었다. 그녀의 눈빛에서 그는 변화를 느꼈다. 그들이 천천히 걷게 됐을 때 그녀는 여느 때보다 가까이 다가왔고, 간혹 그녀의 팔이 그의 팔을 스치기도 했다. 그 접촉이 그를 기분 좋은 황홀감에 빠지게 했다. 우아하고 나른하게까지 보이는 그녀의 행동과 몸매를 비스듬히 쳐다봤다. 오늘 밤 그녀는 그에게 새롭게 다가왔고, 생명이 없다고 느꼈던 그의 욕망은 열정으로 뒤바뀌어 그를 흥분시켰다.

"하루 더 파리에 있는 것은 어때요?" 그가 부드럽게 물었다.

"떠나는 게 낫지 않을까요?" 그녀는 주저하면서 반대했다.

"런던으로 가는 여정을 중단하고 싶진 않아요?"

"아뇨. 그냥 돌아가요."

"그럼, 내일?"

"미룰 필요가 없다고 생각해요. 휴가는 끝났어요."

힐리아드는 만족감을 표시하면서 고개를 끄덕였다. 길에서 일어난 소란 때문에 그들의 대화는 몇 분간 중단됐고, 센강의 남쪽 방면으로 건너와서야 그들의 진지한 대화는 재개됐다. 거기서 그들은 동쪽으로 방향을 틀어 안벽岸壁을 따라 걸었다.

"무언가 할 일을 찾을 때까지 더들리에서 살려구요." 이브가 마침내 이야기했다. "내가 그리로 가면 아버지가 기뻐하실 거예요. 거기에 더 오래 머물러 있었으면 하고 바라요."

"당신이 지긋지긋한 일을 다시 하는 것이 꼭 필요한지가 나는 궁금해요."

"그럼요. 물론 필요해요." 그녀가 즉각 대답을 했다. "놀고 있을 수는 없죠. 그건 나에게 최악이에요. 놀면서 어떻게 생계를 유지하겠어요?"

"나는 아직 돈이 많아요." 그녀를 쳐다보면서 힐리아드가 말했다.

"당신이 필요한 만큼이지, 그 이상은 아니죠."

"하지만 생각해봐요. 두 사람 사는 것이 한 사람 사는 것보다 돈이 더 들지 않는다는 걸……"

그런 제안을 염두에 두지 않고 있었으므로 마음에 없는 이야기를 하고 있는 셈이었다. 이브의 발걸음이 빨라졌다.

"아니에요, 아니에요. 당신 앞에는 가시밭길만이 놓여 있어요. 당신은 무엇이 중요한지 몰라요……."

"그렇게 하는 것이 나를 더 편하게 한다면요? 내가 잘 해나갈 수 있다는 것에는 의심할 여지가 없어요."

"모든 것이 의심스러워요." 격앙된 목소리로 이브가 이야기했다. "우리 앞에 놓여 있는 하루도 알 수 없어요. 모든 것을 다 미리 준비한다고 해도……."

힐리아드는 강 건너편을 쳐다봤다. 그는 더욱 더 천천히 걸었고, 마침내 모퉁이를 돌아 난간에 기대섰다. 그의 동반자는 멀찍이 서서 그를 기다렸다. 그는 그녀 쪽으로 발걸음을 옮기지 않았고, 그녀가 그가 서 있는 쪽으로 왔다.

"내가 얼마나 배은망덕하게 느껴질지를 알고 있어요." 그녀는 그를 보지 않은 채 이야기했다. "당신이 이 모든 것을 해줬는데 내가 거부할 아무런 권리가 없다는 걸……."

"그런 말은 하지 말아요." 참을성 없이 그가 말을 잘랐다. "그런 것이야말로 내가 가장 생각하고 싶지 않은 부분이니까."

"저는 언제나 그 생각을 할 거예요. 기쁘게 기억을 할 거고요."

"여기 와서 당신 손을 줘요."

손을 잡고 그는 그녀를 자신 쪽으로 끌어당겼다. 그들은 이제 구름이 낀 밤이 다가와 어두워진 센강을 바라보면서 말없이 서 있었다.

잠시 후 이브는 힐리아드에게 몸을 기대면서, "당신을 확실히 알 수가 없어요"라고 속삭였다.

"내가 약속할게요."

"그래요, 여기 파리에서는 그럴 수 있어요. 하지만 당신이 그 지옥으로 다시 돌아가면…… 그 약속이 나한테 무슨 의미가 있을까요? 그 약속이 지금 내가 느끼는 걸 바꿀 수는 없을 거예요. 당신은 나의 인생을 바꿨고, 모든 것에 대한 나의 생각을 바꿨어요. 돌이켜 생각하면 나는 나 자신을 몰랐어요. 당신 말이 맞아요. 나의 마음을 괴롭히는 모든 병으로 고통을 당하고 있었던 게 분명해요. 내가 그런 일을 했다는 게 이해할 수 없을 정도예요. 이제 말해야겠어요. 당신에게 모든 것을 털어놓길 바라나요?"

힐리아드는 대답을 하지 않았지만 그녀의 손을 더욱 강하게 쥐었다.

"패티한테 들었지요, 그렇죠?"

"내가 당신을 하이 스트리트에서 기다리던 밤에 패티는 자신이 아는 것들을 이야기해줬어요. 패티는 당신이 위험에 처해 있다고 했고, 나는 모든 걸 이야기해달라고 다그쳤죠."

"지금에 와서 생각하면 왜 내가 그 지경까지 이르렀는지 알 수는 없어요. 하지만 그때 나는 위험에 처해 있었어요. 햄스테드 신사의 돈을 가져온 사람이 문제였어요. 그 돈을 받았을 때 그 사람을 처음 만나게 됐죠. 다음 날 내가 일을 마쳤을 때 그 사람이 찾아왔어요."

"그런 일은 처음이었나요?"

"처음이었어요. 그때 내 마음 상태가 어땠는지 당신도 이해할 거예요. 하지만 마지막 순간까지 그 사람을 진정으로 사랑한 적은 없어요. 우리는 만나서 여기저기 같이 다녔어요. 다 내 외로움 때문이었죠. 하지만 나는 그를 신뢰하지 않았어요. 내가 왜 런던을 그렇게 급하게 떠났는지를 패티가 이야기하던가요?"

"네."

"그 일이 일어났을 때 나는 처음에 내가 느꼈던 본능적인 감각이 옳았다는 걸 깨달았어요. 그 일이 저에게 큰 고통을 주지는 않았지만, 부끄러웠고 진절머리가 났어요. 그 사람은 말로 날 속이려들지는 않았어요. 자기 결혼에 대해 말한 적도 없고요. 하지만 그때 그 사람이 아주 비참한 상황에 처해 있다는 걸 알게 됐어요."

"앞뒤가 맞지 않는 말을 하고 있군요." 힐리아드가 말했다. "당신이 왜 부끄럽고 진절머리가 났다는 겁니까?"

"내가 그런 여자의 손아귀에 있다는 걸 알아차리고 나서부터 였어요. 그 사람은 그 여자가 아주 어렸을 때 결혼을 했어요. 그 사람이 자유로워지기 전까지 어떤 결혼 생활을 했을지 상상이 가요. 아주 밉살스러운 여자예요."

"당신에게 밉살스러운 여자겠지요." 그 말을 듣던, 마음에 응어리가 진 사람이 중얼거렸다.

"질투 같은 심정을 느꼈기 때문은 아니에요. 믿어주세요. 단순히 진실을 당신에게 말하려고 하지 않았다면, 이런 말도 하지 않을 거예요……."

그는 다시 그녀의 손을 쥐었다. 그녀의 따스한 몸이 그의 피를 펄펄 끓게 했다.

"내가 그를 다시 만나게 된 건 순전히 우연이었어요. 나는 아무 말도 하고 싶지 않았지만 그는 내가 퇴근하는 내내 따라왔어요. 저는 집에 도착할 때까지도 몰랐어요. 집 안까지 따라 들어오더니 자기가 하는 말을 들어달라고 애원하더군요. 나는 그 사람이 하이 스트리트에서 다시 기다릴 걸 알았고, 그래서 들을 수밖에 없었죠. 듣고 나서 나는 우리 사이에는 더 이상 아무것도 없다는 말을 했어요. 그런데도 며칠 있다가 다시 따라왔어요. 그래서 또 다시 그 사람이 하는 말을 들을 수밖에 없었죠."

힐리아드는 자신의 팔을 통해 이브의 맥박이 뛰고 있다는 걸 느낄 수 있었다.

"빨리 말해줘요. 전부. 당신이 한 모든 일을." 힐리아드가 말했다.

"결국 그 사람은 자신이 파산 지경에 이르렀다는 말을 했어요. 갚을 수밖에 없는 청구서를 부인이 디밀었고, 생활비가 거의 바닥이 났다고요. 그 사람은 자기 돈이 아닌 돈까지 써버렸어요. 자기 계좌에 하루 이틀 넣어둔다는 것이 그만…… 돈을 빌리려고 했지만 그 누구도 그가 필요한 돈을 빌려주지 않았죠."

그녀의 목소리가 거의 들리지 않게 됐을 때, "이젠 그만하죠" 라고 그가 말을 막았다.

"아녜요. 당신은 내가 말한 것보다 더 많은 걸 알 필요가 있어요. 물론 그는 나에게 돈을 요구하지 않았어요. 내가 돈을 빌려줄 수 있을 거란 생각도 하지 않았고요. 하지만 당신이 그에 대해 좀 알았으면 하는 것은 그가 구태의연한 방식으로 말을 하지 않았다는 거예요. 그는 처음 나타났을 때부터 그저 자신이 잘못을 저질렀다고 했어요. 자기를 용서해달라고 애원했고, 나에겐 친구로 남아달라는 부탁밖에 하질 않았어요."

"물론 그랬겠죠."

"아, 관대하지 않은 모습을 보여주지 마세요. 너무 당신답지 않으니까요."

"관대하지 않으려고 하는 게 아니에요. 그의 입장이라면 나도 똑같은 행동을 했을 겁니다."

"나를 믿는다고 말해줘요. 우리 사이에 사랑이라는 말은 한마디도 없었어요. 자신 인생의 비참함에 대해서만 이야기했고, 그게 전부였어요. 나는 그를 불쌍히 여겼고, 그가 너무나도 진실하다고 느꼈어요."

"당신을 전적으로 믿어요."

"내가 한 일을 용서받을 수는 없겠죠. 나 자신도 알 수 없는 뻔뻔함와 파렴치함이 있었을 줄이야!"

힐리아드는 좀 감동이 돼 웃으려고 했다.

"이제 보니 어쩔 수 없었네요. 이제 그 이야기는 그만합시다. 이리로 와요."

힐리아드는 계속 걸었고, 이브는 바짝 붙어 그의 얼굴을 쳐다봤다.

"나는 그가 돈을 갚으리라고 확신해요." 그녀가 이내 말을 했다.

"돈은 잊어버려요."

그러고는 그가 멈춰 섰다.

"어떻게 그가 돈을 갚죠? 내 말은, 어떻게 그가 당신과 연락을 하냐는 거죠?"

"더들리의 주소를 알려줬어요."

힐리아드가 다시 걷기 시작했다.

"그것 때문에 왜 당신이 화를 내죠?" 이브가 물었다. "만일 그가 편지를 쓰면, 당신에게 즉시 알려줄게요. 편지를 보게 될 거예요. 그가 빚을 갚을 것은 분명해요. 그럼 아주 기쁘겠죠."

"그 사람에겐 뭐라고 말했습니까?"

"사실대로 말했어요. 친구에게 빌렸다고 했고, 그는 낙심한 모습이었지만 내가 주는 돈을 거절할 수는 없었어요."

"이제 더 이상 그 이야기는 하지 말도록 하죠. 나에게 이야기해준 건 잘한 일이었어요. 이제 모두 끝나서 기쁘군요. 저기 달이 뜨는 걸 봐요. 보름달이네요. 그렇죠?"

이브는 다시 몸을 돌려 난간에 기댔다. 잠시 머뭇거리던 힐리아드는 이윽고 좀 더 가까이 다가갔다. 자발적으로 그녀는 자신의 손을 그의 손에 올려놓았다.

"때가 되면 당신은 내가 아는 모든 걸 알게 될 거예요." 그녀가 말했다. "그럼 당신은 나를 믿을 수 있겠죠. 비밀이라고는 없을 거예요."

"아직도 뭔가를 두려워하는군요······."

"당신을 위해서죠. 한 일 이 년간 더 당신은 자유롭게 살아야만 해요. 나는 일로 다시 돌아가는 게 좋고요. 나는 회복이 됐고, 강

건하며, 활기에 넘쳐요."

그녀는 그가 차마 거부할 수 없는 유혹의 눈길을 보냈다. 이브는 그의 입술을 뿌리치지 않았다.

그들이 헤어져야 할 장소에 당도하자 그녀는 "패티에게 편지를 꼭 써요"라는 말을 그에게 했다. "패티의 새 주소는 하루 이틀 안에 알 수 있을 거예요."

"그러죠. 편지 쓸게요."

18

11월 말이 될 즈음 힐리아드는 버칭의 건축 사무소 일에 잘 적응하고 있었다. 업무에 숙달되면서 자신감을 갖게 됐고, 그리 낙관적이지 않은 그의 기질이 허용하는 한도 내에서 희망적으로 생각하게 됐다. 그는 검소하게 살았고, 밤낮으로 건축에 관한 연구에 몰두했다. 이따금 로버트 나래모어를 저녁에 만나기도 했는데, 그는 도시 중심에서 약간 벗어나 헤일소어 방향에 있는 쾌적한 독신자 거주 구역으로 이사를 한 참이었다. 일주일에 한 번, 대개 토요일에는 이브를 만났다. 다른 사교적 만남은 없었고, 그는 그 이상을 바라지도 않았다.

한편 이브는 아직 일자리를 찾지 못했다. 이 점에서 행운은 그녀를 버리는 듯했고, 힐리아드를 만나면서 느끼는 거듭되는 실망감에 그녀는 점점 초조해지기 시작했다. 그녀는 자신의 일상생활에 불만을 가지지 않았지만, 단조롭고 따분하다는 부담감에 짓눌려 원기가 저하되는 모습을 힐리아드는 분명하게 볼 수 있었다. 창백하게 변해버린 그녀의 볼, 한때는 그 볼에 꽃 피던 건강한 혈색은 이제는 그의 바람에 지나지 않았다. 다시 나타나지 않을 거라고 스스로에게 거짓말을 하면서까지 믿으려 했지만, 이브의 정신 증상은 재발하는 듯 했다. 그는 그런 이브의 모습을 불안한 심정으로 지켜봤다. 이브는 명랑한 미소를 잃지 않았고, 희망적인 말을 하는 데 주저하지 않았다. 하지만 자신의 본마음을 숨기는 기술이 부족해서 많은 애를 먹었다. 양심과 좋아하는 것 사이에서 분투하고 있다는 훌륭한 징표인 냉담함을 그녀에게서 느꼈다.

힐리아드는 여자라는 존재 때문에 어려움을 겪은 남자들이, 사랑과 헌신의 힘을 가진 여자들 덕분에 용기를 얻는 이야기를 읽은 적이 있었다. 하지만 이브 같은 사람은 본 적이 없었다. 다른 남자들도 이런 여자를 만나는 경우는 아주 드물 것이다. 애초에 이브에게 그런 것을 기대한 적도 없었다. 그저 그의 능력에 이브가 기대고 자신을 허락했으면 하는 것이 오직 그가 바라는 바였다. 파리에서의 마지막 밤에 느꼈던 감정이 되돌아올 수도 있겠지만 그것은 조건이 갖추어질 때만 가능한 것이었다. 그가 일을 하면서 느끼는 열정에 대해 그녀는 알지를 못했고, 밝은 미래가 다시 한 번 그녀의 마음을 즐겁게 할 때까지는 익숙한 습관과 의무감만이 그녀의 가슴속에 자리 잡고 있을 터였다.

태양과 따스함의 계절이 지나가면서 자유롭게 편안한 대화를 할 수 있는 환경에서 만나기가 어려워졌다. 더들리의 집이 낡은 오두막에 지나지 않았기 때문에 이브는 편안하지 않았고, 힐리아드도 마찬가지였다. 그의 숙소에 그녀가 방문하는 일은 없었다. 따라서 그들은 버밍엄에 이브가 올 만한, 보람이 있고 한두 시간 이야기할 수 있는 비와 추위를 가릴 수 있는 공공장소가 필요했다. 약속 장소로 힐리아드는 애스턴 홀을 제안했고, 12월 어느 토요일 오후에 그들은 만났다.

애스턴 홀은 한때 고상했지만 가까스로 명맥만 유지할 정도로 면적이 줄어들었고, 최근 몇 해 사이 그 부근은 노동자 계급이 사는 주거지가 되었다. 교외 주거지를 둘러싼 언덕에 있는 애스턴 홀은, 지저분한 삶의 투쟁이 서로 뒤엉킨 무기력한 길과 연기를 내뿜는 굴뚝을 마주하고 있었다. 원두당圓頭黨의 포격 자국이 남아 있는 벽은 항상 뿜어져 나오는 연기로 까맣게 그을렸고, 전에는 장중한 밤나무 통로로 향하는 길을 열어주던 망가진 출입문은 증기 전차가 거칠게 오갈 때마다 흔들렸다. 힐리아드는 그의 상상력 때문에 좀 더 좋은 시대였을 거라고 생각하는 이 유적에 끌리기도 했고, 동시에 불쾌감을 느끼기도 했다. 고풍스런 방들, 돌아서 올라가는 계단, 오래된 초상화와 거대한 벽난로가 있는 기품이 서려 있는 갤러리, 그리고 사람이 혼자 숨어서 현실을 잊어버릴 수 있는 어두운 구석진 자리를 그는 좋아했다. 하지만 결국 현실이 이러한 즐거움을 조롱거리로 만들어버렸다. 애스턴 홀은 주변 환경과는 시대적으로 맞지 않았고, 의미도 없는 단순히 건축적인 유물이었다. 신성을 빼앗긴 위엄이 가져다주는 비애 때문에 그는 이 건물이 차라리 파괴되면 좋겠다고 바라기도 했다. 이 장소에 아주 새롭고, 전깃불이 반짝반짝하면서 거리의 최신 멜로

디가 울려 퍼지는 노동자 궁전People's Palace이 들어서는 것이 적합하다고 생각하기도 했다. 음울한 전면을 오래 바라보며, 왕정주의의 오래된 대변자인 모든 것이 시간이 주는 모욕을 받아들이면서 위축되고 있다는 생각이 들었다.

입구에서 이브를 만났을 때 비가 오고 있었다.

"말이 안 돼요"라는 말이 그의 입에서 나온 첫 마디였다. "이런 날씨에 와서는 안 돼요. 한두 시간 안에 그칠 것 같다고 예상하지 않았더라면, 당신에게 오지 말라는 전보를 쳤을 텐데……."

"아, 날씨는 저에게 문제가 되지 않아요." 유쾌한 기분이 넘쳐흐르는 이브가 대답을 했다. "기분 전환을 할 수 있어서 좋았고, 게다가 머지않아 일자리를 얻을 것 같아요."

힐리아드는 그녀가 직장을 얻으려고 노력하는 데 대해 한 번도 물어본 적이 없었다. 그에게는 너무나도 마음에 들지 않는 주제였기 때문이었다.

"아직은 아니에요." 애스턴 홀로 향하는 진흙길을 올라가면서 그녀가 계속해서 말했다. "하지만 당신이 이 문제를 이야기하길 원하지 않는다는 걸 알아요."

"제안할 게 있어요. 사무실로 세를 놓은 두 개의 값싼 방을 얻어서 가구를 조금 들여놓을까 하는데요. 그럼 당신은 나를 보러 그곳으로 올래요?"

제안을 듣는 그녀의 얼굴을 살폈고, 그녀의 표정이 그를 소심하게 만들었다.

"그런 장소에서 당신은 아주 불편할 거예요. 그런 수고는 할 필요가 없어요. 어쨌든 우리는 만날 테니까요. 머지않아 나는 여기서 살 거예요."

"당신이 이리로 온다고 해도 결국 이런 장소에서 만날 수밖에 없어요." 그가 집요하게 말을 계속했다. "그럼 내가 바라는 말의 반밖에 할 수가 없죠."

"같이 생각해보죠. 아, 여기는 따뜻하네요."

오늘 오후 애스턴 홀에는 방문객이 별로 없어 관리인이 큰 수고를 들이지 않아도 좋을 듯했다. 이브는 단번에 2층으로 올라가서 별로 눈에 띄지 않는 방으로 갔다. 방에는 그림이 걸려 있었고 힐리아드와 함께 남에게 방해를 받지 않고 한두 시간을 보낼 수 있는 곳이었다. 그녀는 창 밑에 오목하게 들어간 곳에 자리를 잡았고, 그녀의 동반자는 몇 걸음 떨어져 앞뒤로 왔다 갔다 했다.

"내가 원하는 대로 놔둬요." 그가 고집을 부렸다. "우리는 기나긴 겨울을 앞두고 있고, 아주 싼 집세로 방 두 개 있는 셋집을 얻을 수 있을 겁니다. 나이 든 노파가 필요한 일은 다 해주겠죠."

"당신 좋을 대로 해요."

"세를 얻어도 됩니까? 거기에 올 건가요?" 그가 열을 내면서 물었다.

"물론 갈 거예요. 하지만 아무 가구도 없는 편안하지 않은 장소에서 당신을 보고 싶지는 않아요."

"그럴 필요는 없죠. 몇 파운드를 쓰면 괜찮은 거실을 만들 수 있을 테니까."

"다른 이야기는요?" 화제를 바꾸면서 갑자기 이브가 물었다.

최근의 매우 궂은 날씨에도 불구하고 그녀는 기분이 좋은 듯했다. 힐리아드는 그녀를 유심히 지켜보면서 유쾌한 미소를 지었다.

"특별한 건 없어요. 아 참, 잊을 뻔했네. 에밀리한테 편지를 받았어요. 그녀를 보러 갔었지요."

이제는 마르 부인이 된 전 형수를 힐리아드가 볼 일은 거의 없었다. 파리에서 돌아온 후 방문했을 때, 그녀의 남편이 마음에서 우러나오는 환영을 하지 않는다는 생각이 들었다. 그는 이런 상황을 예견했었고, 한 발 물러서서 그들을 대했다.

"편지를 읽어봐요."

이브는 편지를 읽었다. '친애하는 모리스'로 시작한 편지는 '당신을 언제나 사랑하고 감사하는'으로 끝나 있었다. 편지의 내용은 다음과 같았다.

'굉장한 어려움을 겪고 있고 엄청나게 불행해요. 당신을 볼 수 있으면 너무나도 고맙겠네요. 할 말을 편지에 쓸 수는 없고, 오지 않겠다는 말을 하지 않았으면 좋겠어요. 일을 마칠 수 있으면 금요일 오후 3시 어때요? 당신이 더들리에서 여기까지 와서, 작은 방에서 차를 마시던 날들을 되돌아보곤 해요. 꼭 오셨으면 해요!'

"물론, 나는 그 말이 무엇을 의미하는지를 알았습니다." 이브의 놀란 얼굴을 마주쳤을 때 힐리아드가 웃으면서 이야기했다. "나도 이제는 그 일에서 좀 빠져 나왔으면 했어요. 하지만 좀 정도가 심한 것 같았어요. 그래서 거기로 갔지요. 뭘 모르는 얼간이는 한 사람과의 결혼이 또 다른 사람과의 결혼과는 다르다는 걸 몰랐던 거죠. 에즈라 마르라는 만만치 않은 상대를 만난 거죠."

"그가 그녀를 학대하지 않은 건 확실해요?"

"전혀 그렇지 않았어요. 그는 단지 의지가 굳은 사람이었고, 자신의 집사람에게 그녀가 해야 할 일을 가르치는 것이 필요하다고 생각했죠. 에밀리는 다섯 살 난 딸을 잘 기르는 의무 외에 다른 의무가 있다는 걸 몰랐죠. 그녀는 두 번째 남편도 첫 남편과 마찬가지로 잘 다룰 수 있다고 생각했고 그게 큰 실수였어요. 그녀는 천 가지도 넘는 가혹한 행위에 대해 나에게 불평을 해댔지만, 내가 보기에 그 모든 것이 좀 거칠기는 하지만 상식적인 일이었어요. 그는 그녀와 결혼한 것이 미친 짓이었다고 자신을 질타했을 겁니다. 나는 그저 시무룩한 표정으로 그녀의 말을 듣는 수밖에 없었죠. 거기에 다시 가지 않을 수 있도록 잘 이야기를 했어요."

이브는 많은 질문을 했고, 그의 결심에 동의했다.

"당신은 그녀를 위로하고 충고를 해줄 수 있는 사람이 아네요. 하지만 그녀는 당신을 분명 최고 내지는 가장 현명한 사람으로 생각할 거예요. 저는 이해할 수 있죠."

"당신이 불쌍하고 어리석은 에밀리의 생각을 이해할 수 있다고요……?"

"내가 한 말에 당신이 붙이고자 하는 모든 의미를 부여하세요." 유쾌한 웃음을 날리면서 이브가 말했다. "아, 나도 패티에게 온 편지가 있어요. 결국 패티는 결혼을 하지 않을 거래요."

"아, 지금쯤은 결혼을 한 줄 알았는데."

"패티가 달리 씨와 끝내버린 건 편지가 온 지 일주일이 채 안된 때였어요. 편지를 보여줄 수 있었으면 좋을 텐데. 물론 그럴 수는 없지만요. 아주 재미있어요. 그들은 생각할 수 있는 모든 것을 두고 싸웠어요. 마지막에 이런 일이 있었죠. 그들이 식사에 대한 이야기를 하고 있었어요. 달리 씨는 아침상에 매일 훈제 청어가 올라왔으면 좋겠다는 말을 했어요. '훈제 청어라니' 하고 패티가 외쳤어요. '당신이 그 음식을 나에게 해달라고 하지 말았으면 좋겠어요. 난 참을 수 없으니까요.' '아 그래, 훈제 청어를 요리하지 못하면 당신은 나의 집사람이 될 수 없어'라고 그가 답했지요. 그 길로 그들은 영원히 헤어졌어요."

"내 추측에는 한두 달 정도로 보이는데요."

"알 수 없어요. 어쨌든 저는 패티에게 자신의 마음을 더 잘 알 수 있을 때까지 결혼을 하지 말라는 충고를 했어요. 여기까지 온 것이 패티 입장에서는 안 된 거죠. 불쌍한 그 남자는 방도 얻고 가구도 모두 들여놓았다고 해요. 제 생각에 패티가 어리석어요."

"다른 모든 아가씨들같이 그녀를 꽉 잡아줄 강한 남자를 원하는 거예요."

이브는 귀를 기울이지 않고 잠자코 웃었다.

"파리가 달리 씨 같은 사람을 안중에 없도록 만들었어요. 패티는 온갖 새로운 문물을 접했고, 전에 그녀를 만족시켰던 일로는 어림도 없어졌어요. 우리가 패티에게 좋지 않은 영향을 끼쳤을지도 모른다고 생각하면 마음이 안 좋아요."

"말도 안 되는 소리! 어떤 사람도 건전한 즐거움 때문에 나쁜 영향을 받지는 않아요."

"패티에게 건전했나요? 그것이 문제죠."

힐리아드는 곰곰이 생각해보다가 이 문제를 더 논의하고 싶지 않다는 생각이 들었다.

"내가 가져온 건 그 소식만이 아니에요." 이브가 이어서 말했다. "다른 편지도 있어요."

그 말을 하는 바람에 그녀 곁으로 가던 힐리아드는 발걸음을 멈췄다.

"이 문제에 관해서는 어떤 이야기도 해서는 안 되기는 하지만, 저는 약속을 했고 당신에게 무언가를 줘야 해요."

그녀는 10파운드 지폐를 내밀었다.

"이게 뭐죠?"

"그가 보냈어요. 전체 빚을 다 갚을 때까지 세 달 동안 매달 빚을 좀 갚을 수 있다는 말을 했어요. 제발 받아주세요."

잠시 마음속으로 자신과의 갈등을 한 후, 힐리아드는 남자다운 모습을 되찾았다.

"그가 돈을 돌려주는 것은 옳은 일이에요, 이브. 하지만 이 돈을 어떻게 해야 할지에 대해 나에게 물을 필요는 없어요. 당신이 원하는 대로 사용해요. 내가 준 거니까 돌려받을 수는 없어요."

눈을 깔고 그녀는 좀 뜸을 들였다.

"그가 나에게 긴 편지를 썼어요. 당신에게 보여주지 못할 말은 하나도 없어요. 내 마음이 편할 수 있도록 좀 읽어줄래요? 읽어줘요."

힐리아드는 중심을 굳건히 잡으며 정중하게 거절했다.

"내가 당신을 믿는 거, 그걸로 족해요. 나는 당신을 절대적으로 믿어요. 당신이 가장 좋다고 생각하는 방식으로 편지에 대한 답장을 해요. 돈에 대해서는 두 번 다시 이야기하지 말고. 그 돈은 당신 것이니 원하는 대로 써요."

"그럼 버밍엄에 있는 거처의 월세를 이 돈으로 치를게요." 좀 뜸을 들이다가 이브가 말했다. "더들리 집에서 더 오래 살 수는 없어요. 여기에 있으면 도서관에서 책을 빌릴 수도 있고, 따라서 시간도 잘 가겠죠. 그리고 당신하고도 가까이 있을 수 있고요."

"제발, 그래 줘요."

유쾌하지 않은 주제를 더 이상 말하지 않으려는 듯 그들은 다른 방으로 걸어 들어갔다. 힐리아드는 그들이 편안하게 만나서 이야기할 수 있는 장소를 마련하는 계획에 관해서 이야기하기 시작했다. 이제 이브도 그 이야기에 흡족한 마음으로 솔직하게 끼어들었다.

"나래모어 씨에게도 이 이야기를 했나요?" 이윽고 그녀가 물었다.

"아뇨, 그에게 이야기할 마음이 나지는 않아요. 물론 언젠가는 해야겠지요. 아무리 친한 친구라고 하더라도 이런 말을 하는 것이 나로서는 자연스럽지 않아요. 어떤 사람들은 자신의 말을 마음속에 담아두지 못하지만, 나는 말하는 것이 어려워요."

"제가 다시 물은 이유는, 일을 얻는 데 나래모어 씨가 도움을 줄 수 있지 않을까 하고 기대했기 때문이에요."

힐리아드는 그 기대를 몹시 못마땅하게는 받아들이지 않았다. 하지만 그런 문제에 대해 친구의 도움을 받는다는 것은 있을 수 없는 일이었다. 이브는 더 이상 그 이야기를 입에 올리지 않았다.

저녁 8시에서 9시 사이에 더들리로 돌아오는 길은 그녀에게 추웠고, 썩 마음이 내키지도 않았다. 힐리아드가 준 신문을 무릎에 올려놓고 승합마차 구석에 앉아 있을 때 그녀는 피곤해서 눈꺼풀이 푹 꺼져 있었다. 비는 그쳤고 날씨는 얼어붙는 듯했다. 더들리역에서 언덕 위에 있는 케이트 힐까지는 걸어서 거의 30분이 걸렸다.

케이트 힐은 낡고 붉은 지붕으로 된 오두막들이 여기저기 산재해 있었다. 그나마 붉은 지붕이 아니었더라면 더욱 더러워 보였으리라. 하지만 간혹 거실로 향한 문이 열려 있을 경우, 그 안을 들여다보면 정갈하고 소박한 분위기가 묻어나는 집도 있었다. 위로 향하는 가파르고 좁은 골목에는 가로등이 거의 없었다. 오늘 같은 그믐밤이면 간간히 작은 구멍가게에서 흘러나오는 등유 램프 빛과 집들의 문 앞을 밝히는 빛이 사람들이 길을 잃지 않게 하는 이정표 역할을 하고 있었다. 언덕으로 올라가는 길은 비포장이었고, 행인들은 두꺼운 진흙만을 밟을 수 있었다. 노동자들이 사는 이 동네의 혼란은 이루 말할 수 없었다. 집과 가게는 구분 없이 서로 뒤엉켜 있었고, 여러 모양새로 구불구불하게 올라가면서 완전한 암흑을 이루는 길의 구석구석에서는 먹잇감을 찾아 은밀히 배회하는 부랑자들도 있었다. 어떤 골목에서는 정적이 감돌았고 사람의 인기척도 느낄 수 없었지만, 다른 골목에서는 어린아이들이 버려진 금속이나 잡동사니 한가운데서 놀고 있었다.

칼바람이 매섭게 불고 칠흑 같은 어둠만이 앞에 놓여 있는 너

무나도 익숙한 미로 같은 길에서 이브는 일종의 테라스 같은 곳
으로 갑자기 나왔다. 대낮이었더라면 빌스턴과 울버햄프턴이 펼
쳐져 있는 북쪽 방향 전망을 볼 수 있었으리라. 지금은 형체도 없
는 허공에서 암흑의 심연 사이로 불이 타오르고 있었다. 어른거
리면서 날름거리는 노란색, 자주색의 화염은 모든 것을 다 먹어
치우는 듯하다가 갑자기 사라져갔다. 이 불들이 동시에 일어나자
하늘은 밝은 빛이 넓게 퍼지면서 빛났고, 이 빛은 마치 번개처럼
허공을 찌르면서 섬광처럼 밝은 빛을 냈지만 몇 초가 지나지 않
아 곧 사라졌다.

이브는 휴식을 취하기 위해서가 아니라 자주 봤던 이 광경을
보기 위해 잠시 멈춰 섰다. 그러고는 잠시 후 앞에 보이는 집 중
하나로 발걸음을 돌렸다.

그녀는 문을 밀치고 화롯불과 램프가 다정하게 환영해주는 작
은 거실로 들어갔다. 벽난로 옆 둥근 흔들의자에 이브와의 관계
를 전혀 알 수 없게 만드는 흰머리를 한 큰 체구의 남자가 앉아
있었다. 그는 그녀를 보자 무릎 위에 놓인 성경에서 눈을 떼고 거
칠지만 자상한 어투로 이야기했다.

"네가 올 시간이라고 생각했어. 애야, 몹시 배고파 보이는구
나……."

"네, 밖이 아주 추워졌어요."

"저녁 남은 게 좀 있을 게다. 나는 별생각이 없어. 여기에 필요
한 양식이 다 있으니까." 그는 손으로 책을 가리켰다. "애야, '악
한이 그가 범한 모든 잘못에서 손을 씻는다면'이라는 에스겔서

18장을 기억하고 있지?"

　성경 구절을 다 읽을 때까지 그녀는 잠자코 서 있다가 고개를 끄덕이고 외출복을 벗기 시작했다. 그녀는 아무 말 없이 멍한 눈으로 이리저리 두리번거렸다.

19

힐리아드는 일주일 정도 찾아보다가 드디어 캠프 힐에서 마음에 드는 거처를 발견했다. 꼭대기 층에 2개의 작은 방이 있고, 1층은 옥수수 도매상이 사용했다. 2층은 안경점을 운영하는 사람과 그의 시각장애인 부인이 세를 들어 살고 있었다. 벽지를 바르고 거주하는 데 필요한 약간의 수리를 하는 조건으로 이 거처를 일주일 4실링에 빌렸다.

이브는 멋있는 이 거처를 일요일 오후가 돼서야 처음 방문했다. 그녀는 둘러볼 필요가 있는 거실만을 둘러봤고, 침실은 그녀의 행복한 상상 속에 남겨두었다. 가구를 모두 들이는 데 5파운드 지폐 하나로 충분했다. 이브와 자신의 돈을 같이 쓰자는 성급한 제안을 한 힐리아드는 버칭 형제에게 50기니의 사례금을 지불한 후, 9개월 전쯤 더들리를 떠나기 전에 그가 손에 쥐고 있었던 돈이 이제는 거의 바닥이 나고 있다는 사실을 알게 됐다. 하지만 그는 한순간도 불평하지 않았다. 자기가 돈을 쓴 것에 가치를 두었고, 마음속은 여러 가지 추억으로 가득 찼으며, 그의 가슴은 희망으로 부풀었다.

아주 작고 허름한 자신의 거처를 마련한 이브는 두 번째 방문에서 몇 가지가 훌륭하게 바뀐 것을 볼 수 있었다. 벽난로 옆에는 큼직한 가죽 의자가 놓여 있었는데, 깊숙하고 머리 기대는 부분이 높이 솟아 있어서 전에 이 방의 많은 부분을 차지하던 삐삑거리던 등나무 의자를 향해 자신의 존재를 과시하고 있었다. 벽에 붙은 높다란 새 서가에는 전에 마루에 쌓아두었던 힐리아드의 책들이 정돈돼 적당한 간격으로 꽂혀 있었다. 벽난로 위에는 파르테논 신전의 장식이 새겨져 있었다.

"이건 화려함의 극치네요." 문지방에 멈추어 서서 그녀가 소리를 질렀고, 그녀를 환영하는 사람에게 짐짓 책망하는 듯한 눈길을 보냈다.

"그래요, 하지만 내가 한 일은 아닙니다. 이 가구들은 하루 이틀 전에 도착했고, 가구점에서 이 주소로 나에게 부친 것뿐이에요."

"그럼 기증자가 누군가요?"

"물론 나래모어죠. 얼마 전 여기에 왔었고, 자신의 게으른 몸을 누일 의자가 없다고 불평을 해댔죠."

"그에게 진심으로 감사해요." 사치스런 의자에 몸을 맡기면서 그녀가 말했다. "이 방에 그의 사진을 걸어 놓아야겠네요. 그의 사진은 없나요?" 무심코 그녀가 덧붙였다.

"그런 건 없어요. 나와 마찬가지로 그도 어릴 때 찍은 사진밖에는 없습니다. 당신이 그때 사진을 찍은 건 진기한 일이었죠. 물론 당신이 처음으로 먼 길을 떠나기 때문이기는 했겠지만. 어쨌든 그 일은 당신에게 중요한 일이었고, 내가 어떤 방식으로든지 그 사진을 구하지 못할 경우 어떤 사람도 다시는 볼 수 없을 이브 매들리에 대한 기록을 한 셈이죠. 브르어 부인에게 그 사진을 사거나, 달라고 매달리거나, 그도 안 되면 훔칠 거예요."

"아, 당신이 정말로 원하면 가지게 될 거예요."

"전에는 왜 그 사진을 별로라고 생각했나요?"

"잘 모르겠어요. 그냥 느낌이죠. 내가 너무 변했다고 느끼면서 당신이 그 사진을 계속해서 볼 것 같다는 생각이 들었어요."

처음 방문에서와 같이 그녀는 곧 말을 멈췄다. 힐리아드의 말을 들으면서 무의식적으로 피곤하고 낙담한 모습을 보였다.

그가 그녀를 묵묵히 쳐다봤을 때, "아직 아무것도"라는 말이 그녀의 입에서 나왔다.

"괘념치 말아요. 그 말을 입에 올리기도 싫네요. 그런데……" 그가 말을 이었다. "나래모어가 결혼을 할지도 모른다는 암시를 줘서 나를 놀라게 하네요. 나하고 같이 있는 사람 여동생인 버칭 씨예요. 약혼 단계까지는 가지 않은 것 같은데, 만약 그렇다면 버칭 씨에게 공을 돌려야겠지요. 입에 파이프를 물고 반쯤 조는 상태에서 그가 그녀에 대해 나에게 해준 이야기를 들으면 당신은 흥미를 느낄 겁니다. 이제 왜 그가 버칭을 스위스로 데리고 갔는지를 알겠어요. 하지만 내가 말한 대로 버칭 씨가 적극적으로 나서지 않으면 그는 결코 서두르지 않을 거예요."

호기심에 눈을 반짝이면서 이브가 물었다. "그녀가 그런 행동을 할 것 같은 아가씨인가요?"

"나래모어가 졸면서 해준 이야기 이외에 내가 그녀에 대해 아는 게 없어요. 그의 말에 의하면, 좀 교만한 미인이라더군요. 그가 여러 가지를 들려줬어요. 그가 그녀를 방문했을 때, 이런저런 일로 그녀가 벨을 눌러달라고 부탁했다고 그러더군요. 그런데 그가 너무 늦게 일어나는 바람에 그녀가 가서 벨을 누를 수밖에 없었다네요. '그녀의 잘못이지. 사람을 바닥에서 20센티미터도 안 되는 의자에 앉혀 놓고 어떻게 그렇게 일을 급하게 하라고 할 수 있냐고?'라고 그가 말했어요."

"이상한 사람이군요. 버칭 씨에 대해서 아무런 신경을 써주지 않는 것은 물론이고."

"그만의 방식으로 신경을 써주지요."

"나래모어 씨는 어떻게 사업을 꾸려가는 거예요?"

"아, 그는 운이 좋은 친구예요." 약간 부드럽게 비꼬는 투로 힐리아드가 대답을 했다. "자신이 애를 쓰는 법이 없어요. 좋은 일이 그의 입에 굴러 떨어지죠. 사람들은 그를 좋아하게 되요. 그게 한 가지 이유인 것은 틀림없습니다."

"당신이 짐작하는 것보다 그가 많은 능력을 갖고 있다고 생각하지는 않나요?"

"그 말이 맞을 수도 있어요. 나도 가끔은 궁금해요."

"그의 삶은 어때요? 친구가 많나요?"

"거의 없어요. 나 말고 이야기를 하는 친구가 있는지 의문이에요. 돈이 있어도 많은 것을 얻지는 못해요. 나같이 가난한 상태가 되면 그는 죽어버릴 겁니다. 나를 좀 놀라운 친구라고 생각하는 걸 알고 있어요. 내가 수면제를 왕창 사서 먹어버리지 않는 것을 의아해하고 있죠."

이브는 그의 농담에 웃지 않았다.

"당신이 가난에 대해 이야기하는 걸 저는 참을 수 없어요." 이브가 나직한 목소리로 이야기했다. "내가 그 이유라고 말하는 듯 들려요."

"맙소사! 만일 그런 생각이 조금이라도 있었다면 그 말을 했겠어요?"

"하지만 그건 사실이에요." 짜증이 난 듯 그녀가 계속해서 이야기했다. "내가 없었더라면 당신은 건축 사무소에 들어가 일을 하면서 상당한 기간 편한 생활을 할 수 있었겠죠."

"그건 전혀 그렇지 않아요." 힐리아드가 큰 소리로 말했다. "당신이 아니었다면 버칭 건축 사무소에 들어갔을 가능성은 없었겠지요. 하릴없이 돈을 쓰다가 결국은 내가 전에 하던 일로 돌아갔겠죠. 당신은 나에게 새로운 삶을 살 수 있도록 해줬어요."

이 말, 그리고 같은 취지의 더 강한 말도 이브의 안색을 밝게 하지는 못했다. 이윽고 그녀는 불쑥 도전적으로 물었다.

"당신은 내가 어떤 부류의 아내가 될 것이라고 생각을 해보기는 했나요?"

힐리아드는 웃으려고 했으나 그녀의 말과 태도에 좀 불쾌해졌다.

"확실히 생각해본 적이 있죠." 그가 깊이 생각하지 않고 대답했다.

"용기가 필요하다는 생각은 들지 않았나요?"

"물론입니다. 필요뿐만이 아니라 용기 그 자체도요."

"정말로 진심을 말해줘요." 그녀는 몸을 앞으로 기울이고 적의를 가졌다고도 생각할 수 있는 눈으로 그를 뚫어지게 봤다. "나는 당신에게 진실을 원해요. 나는 알 권리가 있어요. 나를 보지 않았으면 하고 종종 바라지는 않나요?"

"당신 오늘 좀 이상하네요."

"말을 돌리지 마요. 대답해요."

"그런 질문을 하는 건······" 그가 조용히 대답을 했다. "엄청난 위선이라고 나를 책망하는 겁니다. 한 번쯤 당신을 보지 않는 것이 어떨까 하는 생각을 해본 적은 있습니다. 하지만 지금 만일 내가 당신을 잃는다면, 나의 가장 강한 갈망을 잃는 것이죠. 당신은 내가 당신이 요리사나 가정부 정도의 역할을 할 것이라고 상상한다고 지레 짐작하는 겁니까? 그것도 분별 있고, 칭찬할 만하죠. 하지만 나는 다른 생각을 갖고 있어요. 그 생각이 나를 아주 괴롭히기는 하지만."

"무슨 생각을요?"

"솔직하게 말하라고 한다면, 사람들이 이야기하지 않는 그런 생각이죠."

그녀의 눈은 초점을 잃었다.

"전에도 항상 그랬듯이 저는 가난을 두려워해요. 그리고 결혼 후 가난은 혼자 있을 때의 가난보다 천배나 나쁜 것이라는 말을 하고 싶어요."

침묵이 흐른 후, 그녀가 말했다.

"음, 그 점에 대해서 우리는 같은 의견을 갖고 있네요. 하지만 왜 지금 그 이야기를 하는 겁니까? 당신은 우리가 만난 것 자체를 후회하기 시작했나요?"

"당신은 후회한 적이 한 번도 없었어요?"

"오래된 후회를 계속해서 말한다는 생각이 드는데…… 왜 그 일로 나를 짜증나게 만들어요?"

"내가 말하고자 하는 건……" 이브가 눈을 깔고 이야기했다. "당신이 나를 만나서 형편이 더 안 좋아졌다는 거예요. 또 다른 것도 있어요. 좋아하는 사람에게조차도 고마움의 빚을 지면 안 된다고 생각해요."

그는 그녀를 찬찬히 바라봤다.

"부담을 느끼나요?"

부드럽게 꾸짖는 눈으로 그를 쳐다보면서 그녀는 대답에 뜸을 들였다.

"말하는 것이 좋겠네요. 부담을 느껴요. 항상 그래왔어요."

"제기랄! 이런 지옥 같은 분위기라니!" 힐리아드는 격노해 소리를 질렀다. "그 문제가 당신을 다시 과민하게 만드는 것 같네요. 이리로 와요. 이브, 이리로!"

그녀가 별 움직임이 없자 그는 그녀의 손을 잡아 앞으로 끌었고, 별로 원하지 않는 그녀의 몸을 무릎에 누였다. 이브의 안색은 창백해졌고, 겁을 먹은 듯했다.

"당신이 느끼는 고마움 따위는 싹 잊어버리라고! 까짓것 당신의 입술로 갚으면 되지! 당신의 입술이 나에게 닿았을 때 지금까지 누추하게 살아온 나의 인생이 보상되는 기쁨을 누렸다는 걸 당신은 알 수 없었어? 내가 당신을 어떻게 얻었는데…… 당신은 영원히 내 것이야. 그걸로 족해!"

그녀는 반쯤 몸을 빼서 머리 매무새를 다시 고치고는 얼굴을 확 붉히면서 일어섰다. 자신을 제어하는 데 애를 먹은 힐리아드는 허스키한 목소리로 말했다.

"그럴 기분이 다 사라진 겁니까?"

이브는 고개를 끄덕이고는 한숨을 쉬었다.

20

다음 만남을 위해 정해진 시간에 힐리아드는 하릴없이 기다리고 있었다. 한 시간이 지났지만 지금까지 시간을 칼같이 지키는 흔치 않는 미덕을 보이던 이브가 아직 오지 않았다. 날씨는 몹시 나빠서 비와 안개 그리고 진눈깨비가 한데 어우러져 있었다. 하지만 그녀가 사는 곳이 반 마일 정도밖에 떨어져 있지 않았기에 여기까지 오는 것이 큰 문제가 되지는 않았다. 외출을 해버리면 그녀를 못 만날지 모른다는 조바심에 한 시간을 더 기다렸다. 마침내 이브가 편지를 보내왔는데, 더들리로 오라는 전갈을 받았다는 내용이었다. 편지에는 놀랍게도 그녀의 아버지가 병을 심하게 앓고 있다고 남동생이 전보를 쳤다는 내용도 적혀 있었다.

이틀 동안 그는 아무 소식도 듣지 못했다. 그러고 나서 이브의 아버지 매들리 씨가 몇 시간밖에 더 살 수 없다는 내용이 몇 자 적힌 편지를 받았다. 그다음 날 이브는 아버지가 운명했다는 편지를 그에게 보내왔다.

힐리아드는 그 편지에 대한 답장을 일주일 가까이 쓰지 않았다. 다시 이브가 편지를 보내왔을 때, 편지 겉봉에는 새 주소가 적혀 있었다. 그녀를 위로하려고 한 그의 친절한 말에 대한 감사 표시를 한 후에 그녀는 다음과 같이 이어서 적었다.

'상당한 시간을 비참하게 보낸 후에 마침내 무언가 내가 할 일을 찾았어요. 일이 나에게는 최고죠. 열두 살 때 처음으로 나를 고용했던 웰랜드 씨가 자신의 가게로 와서 장부 기장하는 일을 하면서 그의 집에서 같이 살면 좋겠다는 요청을 했어요. 남동생은 하숙을 찾아 나섰고, 케이트 힐에 있는 오두막에는 더 이상 아무도 살지 않게 됐어요. 당신과 너무 멀리 떨어진 것은 안 된 일지만 버밍엄에서는 할 일을 찾을 수 없었어요. 그저 사는 삶에 대해서 이야기하자면, 여기가 편해요. 일요일에는 대개 일이 없을 테니까 그리로 가능한 한 자주 갈 수 있을 거예요. 하지만 지금은 심한 감기에 걸려 있어서 이 지독한 날씨가 바뀔 때까지 집에 있는 것으로 만족해야 할 것 같아요. 몇 달이 지나면 캠프 힐에서 우리들은 즐거운 시간을 보낼 수 있을 거예요. 패티로부터 소식을 들었어요. 그녀의 편지에 대해서 이야기해줄게요. 하지만 이 감기가 나를 멍청하게 만드네요. 곧 편지를 또 보낼게요.'

힐리아드도 감기 때문에 코와 목이 잠긴 상태였다. 더들리에서 온 소식도 그를 위로하지는 못했다. 그는 지독히 긴 최악의 하루를 보내면서 종일 난롯불 옆에서 널브러져 자신이 겪고 있는 불행을 곱씹고 있었다. 저녁 내내 위스키 반병을 마셔댔고 줄담배를 피웠다. 이로 인해 최소한 잠은 잘 잘 수 있었다.

그의 침묵이 어떤 결과를 가져오는가를 살피기 위해 답장은 하지 않았다. 2주일이 흐르는 동안 독감도 한몫을 해 여러 병의 위스키로도 극복하지 못할 정도로 힐리아드 자신의 고집은 커져만 갔다. 홀로 유폐幽閉돼 있는 것을 못 견디게 된 그는 이윽고 나래모어를 불렀고, 오래지 않아 그의 친구가 그를 방문했다. 나래모어의 얼굴빛은 이 이상 좋을 수 없을 정도였고, 그 얼굴에서는 인생에 만족하는 모습이 여실히 드러났다.

"널 위해 와인을 주문했어." 힐리아드가 비워주는 안락의자에 앉으면서 나래모어가 다정하게 말했다. 작은 일에서의 이기적인 모습이 큰일에서의 관대함에 영향을 미치지 않는 것이 바로 나래모어였다. "요즘은 좋은 와인을 구하기가 쉽지 않아. 이 와인도 그리 나쁘지는 않다고 하더라고. 네 보스가 널 보려고 여기 오지 않았어? 아닐 거야. 이 동네에 오는 것이 자신의 품위를 떨어뜨린다고 생각할걸. 그 집안사람들은 더럽게 허영심만 가득하지. 너도 그걸 알아차렸을 거 같은데? 그 여동생한테서 그런 게 잘 드러나지. 어쨌든 버칭 씨와는 끝내버렸어. 3주 동안 거긴 가지도 않았지. 그 잘난 여왕 폐하를 화나게 하는 무언가를 말하거나 행동하는 즐거움이 없다면 다시는 거길 가지 않을 거야."

"너 싸웠어?"

"싸웠냐고? 나는 다른 사람과 싸우는 법이 없어. 정신 건강에 좋을 게 없으니까."

"청혼 단계까지 가지 않았던가?"

"아, 버칭 씨가 하도록 놔뒀어. 요즘 여자들은 그런 대소동을 벌이는 걸 그들의 권리로 알잖아. 그게 바로 완전한 평등함을 여자들에게 부여하는 짓이지. 난 버칭 씨에게 뭔가 확실한 걸 말할 수 있도록 기회를 수도 없이 줬다고. 내 애정을 하찮게 만든 건 다름 아닌 그 여자라고 주장하고 싶어. 나에게 묻더라. 인생에 대해 어떻게 생각하냐고. 아, 이제 올 게 왔구나, 싶었지. 나는 겸손하게 모든 게 상황에 달렸다는 대답을 했어. 황동 침대 프레임 사업에 달려 있다고 말할 뻔했지만, 그렇게 말하는 것은 예의를 벗어나는 것 같다는 생각이 들더라고. 너도 알다시피 나는 점잖은 사람이잖아. '에너지를 가진 사람이 자신의 상황을 만들어간다고 생각해요'라고 버칭 씨가 말했지. '에너지라구요?' 내가 소리쳤어. '그럼 내 안에 있는 에너지가 보입니까? 내가 들어본 찬사 중에 최고군요.' 그 말을 듣고 버칭 씨는 크게 화를 냈고, 더 이상 그 문제를 왈가왈부하지 않았어. 대화가 재미있어질 때 항상 그렇게 된단 말이야."

"너의 연애가 그렇게 잘못 흘러간다니 유감이야." 힐리아드가 한마디 했다.

"친구야, 네가 걱정할 문제는 아니야. 사실은 더 좋아하는 사람을 만나고 있어."

"이상할 것도 없지."

"아주 이상한 이야기야. 뭔가 확실해지면 네게 말할게. 내 자신이 정말 바보가 돼버릴 수도 있는 위험이 도사리고 있어서 뭔가 확실해질 거란 가능성은 전혀 없지만……"

"가능성이 없다고?" 힐리아드가 의견을 말했다. "네 피는 정말 절제되어 있나 보다."

"나도 그렇게 생각을 하지만 사람 일은 알 수가 없지. 예기치 않은 감정이 사람한테 치밀어오를 수도 있는 거니까. 지금 그 이야기는 그만하자고. 건축 일은 어때?"

"그럭저럭 현상 유지는 하는 것 같아."

나래모어는 길게 쭉 뻗고 누워서 천장을 쳐다봤다.

"교외에 살아보니 시골이 좋다는 생각이 들어. 황동 침대 프레임 사업만 잘 되면 나를 위한 작은 집을 지으면 어떨까 하고 구상하고 있거든. 비싸지 않고, 주위에 몇 그루의 나무가 심어져 있는 작은 집 말이야. 일이 별로 바쁘지 않을 때 그냥 스케치만 좀 해줄래?"

집에 관한 생각이 머릿속에 확고히 자리를 잡을 때까지 나래모어는 생각에 골몰했다. 그러고 나서 평소 그답지 않게 엄청나게 활기를 띠고 이야기를 하기 시작했다.

"한 5천에서 6천 파운드? 그게 내가 몇 년간에 걸쳐 쏟아 넣을 수 있는 자금이야. 충분하지 않다고? 하지만 내가 저택을 원하는 건 아니야, 힐리아드. 이 문제에 관해 나는 아주 진지해. 네가 독립을 해서 일을 시작하려고 하면 넌 이 일부터 시작할 수 있을 거야."

그가 독립적으로 건축 일을 할 수 있으리라는 제안에 대해 힐리아드는 냉소적인 웃음을 띠었지만, 그의 친구는 이야기를 계속했다. 그리고 붕 뜬 기분에 치우쳐 간과했던 어려움을 알아차리게 됐다. 혼자가 됐을 때 힐리아드는 몸과 마음이 한층 나아졌고, 나래모어가 가져온 와인을 마시며 이상적인 전원주택을 개략적으로 머릿속에 그려보는 즐거운 저녁 시간을 보냈다.

"그녀석이 마침내 사랑에 빠진 거야. 남자가 나무 몇 그루 있는 작은 전원주택을 생각할 때는……"

그는 한숨을 쉬고 나서 계속 스케치를 했다.

잠자리에 들기 전에 갑작스럽게 마음 깊은 곳에서 부끄러움이 밀려왔다. 이브의 편지에 대해 답장을 너무 게을리하는 건 터무니없는 행동이 아닌가? 이렇게 하는 것이 독감으로 겪는 고통보다 훨씬 더 큰 고통을 안겨줄 수 있다는 사실을 알고 있음에도 불구하고……. 그것 자체가 벌써 비난받을 일이었다. 그는 종이를 꺼내 지금까지 그가 그런 편지를 쓴 적이 없는, 열정적인 염원을 담은 피가 끓어오르는 편지를 그녀에게 썼다. 좀 더 신중했어야 하는데도 불구하고 그는 자정에 집을 나와 편지를 부쳤다.

'답장을 쓰지 않은 데 대해 당신을 비난해야 한다는 생각은 들지 않았어요. 저보다는 당신이 더 민감한 듯해요. 일반적으로 남자가 여자보다 이런 문제에 대해 더 민감하다고 생각해요. 나래모어 씨가 방문을 해서 당신의 기분을 북돋아줬다는 소식을 들으니 기쁘네요. 나도 갈 수 있었으면 좋았겠지만 정말로 몸이 아팠었고, 날씨가 좋아질 때까지 방문을 하는 위험을 감수할 필요는 없다고 생각했어요. 편지를 자주 쓸 테니 그 문제로 너무 신경 쓰지 마세요.

제가 가엾은 패티에게 받은 편지에 대해 이야기한 적이 있죠?

부탁을 좀 할게요. 그녀에게 그저 안부를 묻는 우정 어린 편지를 짧게 써주시면 어떨까요? 그녀는 정말로 좋아할 거예요. 패티가 보낸 편지 중에서 한두 줄 인용하는 것이 별로 나쁠 건 없겠죠. '힐리아드 씨는 나를 완전히 잊어버린 거야?' 이어서 패티는 '편지를 쓰고 싶어도 좀 걱정이 돼, 친애하는 이브야, 네가 신경 쓰이는 게 아니고 내가 좀 주제넘다고 힐리아드 씨가 생각할까 걱정이 된다는 말이야. 어떻게 생각해? 우리 셋은 같이 정말로 즐거운 시간을 보냈어. 그가 나를 완전히 잊어버리는 걸 정말로 원하지 않아'라고 썼어요. 저는 당신이 그녀를 잊을 염려는 하지 말라는 말을 해줬고, 우리가 그녀에 대해 종종 이야기한다는 말을 해줬어요. 패티를 어리석다고 놀린 것이 좀 부당하다는 생각이 들기 시작했죠. 황당한 달리 씨와 헤어진 것을 보니 패티는 절대로 어리석은 게 아니었고, 이제는 그녀가 그 사람에 대해 두 번 다시 기회를 주지 않을 거라는 것을 알게 됐어요. 불쌍한 이 친구가 어울리는 짝을 다시 찾지 못할까 두려워요. 그녀가 만나는 남자들이라는 게 아주 상스럽기 짝이 없지만, 그녀는 그렇지 않죠. 당신이 언제 한 번 그런 말을 한 적이 있어요, 기억하죠? 그러니 시간을 내서 짧더라도 몇 자 적어 보내서 당신이 아직도 그녀를 생각한다는 걸 알려주는 게 어때요? 그녀의 주소는 ×××예요.'

힐리아드에게는 편지에 쓰여진 모든 말이 이브의 자상함을 보여주는 좋은 증거처럼 느껴졌고, 사랑을 하고 있는 저속한 여성의 특징이라고 할 수 있는 눈먼 독점욕으로부터 그녀가 자유롭다는 증거처럼 느껴졌다. 그는 즉시 그녀가 하라는 대로 했고, 패티가 즐거워할 수밖에 없도록 허물없는 편지를 써서 부쳤다. 채 이틀이 되지 않아 패티로부터 답장이 왔다. 그녀의 글씨체는 잘 알아보기 힘들었고, 철자법도 완벽함과는 거리가 있었다. 하지만 그녀의 편지는 감사함을 표시하는 문구들로 흘러넘쳤다. '지금 고모랑 살고 있고, 오래 그럴 것 같아요. 새로운 가게에 잘 적응하고 있어서 떠날 생각은 없어요.' 이 말은 무산된 그녀의 결혼 계획을 암시하는 유일한 말이었다. '당신과 이브가 같이 런던에 오면 어떨까 하는 희망을 갖고 있지만 너무 큰 바람이겠지요. 우리는 이 세상에서 바라는 많은 걸 가질 수는 없어요. 하지만 당신이 아니었더라면 내가 파리를 볼 일은 없었겠지요. 파리에서는 정말 즐거웠어요. 어쨌든 휴가 때 런던에 올 수 있나요? 가능하면 당신을 꼭 보고 싶어요. 예전 가게 같지는 않을 거예요. 새로운 가게는 장사가 잘 돼서 가게에서 이야기할 시간은 거의 없어요. 하지만 많은 동료 여점원들은 저보다 더 많은 걸 참고 있죠. 내가 불평만 해대는 사람이라는 인상을 당신에게 주기는 싫어요.'

힐리아드와 이브는 서로를 보지 못한 채 1월 한 달을 보냈다. 사랑에 빠진 남자는 마침내 더 참지 못하고 그녀의 얼굴밖에 볼 수 없다고 하더라도 더들리로 가겠다는 편지를 썼다. 더들리역 대합실에서 만나자고 했다. '다가오는 일요일 12시에 역으로 갈 수 있지만 일찍 떠날 수밖에 없고, 해 질 무렵에는 헤어져야 해요.' 그녀는 우편으로 답장을 했다. 그 약속은 지켜졌다.

상복은 그녀에게 잘 어울렸다. 이 복장은 그녀의 한결같은 세련됨을 더욱 잘 느끼게 해줬다. 그 자신이 즐거움을 더 적나라하게 드러내지 않고 힐리아드가 자연스럽게 지켜보지 않았더라면, 단지 경건한 부드러움만을 볼 수 있었을 것이다. 그녀는 낮고 부드러운 목소리로 이야기했고, 거의 눈을 치켜뜨지 않았으며, 힐리아드에게 아주 감동적인 새로운 고상함을 느끼게 해줬다. 동시에, 왜 그런지는 몰라도, 그가 바라는 것과는 거리감이 있다는 생각이 들었다. 그녀를 위해 점심을 곧 먹게 됐지만 이브는 먹는 체만 하고 음식에는 거의 손을 대지 않았다.

"나래모어가 보낸 와인을 맛봐야 하는데……" 그녀를 즐겁게 해 주려는 사람이 말을 건넸다. "그 친구가 사실 스무 병 넘게 보냈거든요."

그녀는 묵묵부답이었다. 그녀가 묵살하는 바람에 힐리아드는 당황하고 화가 났다. 그 후 오랜 침묵이 흘렀다. 만나서 서로 거의 말이 없었다는 사실을 알고 그는 놀랐다. 알 수 없는 긴장감이 그들 사이에 흘렀다.

"음, 패티한테 편지를 썼어요. 그리고 답장을 받았죠."

"볼 수 있나요?"

"물론 있죠. 여기."

이브는 읽었고, 즐겁게 웃었다.

"패티가 제법 잘 쓰지 않았나요! 가여운 것!"

"왜 갑자기 당신은 그녀를 그렇게 동정을 하죠?" 힐리아드가 물었다. "그녀는 이제 아주 나쁜 상태는 벗어났어요. 오히려 좀 좋아진 것 같은데……"

"파리에서 돌아온 후 그녀에게 삶은 전과 같지 않아요." 이브가 그녀 특유의 부드러운 목소리로 말했다.

"음, 파리에서의 생활이 그녀를 나아지게 했을 거예요."

"아, 그럼요. 하지만 그 생활이 이전의 삶과 주위에 있는 사람들에게 만족을 하지 못하도록 만들었어요."

"상당수의 많은 사람들이 그런 고통을 겪지요. 아, 그녀가 당신만큼 심하게 그런 고통을 겪고 있지는 않겠죠."

이브는 얼굴을 붉히고 침묵을 지켰다.

"머지않아 패티가 결혼한다는 소식을 기다려 봅시다." 힐리아드가 말을 이었다. "패티는 결혼이 악기점에는 재앙이라는 말을 하곤 했어요. 결혼은 젊은 아가씨들을 그런 정도로 망가트린다는 거죠."

"패티가 그런 말을 했어요? 그 말은 런던에서 둘이 대화를 오래 나눌 때 한 말인가요? 패티와 당신은 아주 잘 지냈지요. 그 후에 그녀가 달리 씨를 별로 좋아하지 않게 된 건 당연해요."

힐리아드는 이 말이 당혹스러웠고, 참지 못하고 성급하게 대답을 할까도 했지만 자제심으로 자신을 눌렀다. 그는 이브 자신의 문제로 화제를 옮겼다. 그는 가게에서의 그녀의 생활에 대해서 자세히 물었고, 그 때문에 그들의 대화는 한층 부드러워졌다. 곧이어 반농담조로 힐리아드는 나래모어의 건축 계획에 대해 언급했다.

"하지만 누가 알겠습니까? 이 일이 나에게 아주 중요한 일이 될 수 있을지. 만약 일이 잘 되면 이삼 년 사이에 이 일로 인해 내가 새로운 출발을 할 수도 있겠죠."

이브는 이례적으로 굳은 얼굴이 됐다. 그녀는 한마디도 하지 않았고, 불가사의하게 불편한 듯 보였다.

"당신은 내가 구름 속을 걷는 것 같나요?" 힐리아드가 말했다.

"아, 아녜요. 다른 남자들이 그렇게 하듯이 당신이 못할 것도 없죠."

하지만 그녀는 그 희망에 대해 자세히 이야기하는 걸 듣고 싶어 하지 않았고, 약간 화가 난 힐리아드는 더 이상 말을 하지 않았다.

그녀의 다음 방문은 3주 후에 있었다. 아직도 약간 아픈 상태였고, 나쁜 안색은 힐리아드를 놀라게 했다. 또다시 그녀는 패티 링로즈 이야기를 하기 시작했다.

"머지않아 패티를 볼 수 있는 기회가 왔다는 걸 알고 있나요? 패티는 목요일 저녁에서 월요일 저녁까지 부활절 휴가를 얻을 거예요. 그때 여기에 오라고 했어요. 패티에게 검은 나라Black Country 를 보여주는 게 즐겁지 않겠어요? 그 말, 한 거 기억하죠? 내가 방을 잡아줄 거예요. 날씨만 좀 좋아진다면 우리 모두 어딘가로 나들이를 가는 건 어떨까요?"

"좋아요. 하지만 나는 당신과 단둘이서 시간 보내는 걸 훨씬 더 좋아하는데……"

"아, 물론이에요. 그런 시간이 올 거예요. 하루쯤 패티와 내가 여기에 와도 되겠죠?"

드러내 놓고 계속해서 이브는 둘 사이에 내밀한 대화를 피하고 있었다. 동시에 그녀의 태도는 점점 더 다정해졌다. 2월과 3월 사이에 그녀의 건강은 눈에 보이게 좋아졌다. 힐리아드는 이브를 거의 만날 수 없었지만 그녀는 자주 편지를 썼다. 편지는 거의 까분다고 할 수 있을 정도로 쾌활한 그녀의 대화들로 점철돼 있었다. 다시 한 번 그녀는 그녀의 연인에게 미스터리가 돼 가고 있었다. 그는 그들이 처음 만났던 시절과 거의 같게 그녀를 생각하게 됐다. 다만 한 가지는 분명하게 느낄 수 있었다. 그녀는 그가 사랑을 받고 싶을 만큼 그를 사랑하지 않는다는 것이었다. 그녀는 한결같기는 했지만, 그것은 열렬한 감정에 휩쓸리지 않는 여성이 보여주는 한결같음이었다. 그에게 입술을 내주는 경우에도 그의 열정에 상응하는 열정은 없었다. 희롱 정도로 여기는 것 같았고 되도록 빨리 잊었다. 힐리아드의 열정적인 성격을 감안할 때 이 행위는 도발적이었고, 어떤 때는 그의 감각적인 욕망을 주체할 수가 없어 거의 미칠 것 같았다. 하지만 이브가 그를 제어하는 모습을 보면, 그녀가 자신을 덜 몰입시킨다는 사실이 더욱 더 확실해졌다. 이브의 입술 모양과 움직임은 떨리기는 하지만 흥분을 하고 있지는 않았다. 그런 느낌이 든 한 순간 그는, "당신이 여기 오지 않는 게 좋을 뻔했어. 나는 당신을 너무 미치도록 사랑하나 봐"라고 외쳤다.

그 순간 이브는 그를 쳐다보면서 소리 없이 울었다. 용서를 구하면서 그는 그녀 앞에 엎드렸고, 그가 앞서 한 말을 뒷받침하는 행동을 취했다. 하지만 이브는 이 상황이 불러온 심각성에 숨 막혀 했고, 억지로라도 그가 웃도록 만들었다.

이즈음 건축 관계 일은 별 진척이 없었다.

패티 링로즈는 부활절 휴가 때 올 예정이었다. 그녀는 성聖 금요일에 여기 도착할 것이다. 이브가 힐리아드에게 '날씨가 아직 너무 좋지 않지만 우리가 토요일에 방문해도 좋을까요? 일요일이 나들이를 나가는 데 어떤 면에서 더 좋을 수도 있을 텐데요'라고 편지에 썼다.

그렇게 약속이 정해졌다. 힐리아드는 아침 11시에 오는 방문객들을 맞을 수 있도록 거처를 정돈했다. 요즘 늘 그랬듯이 불만을 느꼈지만, 좋지 않은 상황으로 치닫고 있었기 때문에 패티가 오는 것이 그에게 좋은 영향을 줄 수도 있다고 생각했다.

오늘 힐리아드는 집을 온통 혼자 차지하고 있었다. 옥수수 도매상은 일요일처럼 문을 닫았고, 안경점은 가게를 아예 걸어 잠그고 즐거운 환경에서 부활절 휴가를 즐기러 타지로 떠났다. 힐리아드는 아래층에 그의 손님들이 오면 노크 소리를 더 잘 들을 수 있도록 문을 열어놓고 앉아 있었다.

마침내 노크 소리가 났다. 귀 기울여 듣지 않았다면 알아채지 못했을 것이다. 이브가 문고리를 두드리는 방식은 이보다 훨씬 더 확실했고, 두드리는 리듬도 달랐다. 실망한 채 그는 아래층으로 급하게 내려가서 문을 열었다. 패티 링로즈 혼자였다.

부끄럽지만 기분 좋은 웃음을 지으며 밝은 얼굴색을 하고 눈을 반짝이는 패티는 옛날같이 손을 쭉 뻗어 악수를 청했다.

"나를 보는 것이 달갑지 않다는 걸 알고 있어요. 미안해요. 내가 오지 않는 게 낫다고 말했는데……"

"아니에요, 아주 반가운 걸요. 이브는 어디에 있나요?"

"아주 유감이에요. 지독한 두통 때문에!" 젊은 아가씨가 숨을 헐떡이며 말했다. "이브는 올 수 없었어요. 나도 같이 있으려고 했어요. 하지만 나에게 그러더군요. 그러면 당신을 실망시킬 뿐이라고요."

"아주 안 된 일이네요. 그래도 당신이 와서 기뻐요." 힐리아드는 만족스럽지 않았고 염려가 되기도 했지만 애써 그런 감정을 억눌렀다. "이 집이 좀 이상하다는 생각이 들 겁니다. 오늘 여기 저 혼자 있거든요. 하지만 당신이 휴식을 조금 취한 후에는 어딘가에 갈 수 있을 겁니다."

"네, 이브는 당신이 나를 이곳저곳 데리고 다니는 친절을 베풀 거라고 했어요. 저는 피곤하지 않아요. 차라리 당신이……"

"아, 그래도 내가 어떤 종류의 은신처를 만들었는지 당신이 봤으면 하는데요."

그는 그녀를 위층으로 이끌었다. 위로 올라왔을 때 패티는 힘이 들어서가 아니고 놀라움 때문에 숨을 쉴 수 없었다. 그녀는 거실 광경을 보고 놀라서 소리쳤다. "정말로 아늑한 곳이네요! 꽃향기가 진동해요!" 그가 거실에 꽂아둘 꽃을 항상 샀던가? 물론 이브를 즐겁게 하기 위해서였다. 의자는 또 얼마나 편안한지! 물론 의자는 항상 이브를 위한 것이었다.

재잘거리는 말을 마치고 그녀는 마주 서 있는 힐리아드를 들뜬 마음으로 쳐다봤다. 그렇지만 그는 패티가 옷을 좀 잘 입었다는 사실 이외에는 다른 변화를 알아채지 못했다. 그녀는 나이를 전혀 더 먹은 것 같지 않았고, 목소리 억양도 그가 기억하는 그것과 전혀 다르지 않았다. 그들이 파리에서 함께 지낸 지 이미 반년 이상이 흘렀다. 그러나 힐리아드에게는 겨울이 결코 끝나지 않을 시간인 것처럼 느껴졌고, 패티도 상당히 다른 사람이 돼 있을 것으로 기대했었다.

"언제 그 두통이 시작됐다고 그래요?" 지나치게 신경을 쓴다는 인상을 주지 않으면서 그가 물었다.

"어제 저를 역에서 만났을 때 약간 그랬어요. 이브의 상태가 전혀 좋아 보이지 않았어요."

"그 말을 들으니 놀랍네요. 내가 마지막으로 봤을 때는 상당히 괜찮았거든요. 여기까지 오는 데 어려움은 없었나요?"

"전혀 없었어요. 이브가 이야기한 대로 전차를 탔어요. 하지만 정말 유감이에요! 이 좋은 날에! 여기는 날씨가 좋은 날이 별로 없죠, 힐리아드 씨?"

"가끔 있지요. 마침내 더들리에 왔네요. 더들리에 대해서 어떻게 생각해요?"

"아, 좋아요. 거기서 사는 것도 괜찮을 거 같아요. 물론 버밍엄이 훨씬 낫지만."

"파리에 버금가지요?"

"물론 당신이 진심으로 하는 말은 아니라는 걸 알아요. 난 거리의 일부를 봤을 뿐이고, 일요일이라 대부분의 가게들은 문을 닫았더군요. 이브가 멀리 산다는 게 좀 안 된 일 아닌가요? 물론 아주 먼 거리는 아니지만. 둘이 서로 자주 볼 거라고 얼추 생각은 해요."

힐리아드는 자리를 잡고 앉아 다리를 꼬고는 무릎을 감싸 안았다. 이 아가씨는 자신이 마지막으로 한 말에 답변을 기다리는 것처럼 보였다. 하지만 그는 아무 말도 하지 않고 바닥만 처다봤다.

"만일 내일 날씨가 좋으면……" 슬그머니 그를 살피면서 패티가 계속해서 말했다. "내일 더들리에 올 건가요?"

"예, 갈 겁니다. 이브가 무슨 말이라도 전해달라고 하던가요?"

"딱히 별로 없었어요."

패티는 옷을 툭툭 치고 가볍게 헛기침을 하는 당황스런 모습을 보였다.

"만일 내일 비가 오면, 비가 올 듯한데, 내가 가도 별 소용이 없겠죠?"

"그래요, 이브가 소용이 없다고 했어요."

"혹는 두통이 아직도 이브를 괴롭힌다면……"

"좀 나아지기를 바라야죠. 하지만 어떤 경우라도 이브는 월요일에 나와 함께 버밍엄으로 올 거예요. 월요일 밤에는 내가 집으로 돌아가야 하니까요."

"당신이 여기 있는 짧은 기간 동안, 이브는 당신을 홀로 있도록 하고 싶어 한다는 생각은 해보지 않았나요?" 힐리아드가 무심코 말했다.

패티는 그 물음에 맹렬히 반대했다.

"전혀 그렇게 생각하지 않아요. 날씨가 좋으면, 당신이 내일 더들리에 오는 건 이미 정해진 이야기예요. 아, 내가 그러리라고 바라고 있어요! 더들리에서 하루 종일 갇혀 있는 건 아주 끔찍한 일이죠. 이브가 거기서 당신과 같이 있을 수 있는 장소가 없다는 건 아주 어색하죠. 비가 오면 우리 모두 이리로 오는 게 어때요? 이 브한테도 좋을 텐데……. 런던에 있을 때 가끔 그랬듯이 이브는 무기력한 상태에 빠져 있는 듯해요."

"그건 내가 처음 듣는 이야기군요." 힐리아드가 침울하게 이야 기했다.

"이브가 그런 사실을 이야기하지 않았나요? 그럼 내가 말하지 말았어야 했네요. 내가 그런 말 했다는 걸 그녀에게 말하지 않을 거죠?"

"잠시만요. 종종 무기력한 상태에 빠진다는 사실을 이브가 자 기 입으로 말한 적이 있나요?"

점차 커져가는 당혹감을 나타내는, 옷을 툭툭 치는 행동을 하 면서 패티가 머뭇거렸다.

"내가 알아야 할 필요가 있어요." 힐리아드가 덧붙였다. "이 모 든 사실을 이브가 나한테 숨겼다는 생각이 드네요. 지난 몇 주간 이브의 건강이 특히 좋아졌다고 여겼는데……."

"이브는 반대로 이야기를 했어요. 그녀가 이야기하기를……"

"무슨 이야기를 했나요?"

"이브에게 안 맞는 건 아마도 장소겠죠. 더들리가 아주 건강한 곳이라고는 보이지 않는데, 당신은 어떻게 생각하세요?"

"회복기에 있는 환자를 거기에 보내는 걸 한 번도 본 적이 없어 요. 하지만 내 생각에 이브는 다른 까닭이 있는 게 분명합니다. 당

신이 그렇게 이브를 염려할 때와 별로 달라진 것이 없다는 사실
이 당신을 놀라게 했나요?"

힐리아드는 이 젊은 아가씨와 눈길을 맞추었고, 그녀의 동공이
놀라서 커지는 걸 지켜봤다.

"나는 그렇게 생각을 하지……" 그녀가 더듬거렸다.

"그렇지 않겠지. 하지만 나는 물어볼 만한 이유가 있습니다. 그
래요, 안 그래요?"

"나를 겁주지 말아요, 힐리아드 씨! 어떤 말도 하지 않았으면
좋았을걸. 이브는 건강이 좋지 않고, 그게 전부예요. 어떻게 당신
은 다른 생각을……? 그건 오래전에 끝난 이야기예요. 당신이 이
브에게 해준 모든 걸 생각하면, 난 이브가 절대로 안 그럴 것이라
고 확신해요."

힐리아드는 카펫을 발로 구르면서 격렬하게 외치다시피 했다.

"이브가 아주 고마워하는 건 알아요."

"이브는 진심으로 고마워해요." 패티가 강력하게 주장했다.
"설사 헤어지는 걸 바랄지라도 당신과 헤어질 수는 없다고 이브
가 말하곤 했어요. 그리고 나는 그녀가 헤어지는 걸 바라지도 않
는다고 확신해요."

"아, 그게 이브가 한 말이군." 상대방이 중얼거렸다. 그러고는
갑자기 일어서서 "이 문제를 여기서 이야기해봐야 소용이 없습
니다. 당신은 여기 휴가를 보내러 온 것이니, 다른 사람 문제로 시
간을 허송할 필요는 없죠. 해가 비치려고 하니 시내로 나갑시다.
자, 그리고 나서 이브가 기분이 좀 나아졌는가를 알아보기 위해

당신을 더들리에 데려다 줄 거예요. 당신은 이브를 볼 수 있을 것이고, 다시 나하고 이야기하면 되요."

"힐리아드 씨, 그럴 이유가 없는데도 당신이 걱정하는 걸 확실히 알겠어요. 정말 그렇죠?"

"나도 알아요. 웃기는 일이죠. 자, 같이 나갑시다. 햇빛을 즐기자고요."

힐리아드는 서너 시간을 패티와 함께 보냈다. 그는 손님을 환대하는 자신의 의무를 충실히 수행했다. 한편 어울리지 않는 중압감에 잠시 억눌렸던 패티는 휴가 기분을 망치는 골치 아픈 문제를 잠시 접어뒀다. 힐리아드는 패티의 지능을 결코 가늠할 수가 없었다. 그녀를 진지한 상대로 받아들이기도 어려웠지만, 어린아이나 저능아처럼 대할 수도 없었다. 오늘 그는 전에 그녀에 대해 했던 생각도 있고, 의도적인 노력을 하면 우스운 사람이 될수도 있었기 때문에, 말을 듣는 사람에게 좋은 인상을 주지만 많은 깨우침을 얻게는 할 수 없는 아이러니한 맥락에서 대부분의 이야기를 했다.

"버밍엄의 아크로폴리스입니다." 그들이 시내 중심에 이르렀을 때 그가 이야기했다. "여기에 우리가 세상에 뽐내는 건물들이 있지요. 이 건물들이 민주주의의 승리를 의미하고, 돈의 승리도 의미하죠. 당신 앞에 있는 게 시청입니다. 여기서 왼쪽으로 보면, 많은 강연회가 열리는 미들랜드 협회가 있고, 당신이 책을 읽거나 졸 수 있는 커다란 공공 도서관이 있어요. 나는 거기서 책도 읽고 졸기도 했죠. 그 건너편에 조지프 체임벌린의 영광을 기념하는 분수를 언뜻 볼 수 있죠. 그 사람에 대해 들어본 적 있나요? 좀 더 뒤에 있는 게 메이슨대학입니다. 거기서 젊은이들은 적은 수입에 만족을 못하는 걸 포함해서 많은 것을 배우죠. 그 오른쪽에 시 의회가 있어요, 멋있죠? 소년들에게 이 멋있는 건물을 보여주고는, 너희들이 돈을 많이 벌면 언젠가는 여기를 제집처럼 드나들 수 있다는 말을 해주죠. 그 뒤로 보이는 게 미술관이에요. 우리는 그림에 대해 큰 관심이 없죠. 거대하게 큰 기계가 우리의 진정한 기쁨이에요. 하지만 모든 사람에게 그런 말을 할 필요는 없어요."

마침내 그들이 발길을 기차역으로 돌렸을 때, "당신에게서 너무 많은 걸 배웠어요"라고 젊은 아가씨가 순진하게 소리를 질렀다. "나는 버밍엄을 항상 기억할 거예요. 당신은 런던보다 이곳을 더 좋아하지요? 그렇지 않나요?"

"이 도시를 자랑스럽게 여기죠."

힐리아드는 지쳐버렸다. 그는 더들리를 다녀오자는 자신의 제안을 후회했다. 하지만 그의 동반자는 거기 가는 일을 의심하지 않았다.

"이브가 나와서 우리들과 잠깐 대화를 할 거예요." 그녀가 위로하는 듯이 이야기했다. "이브는 당신이 아주 친절하다고 생각할 거예요."

더들리역은 사람들로 붐볐다. 그들이 개찰구를 빠져나갈 때 패티는 동반자에게 팔을 끼라는 요청을 했다. 밖으로 빠져나오자마자, 힐리아드는 친숙한 목소리로 자신을 부르는 소리를 들었다.

그는 몸을 돌려서 나래모어를 봤다.

"미안해." 가까이 다가오면서 그의 친구가 말했다. "네가 누구와 같이 있다는 걸 몰랐어. 알았으면 물론 소리를 치지 않았을 텐데. 내일 오후 4시에는 집에 있겠지?"

"만일 비가 오면."

"내일 비가 올게 확실하니 4시에 들를게."

22

패티를 힐끗 보고 나서 나래모어는 모자를 벗고 길을 비켜줬
다. 자신이 패티와 같이 있는 것을 보여준 것도 화가 나고, 또 내
일의 만남이 두 아가씨들의 방문과 겹칠 수도 있기 때문에 약속
을 지키지 않았으면 좋겠다는 바람도 가지면서, 갑작스런 만남에
혼란스러워진 힐리아드는 말없이 걸었다.

"그럼 내일 비가 오면 우리는 진짜 보지 못하는 거네요?" 패티
가 말했다.

"좀 힘들겠지요. 이브는 감기에 쉽게 걸리니 오려고 하지 않을
겁니다."

"오늘같이 날씨가 좋을 거예요. 그럴 거라고 진심으로 바라고
요."

그녀는 그에게서 떨어져 걸으며 덧붙여 말했다.

"왜 이브는 나오지 않는 거죠?"

그들보다 몇 미터 앞서서 역에서 천천히 걸어 나오는 사람은 틀림없이 이브였다. 그들은 부지런하게 걸었고, 패티는 그녀의 친구 팔을 잡았다. 이브는 놀란 표정으로 실망에 가득 차고 뺨에 핏기가 하나도 없는 모습으로 그녀를 멍하니 쳐다봤다.

"내가 너를 겁먹게 했어? 힐리아드 씨가 네가 어떤지를 알아보려고 나하고 같이 온 거야. 머리는 좀 나아졌어?"

"볼 일이 좀 있어 역까지 나왔어." 좀 이상하게 느껴질 만큼 강렬한 시선을 그에게 고정시키면서 이브가 말했다. "오후는 날씨가 너무 좋네."

"우리는 환상적인 시간을 보냈어." 패티가 크게 소리쳤다. "힐리아드 씨가 모든 것을 보여줬어."

"기쁜 일이네. 내가 너랑 같이 있었으면 좋은 시간을 망쳐버렸을 거야. 이런 두통을 느끼면서 돌아다니는 건 한심한 일이지. 버밍엄에 가서 즐길 자신이 없었어."

바닥으로 눈이 향해 있는 힐리아드를 아직도 신경을 쓰면서 이브가 급하게 이야기했다.

"하루 종일 혼자 있었나요?" 그녀에게서 좀 거리를 두고 걸으며 그가 물었다.

"물론이에요. 집에 있는 사람들은 빼고요." 그녀가 즉시 대답했다.

"역에서 나래모어를 만났어요. 당신을 지나쳤을 게 분명해요. 무엇 때문에 그가 여기 왔는지가 궁금하네요."

이 말을 유심히 듣지 않았다는 듯이 이브는 패티를 바라보며 웃음을 띤 채 이야기했다.

"이렇게 셋이 같이 있으니 파리에 다시 온 것 같지 않아? 패티, 너는 여기에 와서 살아야 해. 버밍엄에 살 곳을 마련할 수 있다고 생각하지 않니? 힐리아드 씨는 그의 방에 피아노를 들여놓을 수 있고, 너는 그에게 음악을 들려줄 수 있을 거야. 내가 배우기엔 너무 나이가 들었어."

"힐리아드 씨는 내가 거기서 딩동 댕동 소리를 내는 걸 원하지 않을 거야."

"그럴까? 힐리아드 씨는 음악을 진짜로 좋아하는데."

힐리아드는 멈춰 섰다.

"음, 더 이상 가고 싶지 않네요." 그가 무뚝뚝하게 말했다. "이브, 당신은 이제 상당히 괜찮아진 것 같군요. 내가 알고자 했던 건 그게 전부였으니까."

"내일은 어때요?" 이브가 물었다.

해는 이미 졌고, 서쪽 하늘에는 먹구름이 몰려 있었다. 대답을 하기 전에 힐리아드는 그 방향을 흘끗 바라봤다.

"나는 신경 쓰지 마세요. 무슨 일이 있어도 패티와 당신은 같이 즐길 수 있을 겁니다. 차라리 그러면 좋겠네요. 좀 전에 나래모어가 내일 오후에 나를 보러온다고 했어요. 대신 월요일에 와요. 패티가 탈 기차가 언제 뉴 스트리트역에서 떠나죠?"

말하는 사람이 무슨 말을 했는지를 모른다는 듯이 바라보면서 이브는 묵묵부답이었다. 패티는 그녀를 위한 질문에 대답했다.

"그럼 내 거처로 오든가 아니면 역에서 만나죠." 그가 계속해서 이야기했다.

패티가 원하는 것은 얼굴에 쓰여 있었다. 그녀는 이브의 눈치를 살폈다.

"우리가 내일 오후에 당신 있는 데로 갈게요." 골똘히 생각을 하다가 갑자기 깨어난 듯이 이브가 말했다. "그래요, 날씨에 관계없이 우리는 갈 거예요."

젊은이는 그들과 악수를 한 다음 모자를 집어 들고 별다른 말 없이 가버렸다. 그는 나래모어를 역에서 다시 만날지도 모른다는 생각이 들어서 역으로 돌아왔지만, 런던으로 돌아가는 노스 웨스턴 기차는 방금 떠났고 그는 어디에도 없었다. 힐리아드는 역에서 한 시간을 기다린 후 버밍엄으로 돌아가는 그레이트 웨스턴 기차를 탔다. 맥주에 취해 찬송가를 고래고래 부르는 대여섯 명의 사내들이 기차에 동승하고 있었고, 행상인들도 어김없이 있었다.

그는 크나큰 의혹에 사로잡혔다. 그의 마음은 찢어지는 듯했다.

의심할 바 없이 이브의 두통은 패티와 오늘 동행하지 않기 위한 구실에 불과했다. 그녀는 오늘 혼자 있기를 바랐다. 그럼 그녀는 그와 패티 사이에 우정이 더 돈독해지기를 바랐던 것인가? 이 점에 대해 그는 아주 확신을 할 수는 없었다. 얼마나 우스꽝스런 바람인가? 이브는 그가 자신의 애정을 패티 링로즈한테 옮길 수 있다고 상상할 정도로 가벼운 성격이었던가? 이를 보면 그녀가 그로부터 얼마나 해방이 되고 싶어 하는가를 명백하게 알 수 있었다.

순진한 패티는 (그녀는 과연 순진했던가?) 자신의 친구가 말하는 것의 의미를 의심하지 않는 듯했다. 하지만 이브는 그녀가 사랑하는 사람에게 싫증이 났다는 말을 패티에게 한 것이 거의 확실했다. 그놈의 지긋지긋한 '고마움'이라는 말! 여자의 사랑을 살 수는 없는 법이었다. 그는 옳으면서 관대한 행동을 하지 못했다. 그 행동은 바로 이브를 명백한 위험에서 구출고서도 그녀에게 아무것도 원하지 않는 것이었다. 그의 열정을 철저히 제어할 수 있었더라면 남자와 여자 사이에 성립하기가 가장 어려운, 우정 비슷한 것이 그와 이브 사이에 생겼을 수도 있었다. 그녀 역시 그를 친구 이상으로 좋아하는 감정의 단계를 결코 넘어서지 못했다. 그녀의 감성은 그의 구애에 대해 답을 한 적이 없었다. 그는 홀번의 레스토랑에서 그들이 같이한 저녁에 대해서 회상해봤다. 바로 그때쯤 중단을 했으면 좋았을걸! 따뜻한 감정은 한쪽에서만 전부 가지고 있었다는 걸 별 쓰라린 느낌 없이 그가 인식을 하고 있었으니, 그때 그의 입에서 나온 고백은 큰 문제가 안 됐을 것이다. 한편, 여자라는 측면에서 이브는 사랑을 돌려준다고 생각할 필요 없이 그의 사랑을 대하며 더욱 그를 좋아할 수도 있었을 것이다. 그의 잘못은 그 후에 연이은 이상한 사건들을 그가 유리하도록— 좀 치사하게—이용했다는 데 있었다. 그가 그전처럼 자제를 했었더라면……. 젊은 아가씨가 자신을 그의 처분에 맡길 때, 그녀에 대해 사랑을 요구하는 것이 그 상황에 따른 명백하고 진부하면서 통속적인 결과일 때, 그는 얼마나 많은 자제를 했어야 한단 말인가? 물론 그녀는 입만 열면 '고마움'이라는 말을 했다. 의무라는 감정이 그녀를 속박이라도 한 것일까?

오늘 무언가 일이 일어났다. 그는 이를 명백하게 참담한 심정으로 느끼고 있었다. 런던에서 온 남자가 그녀와 같이 있었다. 그녀는 그를 기다리고 있었고, 그래서 하루의 자유를 치밀하게 계획했던 것이다. 패티를 초대한 것도 아마 그 때문이었을 것이다.

패티가 그에게서 등을 돌린 공모자라는 사실은 믿을 수가 없었다. 아닐 것이다! 그녀는 이브의 은밀한 계획에 이용된 단지 하수인에 불과했다. 그리고 그렇게 생각하는 그의 의심은 진실 이상을 넘어서지 않았다. 이브는 패티가 그녀의 자리를 차지할 수 있다는 희망에 부풀어 있었다. 물론 그런 결과를 패티가 내다보고 계획했을 리는 만무하지만, 어쩌면 어리석기도 하고 성격이 좋기도 한 그녀는 그 점에 반대하지 않았을 수도 있었다.

스노우 힐역에서 가까스로 몸을 일으켜 그는 기차에서 내렸다. 그의 기분은 확 가라앉아 있었다. 가만히 앉아서 일련의 사건을 곰곰이 생각하고 싶었다.

힐리아드는 넓은 묘지 한가운데에 서 있다가, 철책에 둘러 싸여 있는 성 필립 교회 뒷길로 가기 위해 포장된 도로를 건넜다. 이 지역은 거의 버려진 듯했고, 그 교회는 회색 하늘 아래 거무튀튀한 모습을 드러내며 서 있었다. 그 주위를 둘러싸고 있는 높은 사무실 건물들은 음산할 정도로 조용했다. 한 남자의 발자국 소리가 그 앞에서 들렸다. 높은 철책이 둘러쳐진 좁은 길을 따라 한 사람이 접근해왔다. 힐리아드가 별 주의를 기울이지 않고 지나치려는데, 그 남자가 길을 막았다.

"어이, 우리 다시 만났네!"

힐리아드는 말하는 사람을 쳐다보고 나서 그가 덴게이트라는 걸 알았다.

"그래, 자네 돌아왔는가?"

"어디서요?" 힐리아드가 말했다. "나에 대해 무얼 아는데요?"

"알 만큼은 알지." 상대방이 웃으면서 대답을 했다. "아직 지옥에 가지는 않았구만? 나는 자네에게 육 개월의 기간을 줬지. 런던 신문에 나오는 경찰 관련 뉴스를 쭉 지켜봤어."

화가 끓어오른 힐리아드는 주먹을 꽉 쥐고 거칠게 그 남자를 쳤다. 하지만 조준이 엉성했고 덴게이트가 쉽게 피했기 때문에 치려는 목적을 달성할 수 없었다.

"그만둬! 취한 게 틀림없구만. 그만두지 않으면 월요일 아침까지 영창에 가둬둘 거야. 내가 기대한 즐거움을 기꺼이 주는 자네에게 감사를 해야 하지만, 자네는 갇혀 있게 될 거야."

일종의 답례를 하는 두 번째 주먹이 날아왔고, 힐리아드는 철책으로 비틀거리며 물러섰다. 그가 자신을 추스르기 전에 실크 모자를 그들의 다리 사이로 떨어트린 덴게이트가 그를 위에서 눌렀다.

"누군가 오고 있구만. 유감이야. 자네를 마구 때리고 철저히 부숴버려야 하는데……. 하지만 나 같은 신분에 있는 사람은 길거리에서 문제를 일으키면 안 되지. 리버풀에서 별로 좋은 이야기를 듣지 못하게 될 테니까. 조용히 일어서!"

사람들이 가까이 다가와서 호기심에 찬 시선을 그들에게 향하며 잠시 머뭇거렸다. 덴게이트가 벌인 일에 이미 놀란 힐리아드는 양전해졌고, 고개를 숙인 채 일어섰다.

"자네랑 한두 마디 해야겠네." 모자를 집으면서 덴게이트가 말했다. "똑바로 걸을 수 있겠지? 아까 보니 자네가 술에 취한 것 같지는 않던데. 이리로 걷자고."

구경꾼들을 피하며 힐리아드는 앞으로 걸었다.

"그날 기차에서 자네를 혼내주지 않은 걸 항상 후회해왔네." 그의 동반자가 말을 계속했다. "그랬어야 자네에게 좋았을 거야. 사람이 됐겠지. 다치지는 않았나?"

"입술만 터졌어요. 그뿐이에요. 내가 이성을 잃고 성질을 부리는 바보 같은 짓을 했으니 당연한 일이죠."

"내가 생각했던 것보다는 자네 상태가 훨씬 나아 보이는군. 런던에서 무슨 일을 했었나?"

"내가 런던에 있었다는 걸 어떻게 알죠?"

"자네가 더들리의 직장을 떠났을 때부터 당연히 그럴 거라고 생각을 했지."

"내가 떠났다는 걸 누가 말해줬나요?"

"그게 무슨 문제라도 되나?"

"알고 싶네요." 흥분이 가시고 냉정해진 힐리아드가 말했다. "그리고 내가 음주하는 습관이 있다는 걸 전에 누가 당신에게 말해줬는지도 알고 싶고요."

"지금 자넨 취했네. 그렇지 않은가?"

"당신이 말하는 의미에서 취한 건 아니에요. 나래모어라는 친구를 혹시 알고 있나요?"

힐리아드는 자신의 천박한 의심이 부끄러웠다. 그 후로 그는 침묵했다.

"자네에게 말 못할 이유도 없지." 덴게이트가 덧붙여 말했다. "자네에 대한 조회를 할 때 만난 더들리에 있는 자네 친구야. 뮬렌이라고."

힐리아드가 철공소에 있을 때 잠시 알고 지내던 동료 직원이었다.

"아, 그 친구!" 그가 무심코 말을 뱉었다. "다른 사람이 아니어서 다행이군요. 내 뒷조사를 한 이유는 뭐죠?"

"내가 말하지 않았나. 자네가 설명을 좀 더 부드럽게 했다면, 그 돈을 갚는 것보다 훨씬 더 나은 일을 내가 해줬을 거야. 자네에게 기회도 줬을 거네. 기차에서 내가 자네에게 말을 걸 때 좀 더 점잖은 행동만 했었어도……. 지금 와서 그런 말을 해봐야 무슨 소용이 있겠나. 지금이 자네 본바탕을 나에게 보여줄 두 번째 기회야. 자네가 선친으로부터 그런 걸 물려받지 못한 것도 이상한 일이야. 리버풀에서 자네에게 좋은 자리를 만들어줄 수도 있었는데……. 자네에게서 처음에 봤던 형편없는 행동만 보고 말았으니……. 그런데 돈은 다 써버렸는가?"

"한 푼도 남김없이 술 마시는 데 써버렸는데요."

"지금 하는 일은?"

"날려버리고 싶은 사람과 걷고 있죠."

"좋아. 여기 내 명함이 있네. 자네가 시궁창에 빠져서 아무도 손을 내밀지 않을 때 나를 찾아오라고."

고개를 까딱하고 덴게이트는 떠나갔다. 가면서 그가 실크 모자를 가지런히 하는 걸 힐리아드는 지켜봤다. 그리고 명함은 보지도 않고 버려버렸다.

다음 날은 날씨가 차고 축축했다. 파출부가 와서 방을 정리해준 11시까지 그는 침대에 누워 있었다. 정오에 그는 집을 나와서 일요일에 밥을 먹을 수 있는 그가 아는 가장 가까운 장소에서 식사를 했다. 그러고는 한 시간 정도 우산을 쓰고 거리를 걸었다. 가벼운 운동을 하니 기분이 좋아졌고, 집으로 돌아와서 난로 앞에 앉아 프랑스 대성당에 관한 책을 뒤적거릴 수 있을 정도가 됐다. 어쨌든 책을 보는 일이 그를 수렁에서 나올 수 있게 해줬고, 앞으로 살아갈 날에 기쁨이 되기도 했다.

힐리아드는 나래모어가 약속을 지키기를 바랐고, 나래모어는 그를 실망시키지 않았다. 어둑어둑해질 즈음 그의 친구가 노크를 하고 집에 들어섰다.

"눈이 먼 여자가 아래층 문 앞에서 누군가를 찾고 있어."

나래모어가 말했다.

"그렇게 말이 안 되는 소리는 아니군. 그 여자는 사람을 귀로 찾는다는 얘기야. 다른 사람이 들을 수 없는 발걸음 소리를 알고 있으니까. 너 어제 더들리에서 뭘 한 거야?"

나래모어는 담배 파이프를 케이스에서 꺼내 그것을 보고 웃음을 지었다.

"색깔이 좋지, 안 그래?" 그가 한마디 했다. "넌 파이프의 색깔

같은 건 관심도 없지. 난 이런 소소한 것에서 많은 만족을 얻어. 게으른 친구들이 거의 모두 그렇지. 그리고 그들은 결국 가장 좋은 삶을 사는 거야. 그건 그렇고, 너야말로 어제 더들리에서 뭘 하고 있었던 거야?"

"젊은 아가씨와 같이 거기에 갈 일이 있었어."

"상당히 예쁘던데. 오래된 지인이야?"

"런던에서 알게 된 사람이야. 아냐, 아냐, 네가 생각하는 그런 관계는 아니야."

"음, 네가 말을 하지 않을 거란 것 정도는 알고 있어. 그런 일에 대해 이러쿵저러쿵 이야기하는 것도 내 방식은 아니고. 하지만 얼마 전에 무언가가 이루어지면 너에게 알려주겠다고 약속했었잖아? 그런 일이 이루어질 것도 같아. 어떻게 생각해? 버칭 그 친구가 내가 왜 그들을 방문하지 않는가를 알기 위해 나에게 왔어. 버칭 씨가 오빠에게 그렇게 하라고 시킨 건 아닐까 하는 생각이 들어."

"네가 좀 너무했어, 그렇지 않아?"

"아, 적절한 시기에 발을 뺀 거지. 또 그런 생각은 구식이야. 결혼을 하려는 아가씨들은 특히 그런 생각을 무서워할 필요가 없다는 걸 알아야 해. 그들은 남자들과 대등한 관계에서 사귀어야 하는 거야. 오빠가 와서 겁을 주면서 남자에게 그의 '의사'가 무엇인지를 묻는 그런 시대는 지났어. 대개 의사를 가지는 건 여자 쪽이야. 남자는 자신을 속이지도 못하고 호감을 주려고 노력을 하면서 그저 주위를 둘러보는 것뿐이고. 그런 면에서 우리는 아주 불리한 거지. 바보가 아닌 아가씨는 누가 자신에게 관심이 있는지를 알고 있어. 하지만 남자들이 모든 걸 걸고 여자들에게 관심을 쏟지 않으면 그들에 대한 진면목을 정확히 아는 건 정말로 어려운 일이야. 담배 피울래? 할 말이 있어. 나는 내가 파이프를 물고 있을 때 담배를 피우지 않는 남자하고는 이야기할 수가 없어."

힐리아드는 그 말을 따랐고, 잠시 동안 그들은 말없이 연기만을 내뿜었다. 주위에 어둠이 깊어졌다.

"삼사 개월 전……" 나래모어가 말을 이었다. "어느 날 가게에서 한 여성이 나를 보고 싶어 한다는 말을 들었어. 가게에는 내 방이 있거든. 그 여성을 들여보내라고 했지. 나는 그녀가 누군지 전혀 짐작을 할 수 없었고, 나이가 든 여성이 아니라 키가 크고 매력적인 검은 눈을 가진 젊은 아가씨라는 걸 알고는 놀랐어. 너, 지금 뭐라고 한 거야?"

"아니야."

"너 어디 아픈 데 있어?"

"계속해."

나래모어는 평소와는 전혀 다른 톤으로 이야기하는 그의 친구를 유심히 지켜봤다.

"그녀는 자리에 앉아서 자신이 현재 실직 상태고, 장부 기장이나 그 비슷한 일을 하고 싶다는 이야기를 했어. 내가 그녀를 도울 수 있을까 생각하다가, 왜 그녀가 나를 찾아왔는지를 물어봤지. 그녀는 우리 가게에 예전에 고용이 된 적이 있는 누군가가 나에 대한 말을 했다고 하더군. 우쭐해지는 느낌이 들었어. 관심을 보이면서 그녀 이름을 물었지. 그녀는 자신이 매들리라고 했어."

거친 바람을 동반한 비가 유리창에 들이쳤다. 난롯불을 바라보고 만족한 듯한 웃음을 지으면서 나래모어는 잠시 말을 멈췄다.

23

"너는 이 이야기의 결말을 예견하겠지?"

"좀 자세히 말해줘." 힐리아드가 중얼거렸다.

"목소리 톤이 왜 그렇게 엄숙한 거야? 네 윤리 의식을 크게 벗어나는 무언가를 기대라도 하는 거야? 나는 네가 그렇게 고리타분하다고는 생각하지 않는데……."

"네가 하려는 말이……"

힐리아드는 굳은 자세로 앉아 있었고, 목소리는 거칠게 떨리다가 갑자기 나오지 않았다. 상대방은 좀 우스꽝스럽게 놀랍다는 표정으로 그를 쳐다보며 말했다.

"너 무슨 소리 하는 거야? 누가 너더러 판관과 주재主宰자가 되라고 한 거야? 내 평생 이렇게 우습게 말을 꺼낸 건 처음이야. 난 그 아가씨와 결혼하려는 마음을 먹었다는 말을 막 하려는 참이었어."

"알겠어. 괜찮은 일이지."

"하지만 너의 진심은 여차하면 도덕적 분노를 불러올 수도 있다는 거 아닌가?" 나래모어가 말했다.

힐리아드는 갑자기 폭소를 터트렸다. 그의 파이프가 바닥에 떨어져서 깨져버렸다. 그 결과, 그의 어색한 유쾌함은 거친 악담이 돼버렸다.

"그럼 너 지금 농담을 한 거야?" 그의 친구가 한마디했다.

"소름 끼칠 정도의 답답함이 너의 현재 정신 상태를 보여주는군. 여자에게 빠졌을 때 나타나는 현상이지. 유머 감각을 가질 필요가 있어."

"친구야, 네가 하는 말 중에 옳은 말이 있다는 생각이 드는걸. 요즘 이상한 증상, 다시 말해 사물을 말도 안 되게 심각하게 보는 경향, 그리고 이따금씩 몸에 아주 해로운 행동이 나타난다는 걸 나는 알고 있어."

"네 비극적인 이야기를 계속해보자고. 그 아가씨가 일자리를 알아봐달라는 부탁을 했다는……."

"생각해보겠다는 약속은 했지. 하지만 마땅한 자리는 잘 나타나지 않았어. 그녀는 나에게 주소를 남겼고, 난 결국 당신을 잊지 않았다는 말만을 간단하게 쓴 편지를 그녀에게 썼지. 검은 테를 두른 편지지에 그녀가 답장을 보내왔어. 매들리 씨는 아버지가 최근에 돌아가셨고, 더들리에서 일자리를 찾았다는 내용과 함께, 친절에 감사한다는 말을 비롯한 다른 문구도 편지에 같이 썼더라고. 꽤 잘 쓴 편지였어. 하루 이틀 지나서 다시 편지를 썼어. 그러리라고 생각을 거의 못했는데 답장이 오질 않더군. 그래서 두 주일 정도 지나 다시 한 번 편지를 썼지. 놀라운 일이지, 그렇지 않아? 내가 편지 쓰는 걸 별로 좋아하지 않는다는 걸 너도 잘 알잖아? 그래도 그 후에 몇 번 더 편지를 썼어. 마침내 다시 한 번 볼 기회가 있었지. 내가 일부러 더들리에 갔고, 캐슬 힐에서 매들리 씨를 만났어. 첫 만남에서부터 그녀의 모습이 좋았는데, 다시 보니 더욱 좋더라고. 계속 설득을 해서 그녀 자신에 대해 모든 걸 털어놓으라고 했지."

"그녀가 진실을 제대로 털어놓던가?"

"왜 그녀가 그러지 않았을 것이라고 지레 짐작을 하지?" 나래모어가 좀 힘을 줘 답을 했다. "너는 이 사랑 문제를 좀 다른 각도에서 봐야 해. 농담은 농담이지만, 이제 농담을 할 시간은 지났다는 걸 너에게 이미 말했었다고 생각하는데. 너에게 아량을 좀 베풀어주지. 넌 결국 내가 허튼 짓을 하고 있다고 생각하고 있는 거잖아."

"시작이 좀 심상치 않았지."

"우리가 처음 알게 된 사정을 말하는 거야? 그래 맞아, 그 문제가 널 신경 쓰게 했구만. 하지만 매들리 씨는 일자리를 이미 수개월 동안 찾고 있던 차라 그런 방식으로밖에 올 수가 없었지."

"그녀에게 너에 대해 말해준 사람은 누구였어?"

"아, 우리 가게에서 일했던 아가씨들 중의 하나겠지. 물어보지 않았어. 다시 생각해본 적도 없고."

"어떤 삶을 살았다고 하던가?"

"뭐 특별한 게 없었어. 한때 런던에서 일이 년 동안 일한 적이 있었고, 매들리 씨가 말한 바에 의하면, 가족은 '가난하지만 정직'했어. 아버지는 더들리에서 시간 기록원으로 일했고, 남동생은 직공이었다는군. 나는 어제 매들리 씨를 보러 갔고, 내가 널 만났을 때 방금 작별 인사를 한 참이었어. 모든 여건을 감안할 때 그녀는 놀랍게도 많은 공부를 했더군. 책 읽기를 매우 좋아하고, 감히 말하지만, 나보다도 더 많은 책을 알고 있더라니까. 처음부터 짐작했지만 일류의 지성을 갖추고 있었어. 물론 단점이 없는 것은 아니야. 말했다시피 그녀는 자네가 숙녀라고 부를 수 있는 사람은 아니야. 하지만 몸가짐은 흠 잡을 게 거의 없어. 거두절미하고 나는 매들리 씨와 사랑에 빠졌어."

"그럼 그녀가 너와 결혼한다고 약속한 건가?"

"음, 여러 말을 하지는 않았어. 신분의 차이에 따른 양심의 가책을 느낀다고 할 수 있겠지."

"의심할 바 없이 아주 합리적인 가책이군."

"어쨌든 그녀가 그런 식으로 생각한다는 것이 옳은 거겠지. 하지만 어제 이런저런 문제가 실질적으로 다 해결이 됐다고 믿어. 가엾게도 그녀는 건강이 그리 좋지 않아. 가능한 한 빨리 그녀를 빈민굴에서 나오게 하고 싶어. 나도 장기 휴가를 가져서 매들리 씨를 유럽 대륙으로 데리고 가고 싶고. 그런 식의 완전한 변화가 그녀를 놀랍게 변모시키겠지."

"그녀는 대륙에 가보지 못했다고 하던가?"

"정신 나간 소리! 너 여기 어둠 속에 앉아서 그냥 자려고 하는 거지? 아, 나를 위해 불을 켤 필요는 없어. 금방 일어나야 해."

힐리아드는 일어섰다. 램프에 불을 붙이는 대신 그는 창가로 가서 창틀을 두드리면서 우두커니 서 있었다.

"너, 나를 심각하게 걱정하는 거야?" 나래모어가 말했다. "내가 좀 미친 것 같다는 생각이 들어?"

"나래모어, 그건 네가 판단해야만 할 거야."

"네가 그녀를 보면 나의 의견을 받아들일걸. 물론 나 자신이 이렇게 행동하리라고는 상상도 하지 못했지. 하지만 나는 운명이라는 게 실없는 소리가 아니라는 걸 이제 받아들이기 시작했어. 이 아가씨가 나의 아내가 되었으면 해. 나는 그전까지 어떤 여자를 보고도 내 아내가 되었으면 하는 생각은 해본 적이 없어. 그녀는 나에게 딱 맞아. 내가 평범하고 무식한 하층민 아가씨와 결혼한다는 생각이 전혀 들지 않아. 그녀의 이름은 이브인데, 네가 보면 평범함하고는 거리가 멀다는 걸 알게 될 거야. 사람이 좀 우울하기는 한데, 자라온 환경 때문이라고 할 수 있겠지."

"네가 말한 대로 그녀가 완전한 변화를 원하는 건 의심할 바 없겠지." 힐리아드가 어둑한 장소에서 웃으면서 한마디 했다.

"바로 그거야. 그녀의 신경이 견디지 못하고 있는 거야. 이 이야기를 해두어야 한다고 생각했어, 친구! 너는 충격에서 곧 벗어날 거야. 너의 도덕적 분노가 진정이라는 걸 거의 믿을 수 있을 것 같아. 왜 안 그렇겠어? 그 점에 있어 내가 너를 존경해야 할 테지."

"갈 거야?"

"브리스톨 로드에 오후 5시까지 가야 해. 오늘 오후에 스토커 부인의 찻집에서 차 한잔하기로 했어. 편안한 친구들을 좀 알아 둔 것이 이제 보니 잘한 일이야. 쓸모가 있을 수 있거든. 물론 버 칭네 가족들은 이제 버리는 거지, 그들의 재산도. 이제 왜 나의 관 심이 전원에 있는 주택으로 쏠리는지 너도 이해할 거야!"

그는 웃으면서 자리를 떴고, 그의 친구는 다시 화롯가에 앉았 다.

반시간쯤 흘렀다. 난로의 불은 약해졌고 방은 상당히 어두워졌 다. 마침내 힐리아드는 기운을 차렸다. 그는 램프의 불을 켜고 블 라인드를 내리고는 글을 쓰기 위해 책상에 앉았다. 빠른 속도로 그는 4페이지의 편지를 써 내려갔고, 봉투에 주소를 썼다. 하지 만 우표는 붙이지 않았다. 우표는 구멍가게에서 살 수 있었다.

밖으로 나가서 구멍가게로 어렵게 다가갔다. 하지만 편지에 우 표를 붙였을 때, 이를 부쳐야 할지 말지를 그는 결정할 수 없었다. 이브는 패티와 함께 내일 온다고 약속을 했다. 만약 오지 않으면, 그때야말로 편지를 부쳐야 할 것이다.

만일 그녀가 약속을 지킨다면, 제삼자가 같이 있는 것이 그에 게는 참을 수 없는 제약이 될 수도 있었다. 하지만 왜? 패티는 모 든 사정을 알지도 모르고, 둘 사이를 판정해주는 역할을 할지도 몰랐다. 이와 같은 문제를 중재하는 것은 약간의 현명한 재치가 필요할 것이다.

집에 앉아 있는 것이 도저히 불가능했다. 그는 아무 목적 없이 걷기만을 위해 걸었다. 강이라기보다는 운하고, 운하라기보다는 하수로라고 할 수 있는 작은 레아강을 건너, 지금은 닫혀 있어 조용한 공작소들이 줄지어 있는 브래드퍼드 스트리트의 가스 등불이 켜진 기나긴 길을 따라서 걸었다. 그 길은 급한 경사를 이루며 성 마틴과 불 링, 그리고 넬슨 동상으로 이어졌다. 동상은 비에 얼룩져 뉴 스트리트의 커다란 건물들 사이에 서 있었고, 그 길을 따라서 걷다 보니 도시의 중심부에 이르렀다. 중앙 우체국 구석에 서서 그는 하릴없이 생각에 잠겨 있었다. 비가 아직도 오고 있었지만, 빗줄기는 가늘어졌다. 거대한 광장은 수많은 램프 빛이 젖은 아스팔트에 반사돼 어슴푸레한 황색 불빛 기둥을 이뤘다. 거리를 오가는 사람이 적어 한산했다. 덜거덕 소리를 내고 지나가는 승합마차나, 흔들거리며 달리는 이륜마차 모두 비에 흠뻑 젖은 듯이 보였다. 필 조각상 근처에는 피곤한 말이 무릎을 구부리고 희망이라고는 없는 머리를 축 늘어트린 채 자신이 끌어야 하는 이륜마차 옆에 서 있었다. 시청 앞 주랑柱廊 근처에서는 일요일 저녁을 여느 때와 같이 거리를 이리저리 걸어 다니려고 하는 일단의 일반 시민들이 비를 피하며 서 있었다. 기다란 창문을 통해 빛이 흘러나오고 있는 건물 안에서는 종교적인 집회가 진행 중이었고, 장중한 오르간 소리에 힘입어 수백 명의 목소리가 찬송가를 기운차게 부르고 있었다.

힐리아드는 뜨거워진 길거리 가로등에 비가 떨어지면서 생기는 작은 물방울들이 튀어 오르는 장면을 관찰했다. 그는 이 현상을 대략 오 분 정도 즐겁게 지켜봤다. 전에는 이런 현상을 관찰한 적이 없다는 생각이 그에게 의아한 느낌이 들게 했다.

부활절 일요일. 이날은 기독교인에게는 중요한 날이었다. 이브는 이런 생각을 해봤을까? 이런 모든 문제에 무심한 그와의 교제 때문에 아마도 그녀의 종교적인 감정이 무디어졌을 수도 있었다. 하지만 지금 같은 세상에서 소녀 시절의 경건함을 유지하는 것에 무슨 희망이 있을까?

부활절 일요일. 그는 계속 걸어가면서 기독교에 관한 이야기를 깊이 생각해봤고, 그 속에서 무언가를 얻으려고 해봤다. 그에게 이 이야기가 무슨 의미가 있었던가? 아마도 그가 오랜 믿음을 의식적으로 버리지는 않았을 것이다. 그보다는 그에게서 자연스럽게 믿음이 떨어져 나갔다고 하는 게 맞을 것이다. 하지만 여성들은 믿음을 유지해야만 했다. 그렇다. 그는 그 필요성을 알아챘다. 이브가 시청 너머 들리는 노랫소리에 그녀의 목소리를 더하게 된다면 그로서는 좋을 것이다.

그는 그녀의 행복을 바라지 않는 것일까? 그렇게 생각해보려고 했다. 하지만 그는 자신과 궤변론자 놀이를 하는 것이 부끄러웠다. 주머니 속에 넣고 다니는 편지가 진실을 말해주고 있었다. 그는 그녀가 나래모어와 결혼하는 것으로 생각할 수밖에 없었고, 이 사실에 대해 한 남자가 느끼게 되는 자연스러운 질투 섞인 분노 때문에 미칠 지경이었다.

월요일도 다시 휴일이었다. 저주받은 사람이 땀을 흘리는 자리로 돌아가고, 여느 때와 같이 공장의 기계가 돌아가는 세상으로 언제 다시 돌아가게 될 것인가? 마치 휴일이 한 달이나 되는 듯했다.

힐리아드는 그의 집 문 근처에 있는 포장된 도로를 걸었다. 모퉁이를 돌아서자 아는 사람이 나타났다. 패티 링로즈였다. 동행한 사람은 없었다.

24

그들은 말없이 악수를 했고, 잠시 눈을 마주쳤다. 힐리아드는 그녀를 위층으로 안내했고, 당혹스러워하면서 아직 입을 떼지 못하고 있는 패티는 안락의자에 앉았다. 그의 안색은 창백하고 피로해 보이는 데 비해 그녀의 안색은 두드러지게 생기가 넘쳐흘렀다. 패티의 얼굴에는 보조개가 생긴 데 비해 그의 얼굴은 오늘 아침 면도를 하다가 난 생채기 때문에 움푹 들어가 보였다.

손을 뒤로 한 채 그가 아가씨 앞에 섰다.

"결국 이브는 오지 않겠다는 거군요?"

"네, 이브는 나더러 혼자 이곳으로 와서 당신을 만나라고 했어요."

"이번에는 두통이라는 핑계도 대지 않았군요."

"핑계라고 생각하지는 않아요." 그녀 볼 전체에 퍼져 있는 윤기와 반짝거리는 어린아이 같은 눈에도 불구하고 아주 불편해 보이는 패티가 더듬거리면서 말을 했다.

"그럼 왜 오늘 이브는 오지 않았죠?"

"당신에게 편지를 보냈어요, 힐리아드 씨."

패티는 서신을 건넸고, 힐리아드는 그것을 테이블에 놓았다.

"지금 읽을까요?"

"편지가 좀 길다고 생각하는데요."

"그런 것 같네요. 나중에 시간이 있을 때 읽을게요. 편지에 무슨 이야기를 담고 있는지 당신은 알고 있지요?"

패티는 고개를 끄덕이고는 얼굴을 돌렸다.

"그럼 왜 오늘 이브는 나에게 편지를 보내려고 했을까요?" 패티가 침묵을 지켰다. "어제 나래모어가 나를 방문한 것과 관련이 있나요?"

"그래요, 그게 이유지요. 하지만 이브는 언젠가 당신에게 알리려고 했어요."

힐리아드는 크게 숨을 쉬었다. 그는 편지를 뚫어지게 쳐다봤다.

"이브는 나에게 모든 걸 말해줬어요." 급하게 패티는 말을 이었다. "힐리아드 씨는 어제보다 더 전에 그 일에 대해 알고 있었나요?"

"나는 좋은 배우는 아니에요. 이브는 그런 점에서 나보다 낫죠. 이브는 나래모어가 그전에 말하는 게 가능했다고 진심으로 생각했군요?"

"이브는 확신을 할 수 없었어요."

"음, 그럼 이브는 나래모어가 어제 말했을 거라고 확신을 하지는 못하는 거네요?"

"이브는 그 이야기가 확실히 나왔을 거라고 알고 있어요."

"패티, 우리의 친구 매들리 씨가 아주 현명하시네요. 그렇게 생각하지 않나요?"

"이브가 의도적으로 당신을 속이려고 했다는 생각은 하지 마세요. 편지에 모든 내용이 담겨 있을 거고, 나는 모든 게 사실이라고 믿어요, 힐리아드 씨. 그 이야기를 들었을 때 정말로 놀랐어요. 당신에게 얼마나 미안한 느낌이 드는지 이루 말할 수가 없네요……"

"슬플 이유가 있는지 어떤지는 알 수가 없네요. 당신이 이브한테 미안한 느낌이 든다는 의미가 아니라면요." 의자를 끌어와서 거기에 털썩 주저앉으면서 힐리아드가 말을 잘랐다.

"그런 뜻도 있어요."

"서로 분명히 합시다. 이브가 당신에게 어디까지 이야기했나요?"

"처음부터 끝까지 모든 것을요. 우리가 파리에 가기 전 런던에서 무슨 일이 있었는지는 몰라요. 하지만 이브는 그 일을 아주 후회하고 있어요! 이브는 자신이 어떻게 그럴 수 있었는지를 알지 못해요. 이브는 당신이 자신의 제안을 거절했으면 어땠을까 하는 바람을 갖고 있어요."

"나도 그래요."

"하지만 당신은 이브를 구해줬잖아요. 이브는 그걸 결코 잊을

수 없을 거예요. 이브가 감사하는 척만 한다고 생각하지는 말아
요. 이브는 자신의 숨이 붙어 있는 한 고마워할 거예요. 그럴 거라
는 걸 나는 알아요."

"내가 어떻게 하는 조건으로……?"

패티는 그에게 어리둥절한 표정을 지었다.

"이브가 지금 나에게 요구하는 건 뭐죠?"

"이브는 어떤 걸 요구하는 데 대해 부끄러움을 느끼죠. 당신이
자신과 다시는 이야기하지 않는 걸 두려워하고 있어요."

힐리아드는 잠시 생각에 잠겼다가 편지에 눈길을 줬다.

"당신이 개의치 않는다면 지금 편지를 읽을게요."

"예, 그러세요."

그는 봉투를 뜯어 글씨로 가득한 두 장의 편지지를 꺼냈다. 몇
분간 침묵이 흘렀다. 그가 편지를 읽는 동안 패티는 같이 있는 사
람의 얼굴을 흘낏 봤다. 이윽고 그가 조용히 편지를 내려놓았다.

"내가 예상했던 것보다 훨씬 더 많은 게 쓰여 있군요. 오늘 아
침 이브가 나래모어로부터 무언가를 들은 게 있는지 나에게 알려
줄 수 있나요?"

"이브가 편지를 받은 건 없어요."

"알겠어요. 그럼 이브는 어제 나래모어와 나 사이에 무슨 말이
오갔다고 추측하고 있나요?"

"이브는 당신이 무슨 이야기를 했는지 궁금해하고 있어요."

"이 편지에는 내가 그들 사이를 끝장내려고 하는 건 당연하다
고 쓰여 있네요. 음, 나한테 그럴 권리가 있지 않나요?"

"당연히 그렇지요." 패티가 힘을 줘 대답을 했다. "그리고 이브는 당연히 그럴 날이 올 거라고 알고 있어요. 이브는 자신이 나래모어 씨와 결코 결혼할 수 있다고 생각하지는 않아요. 그에게 그렇게 약속을 하지도 않았고요."

"그냥 편지질이나 하고, 약속을 해서 만나고, 그의 부인이 될수 있다는 확신만 심어줬다는 이야기네……."

"이브의 행동이 이상해요. 이해할 수 없어요. 이브는 자기가 나래모어 씨를 만나고 있다는 사실을, 그가 자기에게 편지를 보내고 있다는 사실을 당신에게 말해줬어야만 했어요. 솔직한 게 항상 가장 좋은 거잖아요. 이브가 지금 얼마나 많은 문제를 일으키고 있나 보세요."

힐리아드는 다시 한 번 편지를 읽었고, 또다시 오랜 침묵에 빠졌다.

"당신은 이브와 작별 인사를 했나요?"

침묵 끝에 힐리아드의 입에서 흘러나온 말이었다.

"나를 배웅해주려고 기차역에 나오기로 했어요."

"이브가 더들리에서부터 당신과 함께 왔나요?"

"아뇨."

"당신을 이 달갑지 않은 일에 동원하다니……"

"나는 괜찮아요." 어울리지 않게 명랑한 목소리를 내면서 패티가 끼어들었다.

"이런 일을 하려고 하는 여자는 이 일을 다 뚫고 나갈 용기가 있어야 해요. 이브는 직접 여기에 와서 나에게 이야기를 해야 했어요. 이브는 내가 약속할 수 있는 것보다 훨씬 더 좋은 걸 목표로 하고 있겠지요. 그런 점에서 존경할 부분이 있을 겁니다. 이브가 한 행동 중에서 가장 좋지 않은 것은 나로 하여금 이브를 부끄럽게 느끼도록 만든 거예요. 난 나의 기를 살려주려고 하는 약한 사람보다는, 자신의 감정을 위해 욕먹는 것도 개의치 않고 동시에 자신도 위하는 사람을 상대하고 싶어요. 선이든 악이든 간에 용기만한 것은 없어요. 패티는 어떻게 생각해요? 이브는 나래모어를 좋아합니까?"

"그렇다고 생각해요."

옷을 만지작거리면서 패티가 더듬거렸다.

"이브가 나래모어를 사랑하나요?"

"전, 전, 잘 모르겠어요!"

"이브가 어느 누구와 사랑을 한 적이 있다고, 또는 장래에 그럴 수 있다고 당신은 생각하나요?"

패티는 말없이 앉아 있었다.

"당신이 생각하는 걸 그냥 이야기해줘요."

"힐리아드 씨, 이런 말은 하기 싫지만 그런 적은 없는 것 같아요."

"이브가 나를 사랑한 적이 없다는 사실은 내가 알고 있습니다."

그의 목소리의 침울한 톤 때문에 패티는 그를 올려다봤다. 그의 얼굴을 본 그녀는 황급하게 말을 꺼냈다.

"유감이에요. 정말로요! 당신은 그럴 자격이 충분이 있는

데……"

"내가 그럴 만한 자격이 있는지 없는지는 말할 필요가 없어요." 씁쓸한 미소를 지으며 힐리아드가 가로막았다. "죽을 일은 아니니까요. 런던에 있었던 그 작자 말인데요. 이브는 그를 좋아했나요?"

그녀는 조용히 그 말에 동의한다는 표시를 했다.

"동정이라는 말이 더 맞겠죠."

"아, 하지만 생각해보세요……"

"패티, 이제 그 이야기는 그만합시다. 당신이나 옛날 놈팡이나 별 다름없이 생각을 하는 여자에 대해 화를 내는 건 아주 한심한 일이죠. 감사함을 베푸는 방식으로 이브를 차지하려고 했던 건 바보 같은 짓이었어요. 우리가 파리에서 돌아왔을 때 나는 내 길로 가야 했고, 이브는 자신의 길로 가도록 놔뒀어야 했어요. 내가 이브에게 다른 생각이 없었더라면 가능할 수도 있었겠지만……"

패티는 그가 말하기를 더 기다렸지만 그는 말을 마무리 짓지 못했다.

"힐리아드 씨, 이제 어떻게 할 거예요?"

"음, 그게 문제지요. 이브에게 약속을 지키라고 해야 할까요? 이브는 만일 내가 요구하면 약속을 지키겠다고 말했어요."

"이브가 그런 말을 하다니!" 패티가 눈을 크게 뜨고 외쳤다.

"그걸 몰랐어요?"

"이브는 그게 불가능하다고 말했어요. 하지만 본심이 아니었는지도 모르죠. 이브의 속마음을 누가 알겠어요?"

처음으로 이 아가씨의 목소리에서 토라진 기미가 나타났다. 그녀는 입술을 다물었고 바닥을 발로 톡톡 쳤다.

"이브는 다른 일도 불가능하다고 말했나요? 가령 나래모어와의 결혼 같은?"

"당신이 그에게 말하면 그것도 불가능할 거라고 생각하고 있지요."

"음, 사실 아무것도 그에게 이야기한 게 없어요."

패티의 눈이 새롭게 빛나면서 그를 응시했다.

"당신이 그에게 아무 말도 안 했다고요?"

"나는 그냥 이브의 이름을 전에 들어보지 못한 것처럼 나래모어가 추측하도록 놔뒀어요."

"친절하기도 하셔라."

"진실을 말하는 것이 그렇게 쉽지 않다는 걸 알아줬으면 합니다. 거기서 내가 어떤 사람이 돼야 했을까요?"

"맙소사, 이브는 정말로 나쁘군요. 너무 잔인해요. 결코 전같이 이브를 좋아할 순 없을 거예요."

"아, 이브는 아주 흥미로운 사람이지요. 할 말을 너무 많이 만들어줬으니까."

"나는 이브가 싫어요. 버밍엄을 떠나기 전에 이브에게 말할 거예요. 무슨 권리로 사람들을 이렇게 비참하게 만드나요?"

"이브가 비참하게 만든 건 단 한 사람이죠."

"그럼 당신은 이브가 나래모어 씨와 결혼을 하도록 놔두려고 하나요?" 패티가 흥미로운 듯 물었다.

"그 이야기를 해보죠."

"내가 당신이라면, 이브를 절대로 보지 않을 텐데!"

"우리가 다시 볼 기회는 많을 거예요."

"그럼 힐리아드 씨, 당신은 별로 용기가 없는 거예요!"그녀는 볼을 붉히면서 외쳤다.

"아마도 당신이 생각하는 것보다는 많이."그가 목소리를 애써 죽여가면서 중얼거렸다.

"남자들은 아주 이상해요."소심함 때문에 약간 부드러워지기는 했지만 경멸을 담은 낮은 목소리로 패티가 자신의 의견을 말했다.

"그래요. 여자들이 우리를 노예로 만들 때, 우리들은 못된 장난을 하곤 하지요. 내가 이브를 돌보면서 지나치게 자부심을 가지고 있다고 생각했을지도 모르겠군요. 이브가 옆에 있을 때마다, 몇 년이 지나도 언제나 사지가 떨릴 거라는 게 진실이죠. 내가 이브에게 느낀 사랑은 불꽃이 확 꺼지는 것 같은 사랑과는 달라요. 이 사랑이 내 전 인생 중에서 가장 좋은 부분이기도 하고, 가장 나쁜 부분이기도 하겠죠. 나에게는 어떤 여자도 이브와 같을 수는 없을 겁니다."

그가 뱉어내는 말의 엄숙함에 얼떨떨해진 패티는 의자에 몸을 가만히 기대고는 평안을 찾았다.

"당신은 무엇이 진실인지 곧 알게 될 거예요."힐리아드는 갑자기 목소리 톤을 바꾸어 이야기했다. "이쪽인지 저쪽인지가 곧 결정이 되겠지요."

"당신이 한 말을 이브에게 이야기할까요?" 패티가 망설이면서 물었다.

"그래요, 내가 한 어떤 말이라도."

패티는 좀 머뭇거렸다. 그녀와 같이 있는 사람이 더 이상 이야기를 하지 않아서 자리에서 일어섰다.

"힐리아드 씨, 이제 작별 인사를 해야겠네요."

"휴가가 기대보다 즐겁지 않았을 것 같네요."

"아, 저는 좋은 시간을 보냈어요." 그녀의 목소리가 흔들렸다. "모든 게 잘 됐으면 하고 진심으로 바라요. 당신은 틀림없이 가장 좋은 길을 찾을 거예요."

"내가 가야 할 길을 찾게 되겠지요. 패티, 잘 가요. 별로 좋은 동반자가 되지 못할 것 같으니 멀리까지 배웅은 하지 않을게요."

그는 그녀를 아래층까지 바래다주면서 다시 한 번 악수를 하고서는, 모든 호의를 담은 웃음을 그녀에게 보냈다. 그러고는 평소와는 다른 그녀의 가볍지 않은 발걸음을 지켜봤다. 그녀를 보내고 나서 이브의 편지를 다시 읽기 시작했다. 편지에는 그녀와 나래모어 사이의 관계가 상세하게 쓰여 있었다.

내가 그에게 간 것은 더 이상 빈둥빈둥 놀면서 살지 않기 위해서였어요. 다른 마음은 없었어요. 그가 단순히 일을 찾아주는 수단이었다면, 즉시 당신에게 그 사실을 알려줬겠지요. 하지만 나는 그의 편지에 대한 답장을 하려는 유혹을 뿌리치지 못하고…… 내가 행동을 잘못했다는 건 알아요. 나 자신을 변호할 수는 없어요…….

나는 당신에게 나의 최고의 약점—그중 가장 큰 것은 가난에 대한 공포예요—을 숨긴 적은 없어요. 그 점이 내가 바라면서도 당신 사랑을 받아들이지 못한 이유라고 믿어요. 오랜 시간 동안 나는 속이는 사람이었고, 이상한 일은 내 잘못이 언제라도 드러날 것을 알았다는 거예요. 될 대로 되라는 절망감에서 비롯된 것인지도 모르죠. 이제 나는 지쳤어요. 당신이 이런 말을 들을 준비가 됐는지 아닌지는 모르지만, 이제 말을 해야겠어요……. 나를 놓아달라는 말은 하지 않겠어요. 나는 당신에게 나쁜 행동을 했고, 나의 양심에 반한 행동을 했어요. 그리고 만일 당신이 용서해준다면, 내가 당신에게 끼친 잘못을 벌충하도록 하겠어요…….

이 말 중에 대체 무엇을, 얼마만큼 믿어야 한단 말인가? 기쁘게 이 모든 것을 믿을 만큼 그 자신을 속여도 상관없었지만, 그 안에 있는 냉철한 이성은 그 가능성을 거부했다. 편지의 모든 표현은 철저히 계산돼 있었다. 그리고 그녀가 맞닥뜨려야 할 바로 그 위험 역시 의도적으로 계산이 됐던 것은 아닐까? 나래모어를 두고 벌인 자신의 기획이 성공할 수도 있고, 만일 실패한다고 해도 이브는 자신이 그에게 미치는 영향력을 알기 때문에 불쌍한 나래모어는 그녀에게 매달릴 수밖에 없다는 걸 알지 않았을까? 그렇다면 해볼 만한 가치가 있는 것이 아닌가? 아마도 그녀의 뻔뻔한 자신감 때문에 이 사실이 밝혀져도 나래모어에게 미치는 영향에 대해 두려워하지 않을 수도 있었다. 어느 누가 그녀의 대담함이 옳지 않다고 말할 수 있겠는가!

그녀에 대한 분노는 그를 구제할 길 없이 이성을 잃은 남자로 만들었다. 최고로 야비한 복수를 하고 싶다는 생각이 그를 괴롭혔다. 그녀는 그의 노예 같은 성격을 간파하고 있어서 그에게 놓아달라는 부탁도 하고 싶지 않다고 이야기했고, 자신이 이미 풀려났다고 보고 있었다. 그녀의 편지를 다시 정독하면 할수록, 그가 품은 희망을 더욱 더 확실하게 알려주고 있다는 느낌이 들었다. 패티로부터 나래모어가 아직 그녀의 과거 이야기를 알고 있지 않다는 소식을 듣게 되면 그녀는 얼마나 기뻐할까! 하지만 그 기쁨은 그리 오래 가지 않을 것이다. 평범한 정직이라는 이름하에 그는 그의 친구를 보호할 것이다. 만일 나래모어가 그의 눈을 열고 그녀를 선택한다면……

질투심이 불러온 격앙된 마음 때문에 그는 한두 시간 동안 방을 이리저리 왔다 갔다 했다. 그러고 나서 밖으로 나가 패티의 기차가 떠나는 뉴 스트리트역 근처를 발차 시간 5분 전까지 배회했다. 만일 이브가 패티를 배웅한다는 약속을 지킨다면 그는 그녀를 플랫폼에서 깜짝 놀라게 할 수 있었다.

철로를 가로지르는 철교에 서서 공휴일 여행객을 수송하는 런던행 기차를 기다리는 군중을 유심히 지켜봤다. 그중에서 이브를 발견했고, 위치를 확인한 후에 플랫폼으로 내려가서 그녀에게 최대한 가까이 다가갔다. 기차는 떠났다. 이브는 흩어지는 군중 사이로 몸을 돌렸고, 그는 그녀를 향해 발걸음을 옮겼다.

25

이브는 놀란 체하지 않았다. 힐리아드는 그녀가 이 만남을 예측하고 있었다는 것을 그 얼굴에서 읽을 수 있었다.

"이야기 좀 할 수 있는 곳으로 가지." 그가 거칠게 이야기했다.

그녀는 그를 따라 짐꾼들만 가끔씩 지나가는 역 한구석으로 갔다. 역에 있는 아치형 천장 밑에서는 목소리가 공명 현상을 일으켜서 그들은 제약을 받지 않고 이야기할 수 있었다. 그들의 목소리는 일이 미터 밖에서는 들리지 않았다. 힐리아드는 바보처럼 관대해지고 말 것 같아서 그녀의 얼굴을 쳐다보지 않으려 애썼다.

"이 사소한 것들을 잊고 모든 것을 예전처럼 내버려 두라고 하다니, 참 친절하기도 하지……" 거친 말을 하고 싶다는 욕망 이외에는 달리 분명한 목적이 없었던 힐리아드는 우선 이렇게 말문을 열었다.

"편지에 내가 할 수 있는 모든 이야기를 썼어요. 당신이 나에게

화를 내는 것도 당연해요."

그가 가장 두려워하는 말이 들려왔다. 그가 너무나도 잘 기억하는 가련하고 복종하는 말투. 이 말은 고마움을 제외하고는 그녀와 어떤 연결도 결코 갖지 못한다는, 참기 어려운 불가항력적인 힘을 그에게 상기시켰다.

"그럼 당신이 지어낸 그 말을 내가 믿을 수 있다고…… 내 자신이 당신에게 한순간이라도 다시 믿음을 가질 수 있다고 진정으로 생각하는 거야?" 힐리아드가 소리쳤다.

"당신에게 그렇게 해달라고 부탁을 하는 건 아니에요." 이브가 흔들리지 않은 목소리로 지지 않고 말을 받았다. "나는 당신이 내게 느낄 아주 하찮을 정도의 존경까지도 모두 잃었어요. 내가 당신에게 보여드려야 할 것은 정직함이었는데, 그러지 못했죠. 당신이 할 수 있는 최대한의 욕을 해줘요. 저는 저에게 그 이상의 욕을 할 테니까."

그녀의 목소리는 진정성이라는 확신을 심어주면서 그를 압도했다. 그는 놀라서 그녀를 가만히 봤다.

"지금 당신은 솔직하다는 겁니까? 다른 사람이라면 그렇게 생각하겠지요. 하지만 내가 그 말을 어떻게 믿을 수 있겠느냔 말입니다!"

이브는 그를 천천히 응시했다.

"지금부터 나는 진실이 아닌 말은 결코 한마디도 하지 않을 거예요. 나를 마음대로 하세요. 당신이 원하는 대로 나를 처벌해도 상관없어요."

"내가 당신을 벌할 수 있는 방법은 한 가지밖에 없어. 나의 존경심 혹은 사랑을 잃는 데 대해 당신은 개의치 않고 있으니까. 내가 나래모어에게 당신에 관한 악담을 하면 당신은 실망으로 인한 고통을 받겠지. 하지만 그것뿐이야. 나에게 가해지는 부담이 더 크고, 당신도 그걸 알고 있어. 당신은 자신을 애처롭게 생각하지. 당신이 한때 나에게 부여한 우위를 이용해 내가 당신을 관대하지 못하게 잡고 있다고 생각하겠지만 그건 전혀 사실이 아니야. 깰 수 없는 속박에서 벗어나지 못하는 사람은 나고, 당신이 결코 느끼지 않은 사랑을 가장한 그날부터 모든 비난은 당신이 받아야 해."

"내가 무엇을 할 수 있죠?"

"정직, 그것뿐이지."

"당신은 진실에 만족하지 못했잖아요. 내가 당신을 사랑할 수 있다고 강제로 생각하도록 했잖아요. 우리들 사이에 일어났던 일을 기억하기만 해도 알 수 있을 텐데……"

"당신이 스스로를 더 잘 알게 됐을 때에도 여전히 정직하게 말할 수 있었어. 당신은 이렇게 말했어야 했어. '우리의 미래를 용기 있게 그려볼 수가 없네요. 내가 만일 결혼한다면 나에게 많은 걸 제공해줄 수 있는 남자라야 해요.' 내가 그 말을 듣고 견디지 못했을 거라고 생각해? 그럼 당신은 날 이해한 적이 없는 거야. 당신이 그렇게 말했다면 내 대답은 이랬겠지. '그럼 우리 악수를 합시다. 이제 나는 내가 할 수 있는 모든 것을 다해 당신을 돕는 친구인 겁니다'라고."

"당신은 지금 그 말을 하고 있네요."

"언제고 말할 수 있었어."

"하지만 나는 당신이 생각하는 만큼 못된 여자는 아니에요. 내가 만일 사랑에 빠졌다면 그 남자와 가난한 생활을 같이해야 했을 거예요. 그게 너무 두려웠고 싫었어요. 나는 단지 당신을 좋아했을 뿐이고 그 이상의 감정은 느낄 수 없었어요."

"당신의 사랑은 확실한 재산이 있는 남자에게만 향하는군."

"그렇게 경멸하는 투로 이야기하는 건 쉬운 일이죠. 나는 당신이 생각하는 그 남자를 사랑하는 척한 적은 없어요."

"그래도 당신은 기꺼이 결혼할 거라는 생각을 그에게 심어줬잖아."

"그를 사랑한다는 말은 하지 않았어요. 내가 자유롭게 풀려난다면 그와 결혼할 거예요. 지긋지긋한 생활에 지쳤고, 그가 나에게 약속하는 그런 생활을 고대하고 있으니까요."

"아주 솔직해져도 너무 늦었을 경우에는?"

"하고 싶은 만큼 나를 경멸하세요. 당신은 진실을 원했고, 더 이상 다른 이야기는 들을 수 없을 거예요."

"자, 이제 우리는 서로를 거의 이해할 수 있게 됐어. 하지만 당신이 훌륭한 기회를 망쳤다는 게 나를 놀라게 해. 어떻게 이렇게 무모한 짓을 한 건지……"

이브는 참지 못하고 끼어들었다.

"내가 그럴 희망을 품지 않는단 말은 편지에도 썼잖아요. 나를 교활하고, 음모를 꾸미며, 이기적인 여자로 생각하는 건 당신의 잘못이에요. 나는 아주 가련한 사람이에요. 거기서 모든 것이 비롯된 것이고, 무얼 의도하지는 않았어요. 내가 계획을 세운 건 아니에요. 단지 어리석음의 유혹에 빠진 거죠. 나 자신이 스스로를 파멸로 이끌 거란 생각이 들었어요. 하지만 그걸 되돌릴 힘이 나에겐 없었다고요."

"당신은 스스로에게 솔직하지 못하군." 힐리아드가 냉담하게 말했다. "지난달 당신은 내 앞에서 연기를 했지. 그것도 잘. 당신은 내가 그리는 미래에 관심이 없으면서도 자신을 잘 맞춰나가려는 척했어. 당신은 나에게 희망을 줬다고. 당신답지 않게 명랑한 체했고, 밝은 낯을 보여줬지. 그게 의도적인 연기가 아니라면 무엇을 뜻하는 거지?"

"예, 그건 꾸민 것이었어요." 이브가 잠시 뜸을 들이다가 인정했다. "어쩔 수 없었죠. 나는 당신을 만나야만 했고, 내가 만일 내가 품은 감정대로 불쌍하게 보였다면……" 그녀는 갑자기 말을 바꿨다. "나는 그저 친구처럼 행동하려고 했어요. 내가 그런 체를 했다고, 아니 어떤 일로도 나를 비난할 수는 없어요. 나는 당신의 친구가 될 수 있고, 그게 나의 솔직한 심정이에요."

"그건 소용이 없어. 더 많은 걸 가지거나 그렇지 않으면 아무것도……"

열정의 불길이 그의 속에서 다시 치솟았다. 약간의 술수를 부리는 그녀의 목소리, 형언할 수 없는 미묘한 머리 움직임—사소하기는 하지만 사랑하는 남자에게는 더 할 수 없이 강력한—이 그의 냉철한 이성을 뒤흔들었다.

"당신은 자신의 부적절한 처신을 달리하겠다는 말을 했어." 그가 계속해서 말을 이었다. "그 말이 진정이라면, 입증할 수 있는 단 하나의 행동을 해. 당신이 한 일을 나래모어에게 고백해. 당신은 나에게뿐만 아니라 그에게도 잘못을 했으니까."

"그럴 수 없어요." 이브가 물러서면서 말했다. "하고 싶으면 당신이 말해요."

"나는 기회가 있었는데 그 기회를 날려 보냈어. 우리 사이에 있었던 모든 일을 그에게 알려주라는 이야기가 아니야. 그럴 필요는 없어. 우린 내가 싫어하는 단어, 고마움을 시사하는 모든 것을 잊어버리자는 데 동의했지. 그렇지만 우린 연인 사이였어. 그 이상이었다고. 그 사실을 나래모어에게 알려야 해."

"나는 절대로 그렇게 못해요."

"그렇게 하지도 않고 자기 자신을 어떻게 속박에서 벗어나게 할 수 있단 말이야?"

"그가 더 이상의 나를 알지 못하도록 할게요. 당신에게 약속하죠."

"그런 약속은 무의미해. 당신도 그걸 알고 있고. 나래모어와 내가 친구라는 사실을 잊지 마. 나래모어는 당신에 관한 이야기를 나에게 할 거고, 나는 그와 거짓 놀음을 할 순 없어. 단 한 번, 완전하게 명예로운 일을 하고 새 출발을 해. 그러고 난 후에 당신이 원하는 대로 하란 말이야. 내가 당신의 길을 막아서지 않을 거라는 걸 확실히 말해두지."

이브는 군중들이 부산하게 움직이는 방향으로 눈을 돌렸다. 그리고 다시 그 눈이 힐리아드를 향한 순간, 그는 그녀가 마음을 굳혔다는 걸 알 수 있었다.

"나로서 빠져나갈 방법이 한 가지밖에 없네요." 그녀가 충동적으로 이야기했다. "여기서 더 이상 이야기할 수는 없어요. 편지를 쓸게요."

이브는 그에게서 떠나갔고 힐리아드는 그녀를 따라갔다. 오륙 미터 정도 거리를 두고 따라가면서 그녀를 다시 부르려고 했을 때, 그녀가 멈추어 서서 말을 했다.

"당신은 내가 '고마움'이라는 말을 하는 걸 싫어했죠. 내가 말한 의미는 언제나 당신이 생각한 것보다는 작은 것이었어요. 나는 돈에 대해 고마워했지, 다른 것에 대해 감사한 적은 없어요. 당신이 나를 멀리 데리고 간 건 아마도 당신이 할 수 있는 일 중에서 가장 형편없는 일이었을 거예요."

평소와는 다른 격렬함으로 그녀의 목소리는 떨렸다. 그녀의 근육은 경직됐고, 그녀는 반항적인 자존심으로 가득 찬 자세를 하고 서 있었다.

"아, 내가 내 스스로에게 솔직할 수 있었다면…… 하지만 지금도 늦지는 않았겠죠. 내가 정직하게 행동해야 한다면, 내가 해야만 할 일이 무엇인지 잘 알고 있어요. 당신의 권고를 받아들이죠."

힐리아드는 그녀가 한 말의 의미를 의심할 수 없었다. 그는 패티와 나눈 마지막 말을 기억해냈다. 이는 그가 예기치 않은 선언이었고, 그가 기대했던 것과는 다른 방향으로 그에게 영향을 줬다.

"나의 권고는 그것과는 관계가 없어." 그녀의 얼굴을 살피면서 그가 대답을 했다. "하지만 그 말에 반하는 말을 한마디도 하지 않을 거야. 이제 당신을 존경할 수 있게 됐으니까."

"그래요. 나도 당신의 사랑보다는 존경을 얻고 싶어요."

그 말을 하고 그녀는 그를 떠났다. 그녀를 따라가려고 했지만 몸이 너무 힘들어 그는 그 자리에 서버렸다. 그리고 겨우 몸을 추스르고 자리를 떴을 때, 지금 벌어진 일들에 대한 만족감이 몰려왔다. 그녀가 자신의 목적을 이룰 수 있도록 내버려 둬야만 했다. 그는 현실을 직시했고 이를 즐겼다. 다른 어떤 방식도 아닌 바로 그러한 형태로 그녀를 잊어야 했다. 그로 인해 한 매듭이 풀렸고, 그에게 불명예스러운 약점을 지우지 못한 이브와의 추억을 남겼다.

밤늦게 그는 그녀가 자신이 말한 대로 행동을 할지, 아니면 그를 단지 위협하려고 겁만 줬는지를 자문하면서 집 주변 거리를 배회했다. 그러고는 아직도 그녀의 결심이 진지했으면 좋겠다는 희망을 가졌다. 그녀의 죽음만 아니라면, 그들 사이 이야기의 어떤 결말도 참을 수 있었다. 그녀가 나래모어와 결혼하는 것이 아닌 어떤 다른 결말도 그보다 천배는 나을 것이다.

다음 날 아침, 피로감이 분별력을 가져다줬다. 그녀가 한마디 말만 자제했더라면 그녀를 놓아줄 수도 있었을 텐데. 이브에게 편지를 써야 할까, 아니면 그녀에게 한 걸음에 달려가서 자신이 한 말을 취소할까? 하지만 더 강한 자제력이 그를 말렸고 그는 아무런 행동도 취하지 않았다.

그날 밤이 돼서는 다른 걱정이 그를 괴롭혔다. 자신이 한 말을 이행할 수 있는 용기가 없다는 말로 그녀가 위협을 할지도 모른다는 생각이 이제 그에게 더 그럴듯하게 다가왔다. 그 순간에는 이브는 분명 자신이 한 말을 지키려고 했다. 그게 진실임을 알지만, 한 시간 후에 그녀는 시중의 도덕률과 이해타산에 더 귀를 기울이려고 할 것이다. 나래모어는 그에게 편지를 쓸 것이고, 그녀는 다시 그를 만나겠지. 그녀는 좀 더 현실에 바탕을 둔 희망에 매달릴 것이다.

내일쯤이면 런던에서 그에게 편지가 날아올 수도 있었다!

그러나 아무것도 오지 않았다. 날이 가면 갈수록 그에게는 실망만이 남았다. 일주일이 더 지나면서 그는 초조감으로 몸살이 날 지경이었지만 그의 마음을 진정시킬 어떤 일도 할 수 없었다. 그러다가 어느 아침 그가 건축 사무소에서 일을 하고 있을 때 그 앞으로 전보가 왔다.

'가능한 한 빨리 널 만나야겠어. 여기로 오후 6시까지 와줘. 나래모어.'

26

"힐리아드, 도대체 이게 무슨 말이야?"

전에는 한 번도 그런 적이 없는 이 게으른 사람은 지금 완전히 화가 나 있었다. 팔 물건들과 장부, 고무 가공품 냄새가 진동하는 작은 사무실 안에서 힐리아드는 나래모어 앞에 선 채로 친구가 이브가 보낸 편지를 받았다는 것을 알게 되었다. 힐리아드는 편지에 런던에서 보낸 소인消印이 있었으면 하고 몹시 바랐다.

"매들리 씨한테 온 것인데 온통 네 이야기뿐이야. 저번에 만났을 때 왜 이야기를 하지 않은 거야?"

"나에 대해서 뭐라고 썼는데?"

"매들리 씨는 너를 오랫동안 알았었고, 런던에서 상당히 자주 만났다고 했어. 매들리 씨는 너에게 자기와 결혼할 수 있다는 희망을 주기는 했지만 그런 마음을 가진 적은 없다고 써놨어. 요점은 그녀가 널 아주 나쁘게 이용해먹었고, 이제는 손을 씻으려

한다는 내용이야."

그의 말을 듣는 사람은 복사기에 눈을 고정시키고 있었지만, 보고 있지는 않았다. 쓸쓸한 미소가 그의 입술을 일그러뜨리기 시작했다.

"편지가 어디서 온 거야?"

"매들리 씨의 원래 주소. 왜 그러면 안 돼? 이 일은 네가 좀 잘못한 것 같아. 괴로워서 몸부림치지 말고 나한테 이야기를 했어야지. 명예라든가 모든 면에서 그러는 편이 좋은 것이지만, 어쨌든 나는 이 문제에 끼어든 셈이 됐다고. 친구 사이에…… 집어 치워. 물론 나는 이 관계를 끝내버릴 거야. 매들리 씨에게 바로 편지를 쓸 거야. 정말 놀랐어. 숨이 막힐 지경이야. 직접 말한 건 아니지만 매들리 씨가 나를 알게 된 건 널 통해서였잖아. 처음부터 거짓말을 한 거야. 젠장! 그런 생각을 어떻게 할 수 있었을까! 그녀가 말하는 모양새와 꼴을 보라고! 이 문제는 나에게 심한 상처를 줬어. 물론 너에게도 미안해. 하지만 내가 어떤 여자를 찾아야 하는지를 알려주는 것 역시 네 의무 아니야? 제기랄! 나를 잡은 것이 그녀라는 건 말이 안 돼! 나답지가 않았어! 내가 완전히 당한 거라고!"

힐리아드는 콧노래를 불렀다. 그는 방을 가로질러서 자리에 앉았다.

"저번 토요일 이후 매들리 씨를 만난 적이 있어?"

"아니. 이런저런 핑계를 대더군. 나는 무언가가 잘못됐다고 추측을 했지. 무슨 일이 있었어? 넌 만난 적 있어?"

"물론이지."

나래모어가 노려봤다.

"이거 아주 정정당당하지 못한 수작이잖아! 이봐 친구, 우리는 싸우지 않아. 오래된 두 친구 사이에 싸울 만한 가치가 있는 여자는 없는 법이야. 그렇지만 대놓고 이야기를 좀 해줘. 그럴 수 있지? 나에게 감추는 네 의도가 대체 뭐야?"

"나는 할 말이 없다는 뜻이야." 턱수염을 쓰다듬으면서 힐리아드가 대답을 했다.

"그럼 넌 원한을 품고 침묵을 지켰다는 이야기네? 넌 이렇게 생각한 거잖아. '나래모어가 그녀하고 결혼하도록 놔두고, 나중에 그녀가 진짜로 어떤 여자인지를 알게 하자⋯⋯.'"

"그런 건 아니야." 그는 솔직한 모습으로 친구를 쳐다봤다. "이야기할 만한 이유를 알 수 없었어. 그녀가 스스로를 책망하고 꾸짖은 것은 특별한 이유가 있는 것이 아니라 그저 병적인 성실함 때문이지. 우리가 알고 지낸 건 반년 정도 됐고, 나는 그녀를 사랑했어. 하지만 결코 어떤 약속도 하지 않았어. 알고 지내는 내내 그녀가 나를 좋아하지 않았다는 걸 알았거든. 그녀를 어떻게 나무랄 수 있겠어? 결혼하고 하는 모든 남자에게 여자가 자신의 본마음을 이야기할 의무는 없는 거 아냐? 부끄러운 일을 한 적이 없다면 말이야. 약간의 정직하지 못한 부분이 있기는 해. 그녀가 나를 통해 자네를 안 건 사실이야. 하지만 자네를 찾은 건 일자리를 찾는 데 너무 지쳤기 때문이야. 돈도 다 떨어졌고, 어떻게 해야 할지를 몰랐겠지. 이 이야기는 자네를 마지막으로 본 후에 들었어. 아주 솔직하다고 할 수는 없다고 해도 너무나도 없어서 궁지에 몰린 아가씨를 용서할 수는 있어야지."

나래모어는 입을 벌린 채 열심히 이야기를 듣고 있었다. 그의 눈에서 커져가는 희망을 볼 수 있었다.

"둘 사이에 심각한 일은 없었지?"

"그녀 입장에서 보면 한 번도 그런 적이 없지. 내가 따라다니면서 그녀에게 조른 것뿐이야. 그게 전부야."

"더들리에서 너와 같이 있던 아가씨가 누군지 나에게 말해줄 수 있어?"

"런던에서 휴가 차 온 매들리 씨의 친구지. 내가 이브에게 무언가 영향을 미치고 싶어서 그 친구를 이용하려고 한 거야."

나래모어는 앉아 있던 테이블 구석에서 벌떡 일어났다.

"매들리 씨는 왜 입을 닫았을까! 말을 해야 할 때 조용히 있고, 말을 하지 않는 편이 훨씬 좋을 때 이야기를 하는 게 여자라니까. 내가 너에게 아주 못되게 굴었다는 느낌이 들어. 그리고 이 문제를 받아들이는 네 방식을 좀 봐. 차라리 나에게 욕을 해. 네 마음을 편하게 해주고 싶어."

"얼마든지 심한 욕을 해줄 수 있지. 달려들어 네 목덜미를 움켜쥘 수도 있고 말이야."

"그랬다간 난 죽는다고!" 나래모어가 어색하게 웃었다. "그러라고 하지는 못하겠군. 자, 대신 손 내밀어봐."

그는 손을 잡았다.

"이제 이성적인 두 존재로서 우리가 한번 이야기해보자고. 매들리 씨는 자기 마음을 알고는 있는 거야? 이 편지를 보면 나를 떨쳐버리려고 하는 것 같은데…….”

“네가 그녀의 속마음을 알아내야지.”

“너는 그녀가 그럴 거라고 생각해?”

“나는 그 문제에 대해서는 아무 생각이 없어.”

“그럴 만한 수고를 할 필요가 없다는 뜻이야? 진실을 말해, 안 그러면 죽음이야! 매들리 씨는 한 남자가 결혼할 만한 가치가 있는 여자야?”

“내가 아는 한에서는.”

“그녀를 의심하는 거지?”

나래모어가 거칠게 몰아붙였다.

“그녀는 가난한 남자보다는 부자와 결혼을 할 거야. 내가 그녀에 대해 가장 안 좋게 생각하는 부분이기도 하고.”

“어떤 여자가 안 그렇겠어?”

질문과 답변이 15분이나 쉴 새 없이 이어졌을 때 갑자기 힐리아드가 대화를 중단했다. 그의 얼굴색은 흙빛이 됐고, 이마에는 땀이 송글송글 맺혔다.

“넌 내 도움 없이 매들리 씨와의 문제를 해결해야 해. 편지에 쓰인 내용은 모두 거짓이야. 난 더 할 말이 없어.”

그는 출구 쪽으로 나갔다.

“힐리아드, 한 가지만 말해줘. 매들리 씨를 다시 만날 거야?”

“아니. 그럴 수만 있다면.”

“아직도 우리는 친구지?”

"네가 그 이름을 입에 올리지만 않는다면."

부끄러운 적의를 드러내는 눈빛을 나누면서 그들은 다시 악수를 나눴다. 헤어짐은 12개월 이상 지속됐다.

그 어느 때보다 훨씬 더 열심히, 성공적으로 일을 해낸 힐리아드는 8월의 어느 날, 시골에서 일주일 정도 휴가를 보낼까 궁리하던 즈음 패티 링로즈로부터 편지를 받았다.

편지는 '친애하는 힐리아드 씨'라는 인사로 시작되었다. '일주일 후 이브가 나래모어 씨와 결혼한다는 이야기를 방금 들었어요. 이브는 당신이 이 사실을 모른다고 했어요. 하지만 저는 당신이 알아야만 한다고 생각해요. 일전에 이브가 보냈던 두 통의 편지에는 결혼에 대해 암시하는 말은 한마디도 쓰여 있지 않았어요. 하지만 마지막 편지에는 마침내 결혼한다는 말이 분명하게 쓰여 있었어요. 아마 나더러 당신에게 알려주라고 그렇게 했던 것 같아요. 당신이 신경을 쓰는지 알고 싶지만, 안 그러길 바라요! 난 이런 식으로 벌어질 거라고 확신하고 있었죠. 만일 내 말을 믿는다면 이건 큰 문제는 아니에요. 이브의 편지에 답장은 하지 않았어요. 해야 되는 건지도 모르겠고요. 안 좋은 이야기를 쓸 수도 있을 것 같아서요. 난 변한 것이 없고 항상 그럴 거예요.' 편지 말미에 '당신에게 충실한'이라는 글이 쓰여 있었다. 추신에는 '사람들은 내가 피아노를 잘 연주한다고 해요. 그저 시간을 죽이려고 연습을 아주 많이 해요'라고 적혀 있었다.

그가 '친애하는 링로즈 씨'로 시작하는 답장을 썼다.

'이브가 안정된 생활을 하게 됐다는 사실을 알고 기뻐요. 이브에게 답장을 반드시 써요. 무슨 일이 있어도 안 좋은 말은 하지 말고요. 잘 되는 친구와 싸우는 것은 결코 현명한 일이 아니에요. 왜 당신이 그래야 하죠? 모든 좋은 일이 있기를 소망하면서……’

그는 그녀에게 진실된 사람으로 남았다.

27

힐리아드와 그의 친구가 다시 악수를 나눈 건 다음 해 가을이
었다. 그 사이 그들은 우연히도 만난 적이 없고, 어떤 편지도 그들
사이에 오가지 않았다.

만남은 버칭 형제 중 동생이 새로 산 집에서 이루어졌다. 결혼
을 하게 된 그가 가까운 친지들을 교외에 있는 주택에 불러들인
것이다. 그 모임에서 그의 주도권은 아직도 확고했다. 최근 그는
좀 오만한 젊은 아가씨였던 버칭 씨가 야기한 언짢은 일 때문에
중단되었던 나래모어와의 우정을 회복했고, 버칭 씨는 나이 많은
주물 공장 주인의 부인이 돼 이제 그들 모임을 떠났다. 한편, 단순
히 칭찬받는 것을 넘어서 버칭 형제들에게 인정을 받기 시작한
힐리아드는 그가 그들에게 보여준 직업상 가치 때문에, 분명치
않았던 사회적 신분으로 인한 차별을 극복할 수 있었다.

그들은 아무런 거리낌 없이 다정하게 인사를 나눴다.

"부인은 잘 있나?"

힐리아드는 좀 떨어져 있던 나래모어에게 물었다.

"고맙네. 이브는 이제 훨씬 좋아졌어. 지금은 랜디드노영국 웨일스 북부의 고급 휴양지에 가 있지. 너 답지 않게 좋은 모습을 보니 아주 반가운걸."

힐리아드의 용모가 나아진 것은 의심할 여지가 없었다. 나이에 걸맞게 기른 수염은 그의 모습과 어울렸다. 몸가짐도 전보다 확실히 점잖았다.

이 일이 있은 지 한두 주 지나 나래모어가 살가운 메모를 보냈다.

'버칭네 집에서 일요일에 볼 수 있을까? 집사람이 막스 부인과 다른 사람들을 만나러 그곳으로 올 예정이야. 오래된 친구야, 와 줘. 나에게 큰 친절을 베푼다고 생각하고 와줘.'

힐리아드는 그곳으로 갔다. 입구의 홀에서 그는 좀 과장스럽게 악수를 하면서 나직이 몇 마디를 하는 나래모어를 만났다.

"이브는 정원에 있어. 널 보면 반가워할 거야. 이봐, 친구. 고마워. 난 네가 와줄 줄 알았어."

꼭 그럴 필요가 있는지를 확신할 수도 없었고, 차분한 것하고는 무언가 다른 느낌이 들었지만 힐리아드는 곧 집을 가로질러 뒤로 큰 벽이 처져 있는 정원으로 나갔다. 거기서 그는 일단의 숙녀들과 당황스럽게 인사를 나눴지만, 그에게 다가오는 숙녀 중 아는 사람은 한 명도 없었다. 의례적인 일련의 절차가 끝날 무렵, 그는 친구가 말하는 소리를 들었다.

"힐리아드, 나의 아내를 소개하지."

그 앞에 이브가 서 있었다. 힐리아드는 그녀가 누구인지 겨우 확인할 수 있었다. 그의 눈은 실례가 되지 않는 행동을 하지 않으려고 애쓰면서도 놀라움을 감추지 못한 채 그녀의 모습을 살폈다. 나래모어 부인은 완벽하게 사교계에 적응해 있었다. 그녀는 매우 상냥하게 웃으며 손을 내밀었고 필요한 경우에만 말을 했다. 그 자리에 참석한 좋은 집안에서 자란 모든 여성들과 비교해도 크게 뒤지지 않았다. 목소리는 적당하게 조화를 이루는 톤을 유지했고, 이야기는 진부함과는 거리가 있었다.

힐리아드는 고어 플레이스, 그리고 파리 거리에서의 그녀를 떠올렸다. 초자연적인 무언가가 나타난 것은 아니었다. 그가 희망을 가졌을 시기에 그가 예상하지 못한 무언가가 나타난 것도 아니었다. 그보다는 이 순간을 환상처럼 흐릿하게 만들어버리는 우발적인 사건들이 과거에 있었다. 또 진심으로 다시 노력해보려는 그의 의지를 꺾는 사건들이 과거에 있었다.

"아름다운 정원이지요?"

그가 서서 무언가를 골똘히 생각하고 있을 때 다른 숙녀들과 대화를 마친 이브가 다가왔다.

"물론 완성된 것은 아니에요. 1년쯤 지나면 놀랍게 변할 거예요. 국화를 보셨나요?"

꽃에 눈길을 주고 있는데, 그녀가 그를 다른 쪽으로 이끌었다. 힐리아드는 그녀 입에서 나온 말을 듣고 깜짝 놀랐다.

"저에 대한 당신의 경멸은 말로 표현할 수 없을 정도겠죠. 그렇죠?"

"내가 당신에게 느끼는 감정은 그것과는 정말로 상관이 없어요." 그가 대답을 했다.

"아, 솔직해져보세요. 우리 둘은 모두 다른 언어를 구사하는 방법을 배웠죠. 당신도 결코 저 못지 않군요. 당신이 예전에 하던 말을 들려줘요. 전 당신이 저를 형언할 수 없을 정도로 경멸한다는 사실을 알고 있어요."

"아주 잘못 알고 있네요. 나는 당신을 매우 존경합니다."

"뭐라고요? 저의 술수를? 아님 옷을?"

"모든 것을. 당신은 자신이 의도하는 바를 정확하게 이루었으니까요."

"아…… 이 비꼬는 말투라니!"

"한순간이라도 그렇게 생각을 하지 말라는 부탁을 드리고 싶군요. 한때는 당신에게 비꼬듯 말하며 바보 같은 즐거움을 얻을 수 있다고 생각한 적도 있었습니다. 하지만 아주 오래전 이야기죠."

"그럼 이제 당신에게 저는 뭐죠?"

"영국의 숙녀. 다른 숙녀들보다는 좀 더 지적인."

이브는 만족감에 얼굴을 붉혔다.

"당신이 그런 말을 하니 과분하다고 할 수밖에 없네요. 하지만 당신은 언제나 관대한 마음을 가지고 있었어요. 저는 당신에게 한 번도 감사의 말을 표시한 적이 없죠. 단 한마디도요. 전 겁쟁이라서 그런 말을 한 번도 써서 보낸 적이 없어요. 당신은 제가 고마

위하는지 아닌지도 별 신경을 쓰지 않았고요."

"이제는 신경을 씁니다."

"그럼 감사해요. 가슴속에서 우러나오는 마음으로 거듭해서 감사를 드려요."

그녀의 목소리는 진심이 가득 배인 채 떨고 있었다.

"인생이 즐거운가요?"

"당신도 즐거웠으면 하고 바라요."

그들이 같이 걸을 때 그녀가 대답했다.

"어쨌든 즐겁지 않은 건 아니죠. 나는 더 이상 기계에게 깔려 있는 노예가 아니에요. 내 일을 좋아하고 있고, 일은 나에게 보상을 약속하니까요."

이브는 화단에 대해 몇 마디 했다. 그때 그녀의 목소리는 다시 잦아들었다.

"당신의 위대한 모험…… 당신의 인생 중 가장 보람 있는 한 해를 만들려고 했던 시도를 어떻게 회상하나요?"

"아주 만족스러웠지요. 할 만한 가치가 있었던 것이고, 추억할 만한 가치가 있는 것이었죠."

"지금의 제 모습과 제가 가진 모든 것은 당신 덕분이라는 사실을 행여 잊지 말아주세요." 이브가 말을 이었다. "저는 길을 잃은 상태였고 남은 생을 비참한 포로 상태로 지내야 했어요. 그때 당신이 나타나서 저의 몸값을 지불하고 저를 풀어줬지요. 좀 더 관대하지 않은 사람이었다면 마지막 순간에 그 일을 망쳤을 거예요. 하지만 당신은 제가 안전해질 때까지 저의 약점을 감싸줄 만큼 아량이 넓은 사람이었어요."

힐리아드는 웃음으로 답을 대신했다.

"당신과 로버트는 다시 친구인가요?"

"물론이죠."

그녀는 뒤돌아서서 다른 손님들과 어울렸다.

일주일 후, 힐리아드는 버밍엄에서의 힘든 일을 한 후에 심신
을 맑게 하기 위해 종종 가는 조용한 시골로 내려왔다. 오두막에
서 잠을 자고 나서 일요일 아침 오솔길을 한가하게 걸었다.

하얀 서리가 풍요로운 가을의 완만한 퇴조退潮를 갑자기 앞당
기기 시작했다. 멀리 펼쳐진 경치 속으로 깔린 부드러운 안개는
이십 미터 떨어진 모든 것을 감출 정도로 짙었지만, 머리 위로는
청명한 맑은 하늘이 빛나고 있었다. 그들을 식별할 수 있게 하는
빛에 의해 그 풍요로운 색조가 부드러워진 가로수와 울타리는 절
묘하게 어슴푸레한 그늘을 드리우고 있었다. 완벽한 정적이 대기
를 감쌌다. 하지만 마치 보이지 않는 손에 의해 흔들리기라도 하
는 듯 모든 가지에서는 죽은 잎들이 지상에 끊임없는 비를 내리
고 있었고, 너도밤나무와 단풍나무에서는 잎들이 가볍게 후두둑
소리를 내며 떨어졌다. 물푸레나무에서는 좀 더 무겁게 잎이 떨
어졌고, 아주 가끔씩은 야생 사과나무에서 사과가 쿵하며 떨어지
는 소리가 났다. 산사나무와 나란히 군락을 이루고 있는 블루베
리, 진홍색 열매가 풍부한 가시나무, 이 모든 곳에 덮인 서리가 미
묘한 예술적인 흔적을 남기고 있었다. 울타리에 붙어 있는 잎 하
나하나는 은색 윤곽선을 그리며 빛나고 있었고, 나무의 크고 작

은 가지를 얽고 있는 거미줄은 아침 햇살에 빛을 발하고 있었으며, 길가의 풀들은 빛나는 갑옷을 두르고 빳빳이 서 있었다.

그리고 자유인이 된 모리스 힐리아드는 인생 환희의 노래를 자기 자신에게 불러주고 있었다.

어느 낭만주의자의 진정한 자유

김성곤(서울대 명예교수)

조지 기싱은 찰스 램과 더불어 영국의 가장 대표적인 수필가로 잘 알려져 있다. 그가 쓴 수필집《기싱의 고백The Private Papers of Henry Ryecroft》은 빅토리아 시대 영국인의 삶을 명상하고 성찰하는 주옥같은 산문집이라는 평을 받는다. 그러나 동시에 기싱은 무려 23권이나 되는 소설을 발표한 유명한 소설가이기도 하다.

기싱이 살았던 19세기 영국 빅토리아 시대에는 돈과 결혼money and marriage이 보통 사람들의 주 관심사였다. 얼핏 생각했을 때 그 둘은 서로 별 연관이 없어 보이지만, 사실 경제 문제와 결혼은 불가분의 관계다. 결혼은 연애보다 현실적인 것이다. 그러다 보니 결혼할 때 가장 많이 고려하는 것은 경제 상황일 수밖에 없고, 결혼이 파탄에 이르는 이유 중 가장 흔한 것도 돈 문제다. 경제적으로 넉넉하다 보면 성격 차이가 커도 그런대로 잘 지낼 수 있지만, 돈에 쪼들리다 보면 성격이 잘 맞는 부부라 해도 갈등과 충돌을 피하기가 어렵기 때문이다.

《이브의 몸값》의 여주인공 이브 매들리는 바로 그 점을 잘 알고 있는 현실주의자다. 그녀는 돈을 벌기 위해 학업도 중단해야 했으며 그 후로도 경리 직원으로 일하면서 벌어들이는 미미한 수입에 의지해 살고 있다. 이브는 가난한 남자와의 결혼은 곧 인생의 파멸이라고 생각한다. 그래서 그녀는 자기를 좋아하지만 수입이 넉넉하지 않은 낭만주의자 모리스 힐리아드와의 결혼을 주저한다. 그리고 5천 파운드의 큰 유산 덕분에 부유한 사업가가 된 현실주의자 로버트 나래모어와 결혼하기로 마음먹어 힐리아드를 실망시킨다. 물론 그 과정에서 이브는 힐리아드에 대해 도의적인 죄의식을 느끼게 되는데, 도덕morality 문제 역시 빅토리아 시대의 주요 관심사였다.

이브와는 달리 힐리아드는 낭만적인 남자다. 제도공인 그는 작고한 아버지에게 빚을 진 사람으로부터 436파운드를 받아내자, 1년 정도 직장을 그만두고 런던과 파리를 여행하며 자유롭게 살기로 결심한다. 그는 하숙집 주인의 앨범에서 우연히 어떤 여자의 사진을 보고 마음에 들어 만나고 싶어 하는데, 바로 그 여자가 이브였다. 힐리아드는 이브와 그녀의 친구 패티 링로즈에게 여행 경비를 다 대줄 테니, 잠시 직장을 그만두고 같이 파리로 가서 자유로운 삶을 즐기자고 제안한다. 그리고 두 사람도 거기 동의해 셋은 파리로 떠난다.

파리에서 힐리아드는 이브에게 사랑을 느끼지만, 이브는 고맙다고만 할 뿐 좀처럼 본격적인 애정 표시를 하지는 않는다. 이브는 힐리아드의 돈이 곧 바닥이 날 것이고, 직장에 복귀해도 월급이 적다는 것을 알기 때문에 힐리아드에게 호감은 갖고 있지만 둘의 관계가 더 발전하는 것은 주저한다. 반면, 낭만주의적 신사인 힐리아드는 이브를 위해 돈을 쓰기만 하고, 그 대가를 바라지는 않는다. 결국 힐리아드는 돈만 탕진하고 이브의 사랑은 확신하지 못한 채, 고향으로 돌아온다.

직장을 구하지 못한 이브는 힐리아드의 친구인 사업가 나래모어를 찾아가 일자리를 부탁한다. 그리고 그녀와 힐리아드와의 관계를 모르는 나래모어가 호감을 갖고 구혼하자, 그와 결혼하기로 마음먹는다. 이 사실을 알게 된 힐리아드는 질투심에 마음의 상처를 입고, 이브는 도덕적 죄의식에 시달린다. 그러나 결혼식 직전에야 힐리아드와 이브의 관계를 알게 된 나래모어가 우정을 위해 이브와의 결혼을 포기하겠다고 선언하자, 힐리아드는 이브하고는 단지 알고 지내는 사이였을 뿐이라고 말하며, 이브를 보호해준다. 자칫 베스트 프렌드인 힐리아드와 나래모어의 우정에 금이 가는 상황이 발생할 뻔했지만, 힐리아드의 신사다움과 관대함이 그걸 막고, 이브에게도 행복을 가져다 준 것이다.

나중에 힐리아드는 부유한 집안의 품위 있는 여주인이 된 이브와 재회하고 다음과 같은 대화를 나눈다.

"당신의 위대한 모험…… 당신의 인생 중 가장 보람 있는 한 해를 만들려고 했던 시도를 어떻게 회상하나요?"

"아주 만족스러웠지요. 할 만한 가치가 있었던 것이고, 추억할
만한 가치가 있는 것이었죠."

"지금의 제 모습과 제가 가진 모든 것은 당신 덕분이라는 사실
을 행여 잊지 말아주세요." 이브가 말을 이었다. "저는 길을 잃은
상태였고 남은 생을 비참한 포로 상태로 지내야 했어요. 그때 당신
이 나타나서 저의 몸값을 지불하고 저를 풀어줬지요. 좀 더 관대하
지 않은 사람이었다면 마지막 순간에 그 일을 망쳤을 거예요. 하지
만 당신은 제가 안전해질 때까지 저의 약점을 감싸줄 만큼 아량이
넓은 사람이었어요."

힐리아드는 웃음으로 답을 대신했다.

이브는 힐리아드가 자신의 몸값을 지불해 자기를 가난한 삶에
서 구해주었다고 고마워한다. 그렇다면 비록 사랑하는 여인을 잃
기는 했지만, 힐리아드는 그녀를 행복하게 해준 셈이다. 원제에
등장하는 'ransom'은 유괴된 사람이나 포로를 구하기 위해 지불
하는 '몸값'을 의미한다. 은유적으로 보면, 과연 힐리아드는 자신
의 희생을 통해 자기가 사랑하는 여인인 이브를 빈민촌에서 빼
내주는 몸값을 지불해준 셈이다. 그러고는 아무런 대가도 바라지
않은 채, 친구에게 이브를 양보한 것이다.

힐리아드와 나래모어는 둘 다 유산을 받는데, 힐리아드는 아버
지의 적은 유산을 낭만적이고 자유로운 삶을 사는 데 쓰고, 나래
모어는 삼촌의 막대한 유산을 사업에 투자한다. 이브는 둘 중에

서 가난한 낭만주의자 힐리아드가 아닌 부유한 현실주의자 나래모어를 선택한다. 이러한 설정을 통해 기싱은 19세기 말의 사회 풍조와 가치관의 변화를 생생하게 그려내고 있다. 그래서 《이브의 몸값》은 낭만주의 시대가 끝나고, 본격적인 산업시대가 도래하는 당대의 사회 변화를 묘사한 소설이라고 할 수 있다.

그렇다면 힐리아드의 낭만주의적·자유주의적 성향과 선택은 과연 실패한 것인가? 이 작품의 결말에 거기에 대한 작가의 언급이 나온다.

일주일 후, 힐리아드는 버밍엄에서의 힘든 일을 한 후에 심신을 맑게 하기 위해 종종 가는 조용한 시골로 내려왔다. 오두막에서 잠을 자고 나서 일요일 아침 오솔길을 한가하게 걸었다. (…)

그리고 자유인이 된 모리스 힐리아드는 인생 환희의 노래를 자기 자신에게 불러주고 있었다.

즉 일상의 속박에서 떠나 자유롭게 살고 싶어 하던 낭만주의자 힐리아드는 소유욕과 질투심을 극복하고 자신이 사랑하는 여인이 가장 원하던 것을 성취하도록 도와줌으로써 그녀를 행복하게 해준 후, 비로소 완전한 자유와 환희를 느끼게 된다는 것이다. 그렇다면 이 소설은 비록 주인공이 사랑하는 여인을 친구에게 빼앗기기는 하지만, 해피엔딩으로 끝난다고 할 수 있을 것이다.

19세기 말 영국은 산업혁명의 여파로 세계 최고의 상업국가가 되어 기계문명과 자본주의가 번창하던 시기였다. 따라서 부자 사업가들이 많이 생겨났고, 부유한 삶에 대한 관심과 동경이 사회 분위기를 지배하던 시대였다. 그러한 상황에서 주인공의 자유주의는 사실 뜬구름처럼 실체가 없는 낭만적인 꿈일 수밖에 없다.

그러나 기싱의 《이브의 몸값》을 통해 우리는 바로 그러한 자유주의적 · 낭만주의적 꿈이야말로 인간의 고결함을 유지해주고, 삶의 가치를 느끼게 해주며, 돈과 물질로부터 자유로운 진정한 자유를 가져다준다는 것을 알 수 있다.

숨은 진주를 발견하다
─조지 기싱의 명작, 《이브의 몸값》 한국 최초 발간에 부쳐

조지 기싱을 처음 접한 건 10여 년 전에 읽은, 이상옥 교수의 번역서 《기싱의 고백》을 통해서였다. 물 흐르는 듯한 명 번역이어서 '어떻게 하면 저런 번역을 할 수 있을까?' 하는 부러움으로 책장을 넘겼던 기억이 있다. 소설이라기보다는 에세이에 가까운 책이었고, 만년을 보내고 있는 작가의 자화상을(만들어진 자화상일 수도 있겠지만) 담담히 그리고 있었다. 인생 느지막이 전원생활을 즐기는 장면이 있는가 하면, 사회 체제를 준열하게 비판하는 대목도 있었다. 어쨌든 내용과 번역이 너무 훌륭해 그 후로도 이따금씩 책장을 들추곤 했다.

기싱은 우리에게 잘 알려진 작가는 아니다. 《동물농장》, 《1984년》으로 유명한 조지 오웰은 기싱을 영문학사상 최고 작가

중 한 사람으로 치켜세웠고, 비평가들은 그가 토마스 하디, 조지 메러디스와 함께 빅토리아 말기 주요 작가 중의 한 사람이라고 이야기한다. 하지만 우리나라에서는 불과 서너 권의 책만이 번역돼 있을 정도로 덜 알려진 작가다.

그 이유 중의 하나는 아마도 그의 굴곡진 삶 때문인 것 같다. 약제사의 아들로 태어난 기싱은 맨체스터대학교에서 (그 당시에는 오웬스 칼리지) 수학할 당시 고전학에 뛰어난 재능을 보여줬다. 하지만 추문에 휘말려 퇴학을 당하고 런던으로 가 개인 교사를 하면서 근근이 연명을 했다. 육체노동을 하지는 않았지만, 하루하루의 삶을 영위하는 것이 힘든 상황이었다. 그의 소설들이 인근에 사는 도시 하층민의 삶을 그리는 건 어쩌면 당연한 귀결이었다. 매춘부와 사랑에 빠져 런던으로 도피를 하고 결혼까지 한 사실도 그리 순탄하지 않은 그의 삶의 역정을 시사한다.

《기싱의 고백》에서는 만년의 삶을 그리고 있지만, 그는 사실 46세란 젊은 나이에 세상을 떠났다. 첫 작품《새벽의 노동자 Workers in the Dawn》를 1880년에 발표한 후 23년간 23편의 소설을 발표했으니 상당한 다작을 한 셈이다. 그는 도시 빈민의 삶, 노동의 문제, 부와 소득의 양극화를 가져오는 자본주의 자체의 문제, 돈이 인간에게 미치는 영향 등 광범위한 주제를 다루고 있다. 혹자는 도스토옙스키와 비견하기도 하지만, 종교를 다루는 강도에 있어서 확실한 차이가 있다는 의견이 있다. 더욱이 그는 그리스어와 라틴어에 달통한 탁월한 고전학자였고, 무엇보다도 책을 사랑한 인물이었다. 희귀한 고전을 손에 넣기 위해 끼니를 거른

적도 한두 번이 아니었다는 일화는 《기싱의 고백》에서 상세히 묘사돼 있다.

《이브의 몸값Eve's Ransom》을 접하게 된 것은 영어로 많은 고전들이 망라된 구텐베르크 프로젝트gutenberg.org를 통해서였다. 제목이 좀 호기심을 자극해서 읽게 됐는지도 모르겠다. 《기싱의 고백》을 통해 기싱이라는 작가를 어느 정도 알고 있었지만, 그 책에서 받은 인상과 이 소설에서 받은 인상은 상당히 달랐다.

남녀 간의 로맨스를 전면에 내세우고 있었기 때문에 우선 재미가 있었다. 요즘 소설같이 자극적인 맛은 없었지만, 이야기가 은은하게 흐르면서 또 다른 흥미를 선사했다. 남녀 간의 로맨스가 주된 줄거리이기는 하지만, 남자와 남자 사이의 우정, 여자와 여자 사이의 우정의 문제도 다룬다. 그것보다 작가가 다루고 싶었던 주제는 아마도, '인간이 돈이 생기면 어떤 행동을 하게 될까?' 일지도 모르겠다는 생각이 들었다. 인간은 생각지도 않은 큰돈이 생기면 어떤 행동을 할까? 지체 없이 모든 걸 던져버리고 자유를 찾아 여행을 나설 수도 있고, 돈을 더 많이 벌기 위해 그 돈을 다시 투자할 수도 있다. 이 점이 남자 주인공 힐리아드와 나래모어의 대비가 되는 행동 양식이었다.

1890년대에 이르러 영국에서는 새로운 사상을 품은 신여성이 나타나기 시작하지만, 이 소설에서 여주인공 이브는 완전히 독립적인 신여성은 아니다. 예전처럼 남자에게 의존적이지 않고, 직업을 얻어 가족의 생계를 책임지는 강인한 여성이지만, 가난이라는 멍에를 너무나도 힘들어해, 배우자를 고르는 데 자신이 좋아하는 남자를 찾기보다는 안락한 생활을 보장할 수 있는 남자를 찾는다.

한편, 힐리아드는 자신이 정한 여인상을 사진으로만 보고 그 여인을 찾아 나선다. 이상주의적인 그의 성격대로 그는 자신에게 맞는 여성상을 만들어놓고 그 틀에 여성을 맞추려고 한다. 이상적인 여성을 찾는 것과 더불어, 아니 그것에 앞서서 그는 이상적인 삶을 찾아 나선다. 그는 엄청난 목돈을 손에 쥐게 됐고, 그 돈은 그에게 지대한 영향을 미쳤다. 돈 때문에 가능해진 자유를 찾아 나선 그는, 자본주의하에서 노동이 어떤 의미를 가지는가를 깊이 생각한다. 자신의 의사에 반해 그저 밥을 벌기 위한 노동은 노예나 다름없는 것이 아닌가? 사회가 진보를 하고 세상이 달라졌다고 하지만, 그 과실은 아주 일부 기득권층에만 돌아가는 것이 아닌가? 그러므로 힐리아드는 자신을 사회주의자라고 생각하지는 않았지만, 사회주의적인 생각에 동조를 하는 셈이 됐다. 조지 오웰은 소설이 사회 현상을 다루지 않으면서 감정적인 유희로 일관하는 경우 그 가치가 크게 훼손된다는 지론을 가지고 있었기 때문에, 이런 모든 문제를 소설에서 자연스럽게 다루고 있는 기싱 작품의 가치를 높게 평가했는지도 모른다.

같은 여자를 두고 두 친구가 경쟁을 할 때 남자는 어떤 행동을 할까? 고마움을 느끼기는 하지만 현실적으로 결혼에까지 이르기는 힘들다고 여자가 느낄 때 그녀는 남자에게 어떤 행동을 할까? 이런 질문도 이 소설에서 우리가 눈여겨봐야 할 대목이다. 남자의 우정과 여자의 우정을 달리 다루고 있는 것도 기싱이 남녀를 동등하게 대하고 있지 않다는 걸 이 소설은 보여준다.

이 소설에서는 인물의 특징이 주로 대화를 통해 드러난다. 미묘한 대화의 맛을 가급적이면 저자의 의도대로 옮기려고 노력을 하면서, 대화를 통해 드러나는 인물들의 심리 묘사에 기싱이 아주 능했다는 점을 절실히 느낄 수 있었다. 특히 여성의 심리묘사는 남성의 펜으로 쓴 심리묘사이기는 하지만 압권이었다.

이 소설에서 다루는 주제는 1890년대 영국에서 사회적으로 의미가 있었을 뿐만 아니라, 지금 우리 사회에서도 역시 의미가 있기 때문에 이 소설은 일종의 보편성을 지닌다고 할 수 있다. 소설의 깊은 재미를 추구하는 독자들에게 이 책은 적지 않은 지적 즐거움을 선사할 것으로 믿어 의심치 않는다.

《투명인간》,《우주전쟁》 등의 걸작을 쓴 영국 소설가 H. G. 웰스는 이 책《이브의 몸값》에 대해 '기싱 최고 걸작이며 가장 덜 알려진 작품'이라 평가한 바 있다. 번역가로서 기싱의 명작을 우리나라에 처음 소개하는 영광된 기회를 가질 수 있어서 행복한 작업이었다.

옮긴이 _ **김경식**

서울에서 태어났다. 서울대학교 사범대학 부속 고등학교와 고려대학교 경영학과를 졸업
했다. 대학 시절 전공에 대한 관심보다는 문학에 대한 매력을 느껴 《문학사상》과 같은 문
학잡지를 즐겨 탐독했다. 번역가로서 인생 2막을 시작했다. 옮긴 책으로는 《백사자의 신
비》 《성장에 눈 먼 세상》 《이야기를 바꾸면 미래가 바뀐다》 등이 있다.

이브의 몸값

1판 1쇄 인쇄 2019년 9월 6일
1판 1쇄 발행 2019년 9월 18일

지은이 조지 기싱
옮긴이 김경식

펴낸이 임지현
펴낸곳 (주)문학사상
주 소 경기도 파주시 회동길 363-8, 201호(10881)
등 록 1973년 3월 21일 제1-137호

전 화 031)946-8503
팩 스 031)955-9912
홈페이지 www.munsa.co.kr
이 메 일 munsa@munsa.co.kr

ISBN 978-89-7012-589-3 (03840)

이 도서의 국립중앙도서관 출판예정도서목록(CIP)은 서지정보유통지원시스템 홈페
이지(http://seoji.nl.go.kr)와 국가자료공동목록목록시스템(http://www.nl.go.kr/
kolisnet)에서 이용하실 수 있습니다. (CIP제어번호 : CIP2019034443)

ⓒ 문학사상, 2019 printed in Korea.